U0119106

沈　謙　著

修辭方法析論

文史哲學集成

文史哲出版社印行

國家圖書館出版品預行編目資料

修辭方法析論 / 沈謙著. -- 初版. -- 臺北市 :文
史哲, 民 91
　　面；　公分. -- (文史哲學集成；465)
參考書目：面
ISBN 957-549-473-3 (平裝)

1.中國語言 – 修辭

802.7　　　　　　　　　　　　　91018649

文史哲學集成 ④⑤

修辭方法析論

著　　者：沈　　　　　　　　謙
出版者：文　史　哲　出　版　社
http://www.lapen.com.tw
登記證字號：行政院新聞局版臺業字五三三七號
發行人：彭　　　　　　　正　　　　　　雄
發行所：文　史　哲　出　版　社
印刷者：文　史　哲　出　版　社
臺北市羅斯福路一段七十二巷四號
郵政劃撥帳號：一六一八〇一七五
電話 886-2-23511028・傳真 886-2-23965656

實價新臺幣三八〇元

中 華 民 國 九 十 一 年 (2002) 十 月 初 版

《修辭方法析論》自序

　《修辭方法析論》的著述，旨在探究若干重要的修辭方法，希望在修辭學的理論與應用上，有所拓展。本書凡十一篇，二十四萬字，茲依次撮述其大要：

　第一篇〈修辭格辨義〉，內分三節：首先探討修辭格的界說，修辭格的分類，再闡明修辭學上若干術語之意義，釐清修辭方法與修辭格的定義，歸結出修辭格的要件：㈠特定的功能，㈡特定的結構，㈢特定的方法。

　第二篇〈比興的界義與原則〉，內分二節：從傳統的比、興理論出發，闡明現代修辭學上兩種最重要的修辭方法——「譬喻」與「象徵」的特質與應用原則。並從曖昧的糾纏中，明辨譬喻與象徵的異同。

　第三篇〈論博喻〉，內分五節。譬喻的基本類型有明喻、隱喻、略喻、借喻四種，前人論之已詳，唯有「博喻」此一特殊類型語焉不詳。本篇先釐清其界義，再分類舉例闡明其效用。

第四篇〈論象徵〉，內分三節。針對修辭方法中象徵的運用，釐清其意義與定位。並進而將象徵分為「普遍的象徵」與「特定的象徵」，從古今作品中舉例予以闡釋。

第五篇〈論隱秀〉，內分四節：第一節論隱秀之界義。第二節分從曲折、微辭、吞吐、含蓄闡明隱之修辭方法。第三節分從映襯、示現、層遞、頂針闡明秀之修辭方法，必須掌握三點：㈠宜於含蓄而不宜晦澀之原則，從「自然會美與晦塞為深」，闡明隱之運用；㈡宜於蘊藉而不宜淺露，㈢宜於委婉而不宜直陳。從「動心驚耳與雕削取巧」闡明秀之奧妙，㈠畫龍點睛，絕妙好辭；㈡秀句傑出，鋒發韻流；㈢警策絕倫，提振全文。此篇篇幅特長，蓋涉及各辭格之綜合運用與異同的比較，且分類亦有新見（如句中頂針）。

第六章〈論夸飾〉，內分四節：第一節論夸飾之產生，其來有自。第二節論夸飾之得失，濫用固流弊叢生，善用則頗見奇效。第三節分從夸飾之題材對象——空間、時間、物象、人情、數量，夸飾之表達方式——放大與縮小，闡明夸飾之分類運用。第四節論夸飾之原則，從「主觀感覺與客觀真實」辯明夸飾與修辭立其誠並不相悖，從「夸過其理與飾而不誣」闡明夸飾運用之準則。

第七篇〈論偏義複詞〉，內分三節：第一節闡明偏義複詞即修辭方法的配字。第二節舉例說明偏義複詞在古今語文中的運用，第三節闡明偏義複詞的文化意義——流露了溫柔敦厚的民

族性。

第八篇〈從譬喻論古詩十九首的藝術技巧〉，第九篇〈嫦娥奔月的象徵意義〉，第十篇〈從蜀道難論李白的夸飾〉。是將譬喻、象徵、夸飾等三種主要的修辭方法，運用在作品分析上。

第十一篇〈修辭學研究的回顧與展望〉，內分三節：第一節將二十世紀中國修辭學的研究發展，作分期鳥瞰，第二節從1.綜合性的研究、2.專門性的探討、3.作品的修辭分析、4.修辭學史的編撰等四端，檢視近年來的研究成果。第三節瞻望今後修辭學的研究方向，提出三點展望：㈠修辭學資料之整理，㈡修辭學之專題研究，㈢修辭學之綜合研究。

全書十一篇，多曾在學術會議或期刊發表。

其中〈從譬喻論古詩十九首的藝術技巧〉，係中國古典文學研究會、師範大學主辦「中國古典文學第一屆國際會議」論文。（民國七十四年四月）〈嫦娥奔月的象徵意義〉，係中華民國比較文學學會、東海大學主辦「第九屆全國比較文學會議」論文。（民國七十五年五月）〈從蜀道難論李白的夸飾〉，係香港浸會學院主辦「唐代文學研討會」論文。（民國七十五年十月）〈論夸飾〉係中國古典文學研究會、師範大學主辦「中國文學批評研討會」論文。（民國七十六年十二月）〈比興之界義與原則〉，係香港大學主辦「中國學術之承傳與創新國際學術

研討會」論文，（民國七十八年十二月）〈修辭學研究的回顧與展望〉，係中央研究院文哲所主辦「中國文哲研究的展望國際學術討論會」論文。（民國八十年五月）〈論偏義複詞〉，係中國古典文學研究會、國立空中大學主辦「文學與傳播關係研討會」論文。（民國八十一年四月）

另〈論博喻〉發表於《中華文化復興月刊》廿三卷八期。（民國七十九年八月）〈論象徵〉發表於《明道文藝月刊》第一七八期。（民國八十年一月）〈修辭格辨義〉發表於國立空中大學《人文學報》第一期。（民國八十一年四月）〈論隱秀〉則收在益智書局出版《文心雕龍與現代修辭學》書中。（民國七十九年六月）

本書各篇雖然為獨立之論文，然綜輯成書，亦頗具完整的體系。主要的研究成果可以歸納為四部分。

第一部分即首篇，針對修辭方法的界說、分類、定義與要件作觀念上的辨析與澄清。

第二部分從第二篇至七篇，針對譬喻、象徵、夸飾、隱秀、偏義複詞等修辭方法，作專精深入的探討，期望在已有的研究成果上，略盡棉薄之力。

第三部分從第八篇至十篇。針對譬喻、象徵、夸飾的修辭方法在文學作品之運用，作整體的分析。在現有的修辭學著作中，多闡述字句之修辭，而鮮見修辭方法在篇章中運用情況之探

討。字句之美，固然佳妙，但某一句之所以工巧，某一字之所以傳神，往往要視字句在篇章中

之地位與照應，從整篇文章的角度來作整體的觀照，才能充分領略修辭方法真正的運用之妙。

第四部分即第十一篇，針對修辭學的研究發展，作鳥瞰式的回顧，歸結出今後之研究方

向。

筆者與「修辭學」結緣，由於民國六十三年研究所畢業在師大國文系夜間部講授「修辭學

」，十八年來，先後在淡江大學、中興大學、中央大學、空中大學擔任此項課程，有幸能教學

相長，並曾撰寫《修辭學》。（空中大學出版）修辭學之理論十分豐富，涉及之辭格十分眾多

。撰述一本概論式的修辭學，固然有其價值與意義，但學術研究之所以能日新月異，一代勝過

一代，即緣於在某一範疇的各種領域，作專精深入的探討，才能在前人的基礎上往前邁進。《

修辭方法析論》就是朝此方向努力的研究成果。致力於斯，雖歷時甚久，用力頗深，然才力恐

有未逮，尚祈學界先進不吝指正！

本書之完成，得師友指導激勵之處良多。又空中大學同仁高慧英、徐筱梅、鄭素雯、高淑

瑛、李小玲等協助謄稿、校對，在此一併誌謝！

修辭方法析論　目錄

目　錄

九

目　錄

一三

「修辭格」辨義

「修辭格」，簡稱「辭格」，或稱「修辭技巧」、「修辭方式」、「修辭方法」、「表現手段」等，其範疇與界說歷來頗有爭議，本文旨在辨析各家之說，彌綸群言、唯務折衷。茲先論辭格的界說，次論辭格的分類，再針對此一問題作適當的辨析闡論。

壹、修辭格界說

「修辭格」此一術語，係從西洋修辭學而來，非吾國所固有，自從民國十二年唐鉞《修辭格》一書問世以來，已有近七十年的歷史。而有關辭格的定義、特點、效用、分類諸問題，仍有不少爭議，在修辭學界引起廣泛的討論，即以大陸中國修辭學會於民國七十年在廣州舉行的第一屆年會為例，會中相關的論文即有多篇①，如：

1. 吳士文：現代漢語修辭手段研究中的幾個問題。

一

2.李濟中：關於修辭方式的分類與處理。

3.濮侃：辭格的運用與分析。

4.鄭文貞：修辭技巧的來源。

又民國七十二年在昆明舉辦的第二屆年會，也有兩篇專門探討辭格的定義及相關問題的論文②：

1.吳士文：修辭格的定義及其他。

2.濮侃：關於辭格問題的再認識。

由其內容可以有兩點認識：

第一，關於辭格問題的探討，不但相當熱門，而且頗多爭議③。

第二，「辭格」此一術語雖廣為修辭學界所採用，但異名同實的情況仍不乏其例。

至於「辭格」的定義，則各有異說，比較具有代表性的說法約有以下十五家：

1.唐鉞《修辭格·緒論》（民國十二年）④：

凡語文中因為要增大或確定詞句所有的效力，不用通常語氣而用變格的語法，這種地方叫做修辭格（又稱語格）。

2.陳望道《修辭學發凡·引言·修辭和語辭使用的三境界》（民國二十一年）⑤：

所謂積極手法，約略含有兩種要素：Ａ內容是富有體驗性的、具體性的：；Ｂ形式是在利用字義之外，還利用字音、字形的。……這種形式方面的字義、字音、字形的利用，和著內容方面的體驗性、具體性相結合，把語辭運用的可能性發揚張大了，往往可以造成超脫尋常文字、尋常文法以至尋常邏輯的新形式，而使語辭呈出一種動人的魅力。在修辭上有這魅力的有兩種：一種比較與內容貼切的，其魅力比較地深厚的，叫做辭格，也稱辭藻；一種比較與內容疏達的，其魅力也比較地淡淺的，叫做辭趣。

3.林裕文《詞彙、語法、修辭》（民國四十六年）⑥：

修辭格是為了使說話生動有力而運用的一些修飾、描摹的特殊方法。

4.張弓《現代漢語修辭學》（民國五十二年）⑦將辭格稱為「辭式」：

辭式是適應社會交際需要，根據民族語言的內部發展規律創造的具體手法。

5.林文金〈關於修辭格的幾個問題〉（民國七十年）⑧：

修辭格總應該是富于表現力的，無助於增強表現力的就不能算修辭格；用「修飾描摹的特殊方法」和「不能按照字面解釋」彼此補充，相互限制來規定修辭格的性質還有可取之處，但用「不能按照字面解釋」來規定修辭格的性質也有不足之處，即不夠周密。

6.鄭遠漢《辭格辨異》（民國七十一年）⑨：

辭格屬於積極修辭，著重於語言表達的美化，即使語言表達生動有力；辭格是對語言著意加工而形成的修辭方法；各種辭格都有一定的格式，有各自的特殊之點。

7. 濮侃〈辭格的運用與分析〉（民國七十二年）⑩：

性，是修辭學上的格式，有語言標志（或聲音，或結構形式），它與其他表現格式有區別。

8. 袁暉〈試說辭格的特點〉（民國七十二年）⑪：

所謂辭格，就是具有特定表達效果（或作用）的語言結構格式。這種格式有相對獨立成分上具有變異性。

辭格，又稱修辭格。有的書稱爲修辭方式或修辭手法。辭格的特點，主要表現在三個方面：第一，在表達效果上具有生動性。第二，在組織結構上具有規律性。第三，在使用別。

9. 劉煥輝〈關於辭格的實質及科學體系的管見〉（民國七十二年）⑫：

辭格是出於特定語境的表達需要而對全民語言進行特殊運用的一些獨具效果的言語方式。

10. 王德春《修辭學探索・論修辭方法》（民國七十二年）⑬：

設格就是創設一定的格式來增強表達思想的效果。這種修辭的格式，一般稱爲辭格。設

11. 吳士文《修辭格論析‧修辭格是什麼》（民國七十五年）⑭：

辭格是在言語活動中長期形成的具有特定功能、特定結構、特定方法，符合特定類聚系統的模式。應當包括四個內容：

一是給人們以生動的形象感。

二是在詞句方面，不是在聲音、形體方面給人們以形式上的美感或新奇感。

三是給人以弦外之音的婉曲感。

四是具有左右人們心靈的力量感。

作為辭格，必須具有上述四個內容中的任何一個內容，否則就不成其為辭格。

12. 黎運漢、張維耿《現代漢語修辭學‧修辭方式》（民國七十五年）⑮：

修辭方式，即是修辭格，簡稱辭格。辭格是為了使說話生動有力而運用的固定方式或格式，它具有一定的構造形式，有特定的表達功能。例如借代辭格就是由借體和本體以及其間的相關關係構成的，可以使語言表達具體化形象化。修辭方式不同於修辭方法。修辭方法是對語言材料的運用、加工和調整的方法，它的概念比修辭方式要大，包括詞語、句式的選擇與調整以及辭格的運用，也可用來指修辭現象中所有關於形式部分的修辭

13. 張滌華、胡裕樹主編《漢語語法修辭詞典》（民國七十七年）[16]：

修辭格，簡稱辭格。也稱語格、辭藻、藻飾、辭式。它是在修飾、調整語言，以提高語言表達效果中形成的具有特定表達作用和特定表達形式的特殊的修辭方式或方法，如比擬、借代、析字、頂真等等。它是人們在長期運用語言的過程中產生和發展起來的，如比喻、夸張、對偶、反復、反語、引用等等。

14. 陸稼祥《辭格的運用・辭格概說》（民國七十八年）[17]：

辭格就是為了使語言生動活潑、新鮮有力地表達思想情感而運用的一些修飾描摹的特殊方法。這些方法從結構和作用上看，各有一定的格式與修辭效果，故稱為「修辭方式」或「修辭手法」，又稱「修辭格」，簡稱「辭格」。也可以說，辭格是利用各種有效的語文因素，構成一種變異的語文形式，以表達說寫者具體特殊的體驗，使聽讀者獲得鮮明深刻印象的一種藝術修辭方法。

15. 王希杰〈什麼是修辭格〉（民國八十年）[18]：

修辭格是一種語言為了提高語言的表達效果而有意識地偏離語言和語用常規並逐漸形成的固定格式、特定模式。

手段。

以上各家有關修辭格的界說，堪稱洋洋大觀，漪歟盛哉。由此可以獲得三點認知：

第一，修辭格的名稱仍有異說，唐鉞、陳望道、林文金、鄭遠漢、濮侃、袁暉、劉煥輝、吳士文、張滌華、陸稼祥、王希杰等絕大多數學者都用「修辭格」或「辭格」，但張弓仍用「辭式」，王德春仍用「修辭方法」，黎運漢仍用「修辭方式」，且若干學者往往在提到修辭格時，簡稱修辭格，也稱修辭技巧、修辭方式、修辭方法、表現手段、修辭手段、語格、辭藻、藻飾、辭式等。

第二，除了異名同實的問題，同名異實也往往可見。如黎運漢以為「修辭方式即是修辭格，簡稱辭格」，而若干學者以為修辭格即是「修辭方法」。黎氏則以為「修辭方式不同於修辭方法」。

第三，無論如何，修辭格，簡稱辭格，仍為學界的共識。修辭格或稱修辭方式，修辭方法，也可以接受，稱修辭技巧則也還可以勉強通行，至於其餘的名稱則為少數學者的特殊用語。

貳、修辭格分類

「修辭格」的分類，由於分類的標準與角度不同，各家的說法也頗不一致，茲列舉其中代表性的八家，以窺其略：

修辭方法析論

(一)唐鉞《修辭格》（民國十二年）：

略依訥斯菲《英文高級作文學》，斟酌損益成五類廿七格⋯

第一，根於比較的⋯

甲、根於類似的：顯比、隱比、寓言。

乙、根於差異的：相形、反言、階升、趨下。

第二，根於聯想的：伴名、類名、遷德。

第三，根於想像的：擬人、呼告、想見、揚厲。

第四，根於曲折的：微辭、舛辭、冷語、負辭、詰問、感歎、同辭、婉辭、紆辭。

第五，根於重複的：反復、儷辭、排句、複字。

(二)陳介白《修辭學講話》（民國二十年）⑲：

依想念之增殖、變化、態度、排列等分為四類，六十格⋯

第一類，關於想念之增殖──譬喻法諸辭格：

1.明喻法，2.隱喻法，3.諷喻法，4.對喻法，5.博喻法，6.提喻法，7.換喻法，8.借喻法，9.引喻法，10.詳喻法，11.交喻法，12.形喻法，13.字喻法，14.詞喻法。

第二類，關於想念之變化──化成法諸辭格⋯

八

1.擬人法，2.擬物法，3.較物法，4.現寫法，5.情化法，6.誇張法，7.映寫法，8.頓呼法，9.移狀法，10.特指法，11.旁敲法，12.反情法，13.特例法。

第三類，關於想念之態度——表出法諸辭格：

1.曲言法，2.問答法，3.設疑法，4.詠歎法，5.反語法，6.警句法，7.深言法，8.雙關法，9.撥言法，10.希冀法，11.辨言法，12.凝神法，13.絕對法，14.進退法，15.憤語法，16.驚駭法，17.諧謔法。

第四類，關於想念之排列——布置法諸辭格：

1.對偶法，2.漸層法，3.反覆法，4.倒裝法，5.照應法，6.轉折法，7.抑揚法，8.省略法，9.錯綜法，10.陪襯法，11.疊紋法，12.列紋法，13.類字法，14.藏歇法，15.遞代法，16.對照法。

㈢陳望道《修辭學發凡》（民國二十一年）：

大體依據組織與作用，分為四類三十八格：

第一類，材料上的辭格：

1.譬喻，2.借代，3.映襯，4.摹狀，5.雙關，6.引用，7.仿擬，8.拈連，9.移就。

第二類，意境上的辭格：

1.比擬，2.諷喻，3.示現，4.呼告，5.鋪張，6.倒反，7.婉曲，8.諱飾，9.設問，10.感

歎。

第三類，詞語上的辭格：

1.析字，2.藏詞，3.飛白，4.鑲嵌，5.複疊，6.節縮，7.省略，8.警策，9.折繞，10.轉

品，11.回文。

第四類，章句上的辭格：

1.反復，2.對偶，3.排比，4.層遞，5.錯綜，6.頂真，7.倒裝，8.跳脫。

(四)張弓《現代漢語修辭學》（民國五十二年）：

以語言因素與表現手法的關聯性作標準，分為三類二十四式：

第一，描繪類：

1.比喻，2.擬人，3.較物，4.連物，5.誇張，6.代替。

第二，布置類：

1.對照，2.襯托，3.對偶，4.反復，5.回環，6.排疊，7.層遞，8.聯珠，9.倒裝，10.錯

綜。

第三，表達類：

一〇

1.同語，2.反語，3.撇語，4.間語，5.引語，6.幽默，7.諷刺，8.雙關。

(五)黃慶萱《修辭學》（民國六十四年）：

依修辭的方式分為兩類三十格：

第一類，表意方法的調整：

1.感歎，2.設問，3.摹寫，4.仿擬，5.引用，6.藏詞，7.飛白，8.析字，9.轉品，10.婉曲，11.夸飾，12.譬喻，13.借代，14.轉化，15.映襯，16.雙關，17.倒反，18.象徵，19.示現，20.呼告。

第二類，優美形式的設計：

1.鑲嵌，2.類疊，3.對偶，4.排比，5.層遞，6.頂真，7.回文，8.錯綜，9.倒裝，10.跳脫。

(六)王希杰《漢語修辭學》（民國七十二年）：

以美學標準，將辭格分為四類卅一格：

第一類，屬於語言的均衡美的辭格：

1.對偶，2.對照，3.排比，4.頂真，5.回環，6.列舉分承。

第二類，屬於語言的變化美的辭格：

修辭格辨義

一二

1.雙關，2.反語，3.婉曲，4.夸張，5.相反相成，6.顧名思義，7.析字，8.析詞，9.釋詞

10.頓跌，11.曲説。

第三類，屬於語言的側重美的辭格：

1.反復，2.遞進，3.映襯，4.設問，5.反問。

第四類，屬於語言的聯繫美的辭格：

1.比喻，2.借代，3.比擬，4.象徵，5.暗示，6.拈連，7.移就，8.仿擬，9.引用。

(七)黎運漢、張維耿《現代漢語修辭學》（民國七十五年）：

大體上沿用陳望道的分類，以結構特徵和表達功能作為依據，將修辭方式分成四類廿三

格：

第一，描繪類：

1.比喻，2.比擬，3.借代，4.夸張，5.摹擬，6.移覺。

第二，比較類：

1.對照，2.襯托，3.較物，4.反連。

第三，詞語類：

1.反語，2.雙關，3.婉曲，4.拈連，5.仿詞。

第四，句式類：

1.對偶，2.排比，3.層遞，4.反復，5.設問，6.反問，7.頂真，8.回環。

(八)陸稼祥《辭格的運用》（民國七十八年）：

以內部結構關係為主，外部結構關係為輔的「結構標準」，分為三類二十格：

第一，形變類：

句式上的：1.反復，2.排比，3.映襯，4.對比，5.頂真，6.回環。

搭配上的：1.比喻，2.比擬，3.借代，4.夸張，5.拈連，6.移就。

第二，音變類：

1.對偶，2.飛白，3.雙關。

第三，義變類：

1.反語，2.婉曲，3.易色，4.曲釋，5.仿擬。

以上各家分類，堪稱洋洋大觀，眾說紛紜。綜合論之，關於辭格的分類，在此提出三點澄清：

第一，分類所依據的標準與角度迥異，分類的結果自然迥異，唐鉞、陳介白、張弓、黃慶萱大抵以表現技巧為分類標準，陳望道、黎運漢大抵以結構特徵與表達功能作為分類依據，王

修辭格辨義

一三

希杰則以美學標準分類，陸稼祥則以結構標準分類。另有吳士文《修辭講話》從內部結構著眼分類⑳，劉煥輝〈關於辭格分類的探討〉主張以語音形式、結構形式、語義因素的有效運用方式分類㉑，李濟中〈關於修辭方式的分類與處理〉主張以作用或效果分類㉒，潘曉東〈辭格大類劃分芻議〉主張以形式和內容的本質特點或顯著特徵分類等㉓。各種分類，貴在能自圓其說，不必強求統一。

第二，修辭格的分類，固然有不同的意見，但主要的辭格仍然可以獲得大致的共識。辭格的名稱縱有異同，如譬喻或稱比喻，夸飾或稱誇張，轉化或稱比擬，但彼此之間也是相通的。每種辭格的內部小類或有衆寡，如譬喻有細分至數十種者㉔，但仍以明喻、隱喻、略喻、借喻為主。固不必畫地自限，也不必強求以多取勝。

第三，盱衡各家分類之情況，對於修辭格之發展，可略窺其大概。對於修辭格之界說、範疇，當能有更深一層之認識。有關修辭格、修辭方法、修辭方式、辭格、辭式等異名同實或同名異實的情況，也比較能善加掌握。

參、修辭格辨義

從各家對於「修辭格」的界說，乃至於修辭格的分類，再進而探討「辭格」的意義，茲分

三點予以闡明：

一、消極修辭、積極修辭與修辭格

《禮記・表記》：「子曰：情欲信，辭欲巧。」

修辭學的界說雖然意見紛紜，但是一言以蔽之：修辭學就是追尋語言文辭之美的一門學問。

修辭學的內涵主要包括「消極修辭」與「積極修辭」。

「消極修辭」旨在求語言文辭之精確通達，避免弊病。

「積極修辭」旨在求語言文辭之靈動巧妙，極態盡妍。

假如說，消極修辭是要敲開聽眾或讀者的心扉，進入對方的心房，則積極修辭就是要進而撥動對方內心深處的某一根弦，激發共鳴，享受多重的美感經驗㉕。

高明先生〈修辭總論〉嘗揭舉「修辭的技巧」大抵表現在四件事上㉖：

第一是「達情意」——言辭和文辭，本來是用來表達情意的。但情意能否表達，表達能否恰到好處，這就全看「修辭的技巧」的高下了。

第二是「辨理類」——從主觀方面說明言辭和文辭的功用，是「達情意」；若從客觀方面說明言辭和文辭的功用，就是「辨理類」。情意是主觀的表現，而理類則是客觀的存在，表達主觀的情意需靠修辭的技巧，辨明客觀的理類，也一樣地要靠修辭的技巧。

修辭格辨義

一五

第三是「尚體要」——從「所」表現的論點，來說明修辭的技巧，主觀方面是「達情意」，客觀方面是「辨理類」；從「能」表現的論點，來說明修辭的技巧，積極方面是「尚體要」，消極方面是「遠鄙倍」。

第四是「遠鄙倍」——「尚體要」是說積極地要怎樣做；「遠鄙倍」是說消極地不要怎樣做。

高氏的意見頗具代表性，且所謂「修辭技巧」，兼含消極與積極兩方面。

陳望道《修辭學發凡》則開宗明義地揭舉「消極修辭」與「積極修辭」之迥異㉗：

積極的修辭和消極的修辭不同。消極的修辭只在使人「理會」。使人理會只須將意思的輪廓，平實裝成語言的定形，便可了事。積極的修辭，卻要使人「感受」。使人感受，卻不是這樣便可了事，必須使看讀者經過了語言文字而有種種的感觸。

所以陳氏在《修辭學發凡》中揭舉消極修辭的四項標準：1.意義明確，2.倫次通順（內容方面），3.詞句平勻，4.安排穩密（外形方面）。又闡論三十八種辭格。

在此要強調的是「積極修辭」與「消極修辭」必須相輔相成，而積極修辭旨在求語言文辭之靈動巧妙，又以「修辭格」的探討為主要對象。

二、修辭技巧、修辭方法、修辭方式與修辭格

要將修辭技巧、修辭方法、修辭方式與修辭格的意義作一番釐清㉘：

1. 修辭技巧——調整語辭的手段或方式。又名「修辭手法」、「修辭方式」、「修辭手段」、「表達法式」等。

2. 修辭手法——調整語辭的手段或方式。陳望道《修辭學發凡》認為語辭的使用有兩類截然不同的手法：消極修辭手法和積極修辭手法。

3. 修辭手段——調整語辭的手法或技巧。又名「修辭手法」、「修辭方式」、「修辭技巧」、「表達法式」等。

4. 修辭方法——調整語辭的手段或技巧。又名「修辭手法」、「修辭方式」、「修辭技巧」、「修辭手段」等。

5. 修辭方式——指通過修辭單位表達修辭意義的手段或方法。包括兩類：

A 以語言的詞匯、語法、語音的結構形式本身去實現的，叫做「一般修辭方式」或「消極修辭」。

B 以語言的特殊手段採取不同的表達方法去實現的，稱為「特殊修辭方式」或「積極修辭」。

陳望道《修辭學發凡》所指的修辭方式採廣義，包括消極修辭方式、積極修辭方式。張弓

《現代漢語修辭學》、黎運漢《現代漢語修辭學》則主張「修辭方式」即「修辭格」。

6.修辭格——簡稱「辭格」，也稱「修辭方式」、「辭式」、「修辭格式」、「語格」等。它是在修飾、調整語言，以提高語言表達效果中形成的具有特定表達作用和特定表達形式的特殊修辭方式或方法，如轉化、借代、析字、頂針等。它是在長期使用語言的過程中產生和發展起來的，如譬喻、夸飾、對偶、反諷、引用等。

在比較以上諸詞語的定義之後，在此可以澄清：

第一、就廣義而言，修辭技巧、修辭方法、修辭方式等詞語似乎都可以指「修辭格」。

第二、就次廣義而言，修辭技巧、修辭方法、修辭方式不只是指「修辭格」，而是兼含「消極修辭」與「積極修辭」的技巧、方法、方式。

第三、就狹義而言，「修辭技巧」、「修辭方法」、「修辭方式」迥異於「修辭格」。即便是張弓、黎運漢等學者用「修辭方式」一詞指「修辭格」，且區別「修辭方法」與「修辭方式」，如黎氏主張「修辭方式」的概念範圍比「修辭方法」要大，包括詞語、句式的選擇與調整以及辭格的運用等。但也只能說是特殊的看法。我們可以同意「修辭方法」與「修辭方式」的迥異，也不宜苟同「修辭方式」即「修辭格」。無論如何，「修辭格」作為修辭學上的一個

專業性術語，必有其要素，不宜與修辭方法、修辭方式混淆。

三、修辭格的定義與要件

盱衡各家之說，在此試圖為修辭格下一個適切的定義：

修辭格是語言文辭中為了提昇表達效果而有意識地偏離常規而創設的種種特定格式。

此一定義是否止於至善，不敢確定，但可以確定的是已經概括了修辭格必備的三大要件。

第一，修辭格必須具備特定的功能。

修辭格旨在提昇表達效果，也就是積極修辭的講究追求語言文辭的生動巧妙。過去的學者對此迭有闡論，如唐鉞所謂「增大或者確定詞句所有的效力」、陳望道所謂「魅力比較深厚」，林裕文、黎運漢所謂「使說話生動有力」、張弓所謂「語言藝術化手段」、林文金所謂「富有表現力」，鄭遠漢所謂「著重語言的美化，即使語言表達生動有力」，濮侃所謂「具有特定表達效果」，陸稼祥所謂「使語言生動活潑，新鮮有力」。吳士文《修辭格論析》強調，修辭格應當包括四個內容：

一是給人們以生動的形象感。

二是在詞句方面，不是在聲音、形體方面給人們以形式上的美感或新奇感。

三是給人以弦外之音的婉曲感。

四是具有左右人們心靈的力量感。

吳氏所提「四感說」——形象感、新奇感、婉曲感、力量感，頗值得參考。

第二，修辭格必須具備特定的結構。

修辭格屬於積極修辭，如果沒有特定的結構，而只是避免語言的錯誤或選擇最適切的詞句來提高文辭表達效果，那是消極修辭的範疇。所以唐鉞主張「變格語法」，鄭遠漢主張「各種辭格都有一定的格式」，濮侃主張「語言結構格式」，袁暉主張「在組織結構上具有規律性」，王希杰主張「有意識地偏離語言和語用常規並逐漸形成的固定格式、特定模式」。唐鉞在《修辭格》中嘗舉例「不說你是我的知己，而說你是我的知己，把鮑叔代表知己，這是變格的語氣」，王希杰在〈什麼是修辭格〉中強調「沒有形成一定格式的」都不可以叫做修辭格，至於各種辭格的特定結構，則詳見吳士文《修辭格論析‧修辭格的特定結構問題》。

第三，修辭格必須具備特定的方法。

特定方法係由特定功能、特定結構相結合而形成的，所以陳望道強調「造成超脫尋常文字、尋常文法以至尋常邏輯的新形式」，林裕文、林文金強調「修飾、描摹的特殊方法」，張弓強調「創造的具體手法」，鄭遠漢強調「對語言著意加工而形成的修辭方法」，劉煥輝強調「

修辭方法析論

二〇

特殊運用的一些獨具效果的言語方式」，張滌華、胡裕樹強調「具有特定表達作用和特定形式的修辭方式或方法」，陸稼祥強調「使聽讀者獲得鮮明深刻印象的一種藝術修辭方法」。例如譬喻、借代、夸張等，就是根據漢語內部發展規律，適應交際需要而創造的方法。

最後必須闡明的是修辭格產生於語言材料的基礎上，是民族文化智慧的結晶，也受民族語言文辭特性所制約。中國修辭學除世界各民族語言中共同的辭格，如譬喻、夸飾、轉化、映襯之外，更有漢語所獨具的種種辭格，如鑲嵌、藏詞、頂針、回文等。

【附註】

① 詳見中國修辭學會編《修辭學論文集·第一集》。（福建人民出版社，民國七十二年七月）

② 見中國修辭學會編《修辭學論文集·第二集》。（福建人民出版社，民國七十三年七月）

③ 辭格問題的探討頗多，以上所舉僅其一斑而已，他如鄭文貞〈修辭格的客觀基礎〉發表於《廈門大學學報》第三期（民國五十二年）、吳士文〈修辭格形式初探〉，載《遼寧師院學報》第四期（民國六十八年），可見此一問題的探討，一直不斷。

④ 唐鉞《修辭學》。（上海商務印書館，民國十二年）

⑤ 陳望道《修辭學發凡》。（上海大江書鋪，民國廿一年），又該書第十篇〈修辭現象的變化和統一〉：「辭格不過是修辭上幾種重要的模式或代表。」又《陳望道語文論集·我對研究

修辭格辨義

二一

文法、修辭的意見》：「消極修辭可以按照字面解釋，積極修辭則不能按照字面解釋。」（上海教育出版社，民國六十九年）

⑥林裕文《詞彙、語法、修辭》。（上海新知識出版社，民國四十六年）

⑦張弓《現代漢語修辭學》。（天津人民出版社，民國五十二年）

⑧林文金〈關於修辭格的幾個問題──兼談修辭學的範圍〉，載《上海師範學院學報》第四期。

⑨鄭遠漢《辭格辨異》。（湖北人民出版社，民國七十一年）

⑩濮侃〈辭格的運用與分析〉，載中國修辭學會編《修辭學論文集·第一集》。（福建人民出版社，民國七十二年）

⑪袁暉〈試說辭格的特點〉，載復旦大學語言研究室編《修辭學發凡與中國修辭學──紀念陳望道修辭學發凡出版五十周年》。（復旦大學出版社，民國七十二年）

⑫劉煥輝〈關於辭格的實質及科學體系的管見〉，載華東修辭學會編《修辭學研究·第二集》。（安徽教育出版社，民國七十二年）

⑬王德春《修辭學探索·論修辭方法》。（北京出版社，民國七十二年）列舉常用的修辭方法五種：1.擇語，2.調音，3.設格，4.謀篇，5.創新。

修辭格辨義

⑭ 吳士文《修辭格論析》。（上海教育出版社，民國七十五年）又〈修辭格的定義及其他〉載中國修辭學會編《修辭學論文集·第二集》。（福建人民出版社，民國七十三年）

⑮ 黎運漢、張維耿《現代漢語修辭學》。（香港商務印書館，民國七十五年）

⑯ 張滌華、胡裕樹、張斌、林祥楣主編《漢語語法修辭詞典》。（安徽教育出版社，民國七十七年）

⑰ 陸稼祥《辭格的運用》。（遼寧人民出版社，民國七十八年）

⑱ 王希杰〈什麼是修辭格〉，載《中國語文》月刊第六十九卷第四期，民國八十年十月，又見王希杰主編《語言學百題》。（上海教育出版社，民國八十年）以上所引係狹義的定義。王氏又揭舉修辭格廣義的定義：…修辭格是一種語言中偏離了語言的和語用的常規而逐漸形成的固定格式、特定模式，包含有意識的偏離和無意識的偏離；又包含提高語言表達效果的和降低語言表達效果的。有意識地偏離常規的，有利於表達效果的提高的，叫做正辭格。無意識地偏離常規的，降低了語言表達效果的，叫做負辭格。

⑲ 陳介白《修辭學講話》。（開明書店，民國二十年）

⑳ 吳士文《修辭講話》。（甘肅人民出版社，民國七十一年）吳氏將廿五種辭格分為描繪體、換代體、引導體、形變體四大類。陸稼祥《辭格的運用》謂：「這個標準，從辭格的內部結

構著眼來分類，顯然是比較好的、科學的，但術語較新，讀者恐怕一時不易接受。」

㉑劉煥輝〈關於辭格的分類的探討〉，載《江西大學學報》第三期。（民國六十九年）

㉒李濟中〈關於修辭方式的分類與處理〉，載中國修辭學會編《修辭學論文集·第一集》。李氏分六大類：形象、強調、貫通、含蓄、幽默、深化。

㉓潘曉東〈辭格大類劃分芻議〉，載華東修辭學會編《修辭學研究·第二集》。（安徽教育出版社，民國七十二年）

㉔如黃民裕《辭格匯編》（湖南出版社，民國八十年增訂本）在明喻、暗喻、借喻之外，附博喻、倒喻、反喻、縮喻、擴喻、較喻、回喻、互喻、曲喻，總計十二種。又如唐松波、黃建霖《漢語修辭格大辭典》（中國國際廣播出版社，民國七十八年）更細分至廿四種。

㉕參見沈謙《修辭學·自序》。（國立空中大學，民國八十年二月）

㉖見高明《高明文學論集·修辭總論》。（黎明文化公司，民國六十七年）

㉗見陳望道《修辭學發凡·第五篇·積極修辭綱領》。（學生出版社，民國五十七年版）

㉘參考張滌華、胡裕樹等主編《漢語語法修辭詞典》。（安徽教育出版社，民國七十七年）

比興之界義與原則

比興之修辭方法，緣於聯想，奠基在人類心理之類化作用，以舊經驗引發新經驗，以易知說明難知，以具體形容抽象。因物興感，由外界的景象激發內在的情感。比興之名稱，起源甚早，《周禮‧春官‧大師》云：「大師掌六律六同，以合陰陽之聲。……教六詩：曰風，曰賦，曰比，曰興，曰雅，曰頌。以六德為之本，以六律為之音。」〈詩大序〉：「詩有六義焉：一曰風，二曰賦，三曰比，四曰興，五曰雅，六曰頌。」一般公認為詩有六義，風、雅、頌是指體裁，賦、比、興是指作法。

賦比興的意義，說法紛紜，令人困惑也頗饒情味。最簡截了當的是葉嘉瑩〈從形象與情意之關係看賦比興之說〉①：

從「賦」、「比」、「興」三個字的最簡單最基本的意義來加以解釋的話，則所謂「賦」者，有鋪陳之意，是把所欲敘寫的事物加以直接敘述的一種表達方法。；所謂「比」者

，有擬喻之意，是把所欲敘寫之事物借比爲另一事物來加以敘述的一種表達方法；而所謂「興」者，有感發起興之意，是因某一事物之觸發而引出所欲敘寫之事物的一種表達方法。

如果從修辭學的角度來看比、興的表達方法。則「比」相當於「譬喻」，「興」相當於「象徵」。劉勰在《文心雕龍·比興篇》對於比、興的表現手法，闡論精微。本文即以劉勰的理論爲基礎，針對比興之界義與原則予以闡析申論。

壹、比興之界義

比興的表達方法，基本上均屬託物寓情，表達情意，趨向隱微婉轉，界義也不夠明確，往往造成解釋上的歧義與曖昧。《文心雕龍·比興篇》云：

詩文弘奧，包韞六義，毛公述傳，獨標興體；豈不以風通而賦同，比顯而興隱哉！故比者，附也；興者，起也。附理者，切類以指事；起情者，依微以擬議。起情故興體以立，附理故比例以生。比則蓄憤以斥言，興則環譬以託諷。蓋隨時之義不一，故詩人之志有二也。

此開宗明義，闡明比興之名義，「比者，附也。附理者，切類以指事。」比，即比附，借

二六

外物譬喻事理，運用貼切的類似點以指明事理。「興者，起也。起情者，依微以擬議。」興，

即興起，假外物以抒內情，依附細微的外物以表達蓄積的情志。「比顯而興隱」，借甲比方乙

的譬喻——比，與直述所感的——賦，語意明確，不容易有疑義。唯獨「依微以擬議，環譬以

託諷」的表達方式——興，較直述與譬喻，含義要深奧。王夢鷗先生《文學概論》②云：

「比」是用類似的東西來說明原來的東西，更精確地說：應該是用其他事物的類似點來

代表原事物的特點，而這特點乃是作者的意象所在。至於「興」，則為原意象引發的繼

起意象之傳達，但所傳達的繼起意象與原意象之間可類似亦可不類似，甚至相反的，無

不可據以表述。這也是文學的作品大不同於其他著述的特質。例如人們對著「流水」卻

想到「日子過得很快」，或對「豪門盛宴」而想到「餓死的叫化子」一樣，原有的興繼

起的，似乎了不相關。

比較而論，比則借擬他類，譬喻此理，其文辭顯明易見；興則假託外景，興發內感，其寓

意深晦難明。比等於「譬喻」，興相當於「象徵」。以下再進一步分別釋比與興。

一、釋「比」

「比」，即譬喻，此種表達方式由來已久。有關「比」的理論，先秦時即已屢見不鮮③：

子曰：「夫仁者，己欲立而立人，己欲達而達人。能近取譬，可謂仁之方也矣。」（論

孔子教弟子求仁之道在推己及人，所謂「能近取譬」，能夠就近以己身為譬，設想他人。這是有關譬喻最早的言論。朱熹《四書集註》：「譬，喻也。近取諸身以己所欲譬之他人，知其所欲亦猶是也。」墨子在總結論辨的方法時，揭示譬喻的意義是用他一事物來比方說明此一事物。他又在〈貴義篇〉云：「以其言非吾言者，是猶以卵投石也。盡天下之卵，其石猶是也，不可毀也。」〈耕柱篇〉云：「傷矣哉！言則稱于湯文，行則譬于狗豨，傷矣哉！」墨子用「以卵擊石」來比方自己學說的牢不可破，不但善用譬喻，而且反對不當的譬喻，指出「用豬狗的爭鬥來比方武士的爭鬥」，大為不妥。荀子則在闡明論辨之術時，強調「譬稱以明之」，以為譬喻不可或缺。

先秦諸子馳騁辯說，為了加強說服力，對於譬喻，十分重視。劉向《說苑·善說篇》有一則著名的故事：

客謂梁王曰：「惠子之言事也善譬，王使無譬，則不能言矣。」王曰：「諾。」明日見

辟（譬）也者，舉也（他）物以明之也。（墨子·小取篇）

談說之術，矜莊以莅之，端誠以處之，堅彊以持之，分別以喻之，譬稱以明之。（荀子·非相篇）

語·雍也篇）

，謂惠子曰：「願先生言事則直言耳，無譬也。」惠子曰：「今有人於此，而不知彈者

，曰：『彈之狀若何？』應曰：『彈之狀如弓。』則諭乎？」王曰：「未諭也。」「於

是更應曰：『彈之狀如弓，而以竹為弦。』則知乎？」王曰：「可知矣。」惠子曰：「

夫說者，固以其所知諭其所不知，而使人知之。今王曰『無譬』，則不可矣。」王曰：「

「善！」

譬喻的作用，是以易知說明難知，「彈之狀若彈」，是以未知喻未知，說了等於沒說。「

彈之狀如弓，而以竹為弦」，則以已知喻未知，對方自然明白。惠施在此提出「固以其所知諭

其所不知，而使人知之。」在譬喻的理論上已經較孔子、墨子、荀子更加深入。兩漢有關譬喻

的理論也往往可見：

「假象取耦，以相譬喻，斷短為節，以應小節，所以曲說攻論，應感而不匱者也。……

假譬取象，異類殊形，以領理人之意。」「言天地四時而不引譬援類，則不知精微；從

大略而不知譬喻，則無以推明事。」（劉安：淮南子‧要略）

水則混混澐澐，晝夜不竭，既似力者；盈科而行，既似持平者；循微赴下，不遺小問，

既似察者；循溪谷不迷，或奏萬里而必至，既似知者。是以君子取譬也。（董仲舒：春

秋繁露‧山川頌）

夫比不應事，未可謂喻也；文不稱實，未可謂是也。（王充：論衡・物勢）

夫譬喻也者，生于直告之不明，故假物之然否以彰之。（王符：潛夫論・釋難）

淮南子強調譬喻之重要，所謂「假譬取象，異類殊形，以領理人之意」「不知譬喻，則無以推明事。」分別從正反兩面指陳譬喻之功能。董仲舒以為，各種山水之形狀可用作不同的譬喻，並指陳「是以君子取譬也。」比荀子更有意識地闡明如何譬喻。東漢王充則提出選用譬喻的原則──「應事」、「稱實」。他主張要針對客觀的實際事物，因事設比，切中肯要，否則即非譬喻之正軌。王符則與惠施所言相近，明確指明譬喻之原因「直告之不明」，必須借另一事物比方說明。

此外，《禮記・學記》所謂「不學博依，不能安詩。」鄭玄注：「博依，廣譬也。」因為詩中往往用譬喻微婉達情，不學好譬喻，不但不能寫詩，且不能掌握詩意。王逸《楚辭章句》：「離騷之文，依詩取興，引類譬喻，故善鳥香草以配忠貞，惡禽臭物以比讒佞，靈修美人以媲于君，宓妃佚女以譬賢臣，虯龍鸞鳳以托君子，飄風雲霓以為小人。」則以屈原作品為例，說明喻體與喻依之間，本質上雖不同類，必有其類似點。故以善鳥喻善人，以惡禽譬讒佞。

凡此均可見，「比──譬喻」在中國古代的文化傳統中，淵源甚久，其來有自。

至於劉勰《文心雕龍》則對於「比」首先提出有系統的闡論。〈比興篇〉對於比之釋義、

三〇

比之種類、比之取材，均有相當精要之論列：

(一)比之名義

有關「比」之名義，〈比興篇〉云：

比者，附也。……附理者，切類以指事。……附理故比例以生。

且何謂為比？蓋寫物以附理，颺言以切事者也。

劉勰認為，「比」即譬喻，選用事物打比方。所謂「比附」，以近似者相比，切取類似點以指明事實。所謂「寫物以附理，颺言以切事」，藉描敍外在的事物以譬喻內在的事理。

(二)比之分類

有關「比」之分類，〈比興篇〉云：

故金錫以喻明德，珪璋以譬秀民，螟蛉以類教誨，蜩螗以寫號呼，澣衣以擬心憂，卷席以方志固。凡斯切象，皆比義也。

至如麻衣如雪，兩驂若舞，若斯之類，皆比類者也。

據此可見，劉勰將「比」分作兩類：

第一——比義，以事義相比附，即以具體的事物譬喻抽象的義理。他舉了六個例證：

1. 金錫以喻明德：語出詩經衛風淇奧：「瞻彼淇奧，綠竹如簀。有匪君子，如金如錫，如

圭如璧。」以金錫的具體特徵，比喻君子抽象的光明品德。

2.珪璋以譬秀民：語出詩經大雅卷阿：「顒顒卬卬，如圭如璋，令聞令望，豈弟君子，四方為綱。」以最精粹的玉石，譬況優秀傑出的人才。

3.螟蛉以類教誨：語出詩經小雅小宛：「螟蛉有子，蜾蠃負之。教誨爾子，式穀似之。」以蒲盧（蜾蠃）養取桑蟲（螟蛉）之子以為己子，似有德者教取王民以為己民。

4.蜩螗以寫取桑蟲：語出詩經大雅蕩：「文王曰咨！咨女殷商，如蜩如螗，如沸如羹。」以蟬（蜩螗）之鳴噪，喻時人悲嘆之聲，以湯之沸羹之熱喻憂亂之心。

5.澣衣以擬心憂：語出詩經邶風柏舟：「心之憂矣，如匪澣衣。靜言思之，不能奮飛。」以未洗之污衣在身，形容內心的煩憂。

6.卷席以方志固：語出詩經邶風柏舟：「我心匪石，不可轉也；我心匪席，不可卷也。」以卷席以方志固，而我心不可轉。席可捲，而我心不可卷。以不轉不卷形容其心志堅定不移。石雖重尚可轉動，而我心不可轉。

以上六個具體的辭例，出自詩經，都是以具體的事物來比方說明抽象的情理。

第二—比類，以事類相比附，即以具體的事物譬喻具體的形貌。他舉了兩個例證：

1.麻衣如雪：語出詩經曹風蜉蝣：「蜉蝣掘閱，麻衣如雪。」麻衣（朝服）如雪般的潔白光鮮。

2.兩驂如舞：語出詩經鄭風大叔于田：「大叔于田，乘乘馬，執轡如組，兩驂如舞。」言

大叔田獵，乘四馬之車，駕駛技術高明，在外的兩匹驂馬，與在中間的兩匹服馬，行列整齊，

步調和諧，像合節拍的舞步一般。

以上兩個辭例，也出自詩經，以具體的事物來比方說明具體的形貌。

(三)比之取材

有關比之取材，〈比興篇〉云：

夫比之為義，取類不常：或喻於聲，或方於貌，或擬於心，或譬於事。

此言比之取材，並無固定之範疇。大體有四項：(一)喻於聲音，(二)方於形貌，(三)擬於心理，

(四)譬於事物。此四者之中，喻聲與方貌，乃以具體的事物譬喻具體的形貌，屬「比類」。擬心

與譬事，乃以具體的事物譬喻抽象的義理，屬「比義」。劉勰又從辭賦中擷取辭例為證④：

1.宋玉〈高唐〉云：「纖條悲鳴，聲似竽籟。」此比聲之類也。——謂「風鳴細枝，其聲

悲切，有似笙簫之吹奏。」此為聽覺上的以聲音相比之類。

2.枚乘〈菟園〉云：「焱焱紛紛，若塵埃之間白雲。」此比貌之類也。——謂「晚霞映水

，光采紛披，宛若飛揚之塵埃錯雜於白雲之中。」此為視覺上的以狀貌相比之類。

3.賈誼〈鵩鳥〉云：「禍之與福，何異糾纏。」此以物比理者也。——謂「災禍幸福互為

表裏，無異於兩股糾成之繩索，相倚相伏。」此為以具體之物象比抽象之義理。

4.王褒〈洞簫〉云：「并包吐含，如慈父之蓄子也。」——謂「洞簫之

大音，并包衆聲，正如慈父以仁義教養子弟。」此為以聲音比心情。

5.馬融〈長笛〉云：「繁縟絡繹，范、蔡之說也。」此以響比辯者也。——謂「長笛之聲

，多采多姿，絡繹不絕，正如范雎、蔡澤兩辯士的高談闊論。」此為以聲響比辯才。

6.張衡〈南都〉云：「起鄭舞，蜑曳緒。」此以物比容者也。——謂「跳鄭國之舞蹈，步

伐細緻整齊，像蠶繭抽絲那樣層層相連。」此為以物態比舞容。

如此「比」的分類與比的題材，交遞為用，衍生無窮，極態盡妍，蔚為洋洋大觀。

「興」，即興起，由外在的景象引發出內心的情感，相當於「象徵」。「興」的表達方式

，由來已久，在南朝以前，有關「興」的說法即已屢見不鮮：

子曰：興於詩，立於禮，成於樂。（論語·泰伯篇）

子曰：小子何莫學乎詩？詩可以興，可以觀，可以群，可以怨。邇之事父，遠之事君，

多識於鳥獸草木之名。（論語·陽貨篇）

詩有六義焉：一曰風，二曰賦，三曰比，四曰興，五曰雅，六曰頌。（詩大序）

三四

孔子教弟子讀詩，旨在修身養性。所謂「興於詩」，因為詩感人最深，可以鼓舞意志，激發人心向善。何晏《集解》引包咸云：「興，起也。」言修身當先學詩。」朱熹《集註》云：「興，起也。所以興起其好善惡惡之心而不能自已者，必於此得之。」所謂「詩可以興」，也是說可以感發志氣，使人興起好善、惡惡的良知。只提出興是詩的作用之一，並未說明興義。朱熹《集註》云：「感發志意。」此係就學詩之益用而言。張健〈孔子的詩論：興、觀、群、怨〉⑤，闡論孔子提出興的原因：1.引起上進心。2.引發生命美感。3.引發詩意。4.引起興味。5.引發悲天憫人、民胞物與的情懷。並指出：「至少『引發興味』是指引激發人對於某一題材的興趣，與賦比興之興的一般解釋大致相當。」

詩大序對於「興」義也沒有明說。再加上表達方式隱微婉轉，使得「興」的解釋歧異，令人困惑。朱自清《詩言志辨》⑥云：

論詩，從唐以來，「比興」一直是最重要的觀念之一。後世所謂「比興」雖與毛、鄭不盡同，可是論詩的人所重的不是「比」、「興」本身，而是詩的作用……論詩尊「比興」、所尊的並不全在「比」、「興」本身的價值，而是在「詩言志」，詩以明道的作用上了。

「毛傳」「興也」的「興」有兩個意義，一是發端，一是譬喻；這兩個意義合在一塊兒

頭緒：

才是「興」。……前人沒有注意興的兩重義，因此纏夾不已。

如果要想對「興」得到比較明確的認識，則屈萬里《詩經釋義》⑦不啻從亂軍中理出一條

毛傳於賦、比兩體都不注明，而獨標興體。但是，毛傳鄭箋，實際上都把興體講成了比體。那就是興體詩開頭的一二句，多半和詩人要詠的本事無關，而毛傳鄭箋，卻一定要把這開頭的話和本事扯上關係，於是穿鑿附會，不一而足。鄭樵六經奧論說：「凡興者，所見在此，所得在彼，不可以事類推，不可以義理求也。」朱子詩集傳也說：「興者，先言他物，以引起所詠之詞也。」這都是明達之論。

此與王夢鷗所稱「『興』則為原意象引發的繼起意象之傳達」，葉嘉瑩所稱「『興』者，有感發起興之意，是因某一事物之觸發而引出所欲敍寫之事物的一種表達。」三者並觀，則「興」之意義大概可有明確之概念。

劉勰文心雕龍對於興的解釋，則〈比興篇〉分論興之名義與興之例證。

(一)興之名義

有關「興」之名義，「比興篇」云：

興者，起也……起情者，依微以擬議。……起情故興體以生。

劉勰認為，「興」即興起、激發之意，藉外在的景物引發內心的情感。所謂「依微以擬議」，依託細微的外物，以擬構內在蘊積的情理。如果拋開傳統「興」以釋詩的種種糾纏，則「興」相當於現代修辭學上的「象徵」。

(二)「興」相當於現代修辭學上的「象徵」。

(三)興之運用

有關「興」之運用，〈比興篇〉云：

> 觀夫「興」之託諭，婉而成章，稱名也小，取類也大。關雎有別，故后妃方德。尸鳩貞一，故夫人象義。義取其貞，無疑於夷禽；德貴有別，不嫌於鷙鳥。明而未融，故發注而後見也。

此言「興」之寄託諷諭，運用婉約深曲的文辭，創作內蘊豐富的篇章。其所稱述之外在名物，雖然細微渺小，但所取象的意義，卻十分重大深遠。劉勰在此從詩經中舉了兩個實例，予以印證：

1. 關雎有別，故后妃方德：出自詩經周南關雎：「關關雎鳩，在河之洲；窈窕淑女，君子好逑。」詩序：「關雎，后妃之德也。風之始也。」毛傳：「后妃說樂君子之德，無不和諧，又不淫其色，慎固幽深，若關雎之有別焉。⋯⋯言后妃有關雎之德，是幽閒貞專之善女，宜為君子之好匹。」由外在的物象——關雎和鳴，引發出內心之情感——夫婦和諧。

2.尸鳩貞一，故夫人象義：出自詩經召南鵲巢：「維鵲有巢，維鳩居之；之子于歸，百兩御之。」詩序：「鵲巢，夫人之德也。國君積行累功以致爵位，夫人起家而居有之，德如鳲，乃可以配焉。」毛傳：「起家而居有之，謂嫁於諸侯也。夫人有均壹之德如鳲鳩然，而後可配國君。」由外在的物象——鳲鳩居鵲巢，而能均養其子，引發出內心的聯想——夫人來嫁諸侯，具堅貞專一的意義。

如此以外在具體的景象，興起內在抽象的情思。其象徵意義，頗為深長。「義取其貞，無疑於夷禽；德貴有別，不嫌於鷙鳥。」言配義取其堅貞專一，而無所疑忌於鳲鳩之夷禽；淑德貴其幽閒自別，而未嘗嫌惡於雎鳩之鷙鳥。其象徵之意義，至為深遠，往往須借助傳箋注釋，才能充分領略。故曰：「明而未融，故發注而後見也。」

三、比興之異同

「比」、「興」迥異於賦，為間接之表達方式。無論以物「比」物或以物「興」情，主要都是通過具體的物象來表達抽象的情思。所以「比興篇」贊云：「擬容取心」。「容」謂事物的外貌形象，「心」謂事物的實質情理。此為比興共同的特質，且為文學創作之所以巧妙的關鍵。陸侃如、牟世金《劉勰和文心雕龍》論比興⑧云：

比興兩法的共同要求，就是詩歌要用形象說話。詩中所寫事物的「心」，不是赤裸裸地

直接說出，而是通過「容」來表現。……正因為劉勰初步意識到詩歌要用形象來說話的

特點，所以，他一方面要求「觸物圓覽」，對所寫事物作全面觀察，一方面注意到「比

興」和「神思」的關係。神思篇講到作者在「物以貌求，心以理應」的過程中，就會「

萌芽比興」，這是不錯的。

「比興」託物寓情，同為「擬容取心」之間接表達方式。與直接敘述的「賦」，大相逕庭

。故鍾嶸〈詩品序〉云：「若專用比興，患在意深，意深則詞躓；若但用賦體，患在意

浮則文散。」意隱者境深，意顯者境淺。以「比、興」與「賦」相較，則比興皆隱而深。但是

以「比」與「興」相較，則「興」深隱而「比」淺顯。故劉勰在〈比興篇〉篇首即揭示「比顯

而興隱」，此為比、興迥異之關鍵處。劉永濟《文心雕龍校釋》對此頗有闡發⑨：

比興之義，論者紛如。……舍人此篇以比顯興隱立說，義界最精。蓋二者同以事物況譬

，特有隱顯之別，而無善惡之分。「比」者，作者先有此情，亟思傾洩，或嫌於逕直，

乃索物比方言之。「興」者，作者雖先有此情，但蘊而未發，偶觸於事物，與本情相符

，因而興起本情。前者屬有意，後者出無心；有意者比附分明故顯，無心者無端流露故

隱。因學紀聞載李仲蒙釋賦比興義，語可參證。李曰：「敘物以言情謂之賦，情盡物也

；索物以記情謂之比，情附物也；觸物以起情謂之興，物動情也。」曰索，曰記，事出

有意；曰觸，曰動，理本無心。隱顯之異，分明可見。毛公傳詩，以興體難明，故特標

出。舍人此篇，題稱比興，而文多明比法。蓋興出無端，難以法定，一也；賦家之文，

鮮明興體，二也。用意不同，其歸一也。

劉氏不但申論比顯興隱之異，且進而探討所以異之緣由。「比」係有意的比附，借物以喻

事；「興」係無心的流露，感物以起情。兩者固同為間接之表達方式，然本同而末異。故朱熹

毛詩集傳云「比者，以彼物比此物也；興者，先言他物以引起所詠之詞也。」朱子全書又云：

「比是以一物比一物，而所指之事，常在言外；興是借彼一物以引起此事，而其事常在下句。

但比意雖切而卻淺，興義雖闊而味長。」

比興之區別，除基本上「比顯興隱」之外，王禮卿《文心雕龍通解》⑩以劉勰論辭賦所云

「日用乎比，月忘乎興，習小而棄大」為基礎，以為以大小區比興，高下顯然，其故有三。茲

撮述於後：

(一)比切附而興依微：如有女同車「顏如舜華。」槿為美花，以比美貌。小戎「言念君子，

溫其如玉。」玉有溫然之德，以比君子溫然之性。美與溫皆兩相切附之事。如凱風「凱風自南

，吹彼棘心。」箋云「興者，以凱風喻寬仁之母；棘，猶七子也。」風母而棘子，事非切附，

如以雨露之長養花草，亦可以興母子。第如毛傳所云：「樂夏之長養，棘難長養者。」乃取南

風煦養之恩厚，棘心長養之艱辛，則其微義所在，故依之以起興。……此比切興微相異之義，及其例證也。

（二）比意直而興意婉：如蜉蝣「麻衣如雪。」大叔于田「兩驂如舞。」以彼事物比此事物，皆所習見，其理不勞深求，故比意直。如鳲鳩「鳲鳩在桑，其子七兮。」汲取平均如一之義，以興君子之「其儀一兮」。然必依「鳲鳩養子，朝從上下，暮從下上，平均如一」之性，始能婉轉達意，其事義非可逕得，故興意曲。此比直興婉相異之義，及其例證也。

（三）比義狹而興義廣：如淇奧「如金如錫，如圭如璧。」傳云「金錫練而精，圭璧性有質。」卷阿「如圭如璋。」皆以金玉比質性，無其他闊遠之義，故比之義狹而變少。如邶風柏舟「汎彼柏舟，亦汎其流。」箋云「興者，喻仁人之不見用，而興群小並列，亦猶是也。」鄘風柏舟「汎彼柏舟，在彼中河。」箋云「舟在河中，猶婦人之在夫家，是其常處。」唐風有杕之杜「有杕之杜，生於道左。」箋云「今人不休息者，以特生陰寡也。喻武公初兼其宗族，不求賢者與之在位，君子不歸，似若特生之杜然。」小雅杕杜，「有杕之杜，有皖其實。」傳云「杕杜猶得其時蕃滋，役夫勞苦，不得盡其天性。」同一柏舟，一由與眾物汎流之動象，興仁人不見用之歎；一由止泊於河之靜象，興婦人居有常處之感。同一杕杜，一由特生之象，取陰寡憔悴之義，正興武公孤立之慮；一由特生而實之象，取蕃榮得時之義，反興役夫失性之悲；既有

動靜榮悴之異，又可反可正，可彼可此，相去甚遠。故興之義廣而變多，此比狹興廣相異之義，及其例證也。

王氏論比興之異，揭舉「比切附而興依微」，「比意直而興意婉」，「比義狹而興義廣」三端，頗能切中肯要，且舉詩經中實例印證，申論頗為精闢透徹。又陳啟源《毛詩稽古編》亦嘗論列比興之異「興隱而比顯，興婉而比直，興廣而比狹。」與王氏所標三端相符。如其云：「興比皆喻而體不同；興者興會所至，非即非離，言在此，意在彼，其詞微，其旨遠。比者，一正一喻，兩相譬況，其詞決，其旨顯。」可見英雄所見略同，觀乎此，可以明辨比、興之異同。

貳、比興之原則

「比」、「興」取名自詩經的六義說。孔穎達疏解詩序所謂六義：風、雅、頌是指詩之體裁；賦、比、興是指詩之作法。作法之中，比、興居其二，可見比、興之修辭法，為文學創作最重要之技巧。所以劉勰在文心雕龍神思篇探討創作者「物以貌求，心以理應」之過程中，特別強調「刻鏤聲律，萌芽比興」。

至若比興之原則，則以劉勰〈比興篇〉贊語最為簡要中肯：

詩人比興，觸物圓覽。物雖胡越，合則肝膽。擬容取心，斷辭必敢。攢雜詠歌，如川之澹。

此總結比興之原則：文學創作運用比興之修辭方法，以表達情意，描寫事物。要針對寫作的題材，周覽泛觀，體物入微，充分掌握其特質。苟能如此，則兩樣事物縱然迥異像南越北胡般迥然不同，卻因為捕捉到其間微妙的關聯，予以比方描寫，維妙維肖，如肝膽之貼切，休戚相關。無論是模擬形貌，擷取含意，都必須要求精確得體，切理厭心。苟能如此，則創作時運用比興，附理起情，神思想像，靈感如泉湧水流，取之不盡；文辭如河水搖蕩，生動流暢；文章意旨豐盈，含蘊無窮。

從現代修辭學的角度而言，所謂「觸物圓覽」即從各種角度觀察所取題材或所用譬喻之喻依，充分掌握其間微妙的關聯，則喻體與喻依雖本質上迥然不同，風馬牛不相及，但只要能捕捉其微妙關聯之契合點，即可作巧妙之譬喻形容。所以劉勰說：「物雖胡越，合則肝膽。」又附會篇云：「善附者異旨如肝膽，拙會者同意如胡越。」

所謂「擬容取心」，則研究文心雕龍的學者解釋略有歧義，如：

(一)李曰剛先生《文心雕龍斠詮‧比興篇》注釋：

言比擬形容，求取合乎人心⋯決斷文辭，必須斷然果敢。攢聚雜事，吟詠詩歌，則靈感

比興之界義與原則

四三

汩汩而來，即如河水之蕩漾然。

(二)王更生先生《文心雕龍讀本‧比興篇》語譯：

寫作時，如果用比擬形容的方式，則必須注意合乎常情。而修飾文辭時，要大膽果決而不模稜兩可，具備了以上所說的條件，那麼作者在積聚聯想的事物，吟詠詩歌的時候；則靈感就像泉湧水流，自然取之不盡，用之不竭了。

(三)周振甫《文心雕龍注釋‧比興篇》今譯⑪：

辭像河水流動般生動。聚集各種比興的事物在歌詠裏，使文有的模擬外形，有的採取含義，措辭一定要果敢。

(四)陸侃如‧牟世金《劉勰和文心雕龍‧比興問題》⑫：

劉勰在「比興」篇的小結中提到的「擬容取心」，就概括了這一共同點。「容」指事物的形象，「心」指事物的實質。比興兩法的共同要求，就是詩歌要用形象說話，詩中所寫事物的「心」，不是赤裸裸地直接說出，而是通過「容」來表現。

由此可見，李氏、王氏將「擬容取心」連為一體，解釋成「比擬形容，求取合乎人心，必須注意合乎常情。」周氏、陸氏將「擬容」「取心」分開，解釋作「模擬外形，採取含義」「容指事物的形象，心指事物的實質」。

如此迥異的解說，表面上看起來是分歧的，恰巧也正顯示了台灣學者與大陸學者對文心雕

龍研究的不同成果。然而，如果我們從更寬廣的角度衡視此等歧見，這兩類的說法，並非矛盾

對立，而是可以兼容並蓄，相輔相成的。

「擬容取心」的意義，如果真正衡諸劉勰理論與修辭法的實際情況，可以解釋作：無論是

模擬形貌的「擬容」，擷取含義的「取心」，都必須要求精確得體；以比（譬喻）而論，切至

為貴，避免不倫不類的牽強比附，以興（象徵）而論，必須出自理性的關聯、社會的約定、或

透過作者的經營設計，受上下文控制，避免不合理的機械附會。

以下且結合劉勰的理論與修辭方法的實情，分從「比顯興隱」「擬容取心，切

至為貴」「隨時起情，依微擬議」三端，闡論比興之原則。

一、比顯興隱，環譬託諷

鍾嶸詩品序云：「文已盡而意有餘，興也；因物喻志，比也。」比、興在傳統詩歌中被列

為最主要之寫作技巧，劉勰將比、興合為一篇而論之，其中必有緣故。因為比與興有同有異，

二者都不是直接的表達，而是藉具體形象的事物去表情達意，採間接的、暗示的表達方式。兩

者之間最顯著的區別是「比顯興隱」。黃侃《文心雕龍札記》說得好：「題云『比興』，實側

注論比，蓋以興義罕用，故難得而繁稱。」從修辭學的角度而言，「比」中的明喻、隱喻、略

比興之界義與原則

喻、借喻等，都明顯易知，「興」中的普遍象徵、特定象徵，就需要讀者用心體味。同時，比、興仍有糾纏難解之處。劉勰在比興篇中對比興雖有相當中肯的闡論，但仍有混淆之處。現代研究文心雕龍與修辭學的學者，也有不同的意見。且看：

(一)詹鍈《劉勰與文心雕龍‧文心雕龍的修辭學‧比興篇》⑬：

從運用比興的目的來說，「比則蓄憤以斥言，興則環譬以託諷。」當內心蓄積了憤激之情的時候，用比喻直斥統治者，如《詩經‧碩鼠》的「碩鼠碩鼠，無食我黍」就是。下面說：「興之托喻，婉而成章。」可見劉勰認爲興也是一種譬喻，不過這種譬喻是利用委婉回環的方式來寄託諷刺之情。有些詩篇在用興的手法時，也不一定含有諷刺之意，而只是「觸物以起情」，所以興只是一種引子，用它來引出所詠之詞。

(二)廖蔚卿《六朝文論‧劉勰的創作論》⑭：

至於興之運用，本是出於暗示作用，劉勰謂「比顯而興隱」，它因「依微以擬議」而有「起情」的作用，所以興之爲用主要在取諸事理，對於一件事有所認識與理解，於是用一種事物去譬喻它，予那事物理以特出的暗示。……釋皎然詩式曰：「取象曰比、取義曰興。」由是知興之用專在取義，然則以事喻義的方法，仍然是比喻法的一種，應該就是劉勰所列舉的比義的例子。……以物喻事的比喻，其目的不僅是使所要表現的事物更爲

生動凸出而已，主要的還在以一種事物引出一種道理、一種觀念，使能從事象中，發生一種思想的活動。但是那一種作者所欲求的思理，他並未直接述明，他只用一件事物來指出，來暗示。這種方法即是「託喻」，即是「依微起情」的暗示作用。但這種暗示，常是被包括於比喻之中。

(三)黃維樑《清通與多姿——中文語法修辭論集・文學的四大技巧・比喻》⑮：

象徵是文學創作的另一個技巧，象徵和比喻這兩種技巧，甚有關聯。比喻以「彼物」比「此物」；象徵則以一物「象」表「徵」多重意義。在一個比喻裏面，「彼物」和「此物」之間，關係是很清楚的：二者有一個或多個相同之處，好比一對男女，互相吸引，經過月老（文學家）的撮合而成為夫婦（比喻）。在一個象徵裏面，一物象所表徵的意義，則相當曖昧。好比一個美麗的少女，喜歡她的男孩子很多，她似乎也對他們表示了好感，但到底最喜歡誰，有時連經驗豐富的月老（文學家）也說不清楚。李商隱的〈錦瑟〉詩，裏面的「滄海月明珠有淚，藍田日暖玉生烟」兩句，究竟要說明的是愛情的悲哀、懷才不遇、還是生命的茫然呢？就相當朦朧了。〈錦瑟〉詩好像海明威的《老人與海》一樣，都是涵義豐富的象徵。不過，無論如何，比喻和象徵都建基於「彼」與「此」的相同點上面，就廣義而言，象徵可以包括在比喻之內。

(四)李裕德《新編實用修辭·象徵式比擬》⑯：

象徵式比擬可以簡稱爲象徵，象徵的特點同比喻有某些相似，不過，象徵要對比擬體進行比較詳細或十分詳細的描敘，用來說明被比擬體。例如茅盾的〈白楊禮贊〉，就著力地描繪了白楊樹，對白楊樹的姿態、樹枝、樹皮等進行了相當仔細的描寫。用白楊樹作比擬體，去贊頌抗日時期中國的北方農民。這種著力描寫比擬體比擬的方法就叫做象徵式比擬。而比喻的比擬體通常只有一兩句話，不可能對被比擬體進行詳細的描寫。所以說，象徵是一種篇章修辭法，它的對象是整篇的文章，至少是文章中的一大段話，同比喻只是修飾句子有根本的區別。也可以說，象徵是篇章的比喻。

詹氏、廖氏基於劉勰「環譬託諷」、「依微起情」之理論，以爲「興也是一種譬喻，不過這種譬喻是利用委婉回環的方式來寄托諷刺之情。」「興之用專在取義，然則以事喻義方法，仍然是比喻法的一種。」黃氏、李氏則從修辭學的角度，認爲「就廣義而言，象徵可以包括在比喻之內。」「象徵是篇章的比喻。」

表面上看來，比與興，譬喻與象徵，同中有異，異中有同，不容易區分。其實，只要略加用心思索，其間的區別仍然是有脈絡可尋。黃維樑創造了一個妙喻，以單純的夫婦喻譬喻，以多情的少女喻象徵，即是將象徵視爲譬喻的一種，仍然迥異於一般的譬喻。從另一個角度而言

，正因為譬喻與象徵之相重相異，我們可以對這兩種修辭技巧，經過深思熟慮，有更深一層的認識。在此有兩點必須闡明：

第一，比、興作為最重要的表達方式，其關鍵在於透過比興能達成的表達效果，而非比、興本身。朱自清《詩言志辨・比興論詩》⑰說得好：

論詩，從唐以來，「比興」一直是最重要的觀念之一。後世所謂「比興」雖與毛、鄭不盡同，可是論詩的人所重的不是「比」、「興」本身，而是詩的作用……論詩尊比興，所尊的並不全在「比」、「興」本身的價值，而是在「詩以言志」，詩以明道的作用上了。

由此可見，透過比、興而能使創作達到詩以言志、詩以明道的理想目標，這才是文學創作的關鍵。

第二，劉勰強調「比興」，指出比興的重心是「比則蓄憤以斥言，興則環譬以託諷。」其理想目標在講究文章以述志為本，須為情而造文，而非無痛呻吟的為文而造情。〈情采篇〉云：

風雅之興，志思蓄憤，而吟詠情性，以諷其上。

比興篇強調的「蓄憤」，「託諷」，乃主張文學創作必須有「興寄」，有內容，有感而發

比興之界義與原則

四九

。就比興修辭法的基本原則而言，並非玩文字遊戲，跟讀者捉迷藏，而是「志思蓄憤」、「環譬託諷」。

確立了比興的基本的原則之後，仍然須再進而釐清象徵與譬喻之異。劉勰在比興篇開宗明義說：

比者，附也；興者，起也。附理者切類以指事，起情者依微以擬議。

比是依照事物之相似處來比附事理，興是根據事物的隱微處來興起情感。由此可見，譬喻比較明確，象徵比較隱晦。更具體而言，譬喻中的明喻、隱喻、略喻，與象徵還比較容易辨別，借喻與象徵，就不易區別。因此，修辭學者對此頗有闡發：

(一)宋振華《現代漢語修辭學·象徵與借喻的區別》⑱：

第一，借喻是比喻的一種，構成比喻的基礎是本體（喻體）和喻體（喻依）的相似點。借喻的本體雖然沒有出現，但是可以看出作比喻的是什麼，而且一般都可以換成明喻的格式。例如：「全世界被壓迫被剝削的勞動人民要砸碎鐵鎖鏈。」其中的「鐵鎖鏈」顯然是指壓迫人民的剝削制度，所以可改成明喻：「剝削制度像套在人民身上的鐵鎖鏈。」剝削制度像套在人民身上的鐵鎖鏈。」而象徵體和象徵意義間一般沒有相似點，所以不能換成明喻格式。例如，用鴿子象徵和平，但不能說「和平像鴿子」。

第二，借喻是用喻體（喻依）直接代替本體，象徵體不是簡單地代替象徵意義，而是通過多方面描繪形象，才能使象徵意義展示出來。

(二)黃慶萱《修辭學》論象徵之原則：

象徵很像譬喻，尤其像譬喻裏的借喻。二者的分別在：象徵和意象結合爲一：而借喻是省去喻體、喻詞的喻依，喻體和喻依卻是獨立的兩個意象。試看下例：

「這話未免太重太狂，太傷害人的自尊，火山的爆發，溶岩飛濺，四濺傷人。破壞了美的印象。發怒是心虛的表示。你心虛。祈綏音也心虛。」（水晶：沒有臉的人）

「火山的爆發，溶岩飛濺，四濺傷人。」是一個借喻：與「羅亦強發怒」是二個獨立的意象。作者借前者來譬喻後者。前者事實上並沒有發生。再看下例：

「她突然舉起另外一隻手把那隻玻璃水缸猛一拍，那隻金魚缸便珫瑯一聲拍落到地上，砸得粉碎。」（白先勇：那片血一般紅的杜鵑花）

這個意象象徵著「麗兒」砸碎「王雄」的心。象徵與意象結合，而事實上也曾發生。

宋氏、黃氏之說，從修辭學的角度辨明象徵與借喻之區別，闡論精微，頗能掌握其間的關鍵處，使疑難迎刃而解。以下且盱衡各家之說，針對譬喻與象徵之迥異，予以整理歸納，約可歸結爲以下五點：

第一，就表達的題材而言，譬喻往往是以章句為主，象徵卻常牽涉到整篇。尤其特定的象徵，受到上下文的控制。所以李裕德認為象徵是篇章的比喻，雖然不是絕對的，但就創作的題材，或修辭法在作品中的運用而言，多半是如此。

第二，就表達的方式而言，比顯而興隱，譬喻的喻體通常相當明確。而象徵的意義卻比較曖昧，所以黃維樑以夫妻的明確關係喻「譬喻」，以多情少女的感情喻「象徵」。象徵的意義固然曖昧，且有歧義，但同時也留給讀者更大的想像空間，可享受尋獲寶藏的欣悅。

第三，就譬喻與象徵的結構而言，譬喻的基本類型有四種，無論是明喻、隱喻、略喻，均有喻體與喻依。即使是借喻，只有喻依，要描述的喻體在言外，但多半可以轉換成明喻的標準形式。而象徵只有意象，其象徵的意義在言外，往往不能轉換成明喻的形式，如用鴿子象徵和平，用十字架象徵基督教，不能轉變成和平像鴿子，基督教像十字架。

第四，就作者所用的意象與所顯示的意旨而言，在譬喻中，喻體與喻依是獨立的兩個意象，象徵卻與意象結合為一，所以黃慶萱論象徵的原則強調「結合意象，使象徵有足夠的可信度」。譬如，胡適的名言：「獅子與老虎向來都是獨來獨往，只有狐狸與狗才成群結黨。」獅子與老虎借喻胡適，狐狸與狗借喻攻擊他的人。喻體與喻依的意象是獨立的，且事實上並沒見到獅子、老虎、狐狸、狗等，而周敦頤的愛蓮說，以蓮花的意象象徵君子，意象與象徵已結合為

一。且確實是在描述花的種種特性。

第五，在篇章的象徵中，象徵體並非單純地代替象徵意義，而是多方面描繪形象。其中也許會包括了若干譬喻的手法，所以劉勰說「環譬以託諷」，至於有人以為廣義的比包括象徵，那是因為象徵的意義，往往有「借物自況」或「託物喻志」的成份。

二、擬容取心，切至為貴

譬喻與象徵的原則，大體上多半是可以相通的，甚至有許多完全相同。陸侃如·牟世金《劉勰和文心雕龍》[19]論比興云：

> 比興兩法雖然原本有多種不同解釋，但它作為我國古代詩歌創作中一種常用的傳統手法，其基本觀念是一致的。無論以物比物或以物興情，都是通過具體事物的形象來反映現實，表達情意。劉勰在〈比興篇〉的小結中提到的「擬容取心」，就概括了這一共同點。

大體上而言，譬喻與象徵都是「通過具體事物的形象來反映現實，表達情意。」劉勰在〈比興篇〉又云：

> 比類雖繁，以切至為貴。若刻鵠類鶩，則無所取焉。

此言比的種類雖然繁多，但總要以切合事理，表情恰當為佳。果不其然，像刻畫天鵝卻類

似野鴨，比得不倫不類，那就弄巧成拙，不足為訓。所以詮賦篇云：「擬諸形容，則言務纖密

；象其物宜，則理貴側附。」

關於「擬容取心，切至為貴」，繆俊杰《文心雕龍美學》[20]闡論頗為精闢：

「擬容取心」是從作家創作塑造藝術形象必須把客觀（容）和主觀（心）統一起來這個

角度來論述問題的。作家通過比興的手法來塑造藝術形象。不僅要模擬客觀事物的表象

，而且要通過這個客觀表象表達出事物的內在實質，也就是表現出它的某些本質方面。

作家採取比興的手法如果僅僅表現出事物的外部情狀，而沒有表現出事物的深刻內涵，

也只能說很好地運用了比興，而不能說比喻生動。

「切至為貴」，「比」雖然有各種各樣的比，但比喻的運用有一定的原則，應該做到「

以切至為貴」，「切至」就是準確，作家如果爲比喻而強設比喻，其結果就會如王充所

說的：「夫比不應事，未可謂喻。」（論衡·物勢篇）「飾貌以強類者失形，調辭以務似

者失情。」（論衡·自紀篇）這種不確切妥貼的比喻就會失去它的真實性，等於刻鵠類鶩

，畫虎爲犬。這種比喻是沒有什麼可取之處，沒有意義的。準確、鮮明、生動、形象是

比喻應該遵循的原則。

繆氏從文心雕龍美學的角度，申論比興之「擬容取心，切至為貴」，堪稱直探本心，切中

肯要。至於現代修辭學書中論譬喻之原則，也可以列舉兩家意見，以窺一斑。

華中師範學院中文系現代漢語教研組編《現代漢語修辭知識》㉑論比喻的原則有三點：

1.比喻可以用人們熟悉的事物去說明人們還不熟悉的事物，讓人們易于理解、接受。如「柴多火焰高」。這個客觀事實，是人們熟知的，用它說明集思廣益的道理，就容易理解、接受。

2.比喻可以用具體的事物去描繪比較抽象的事物，增加語言的形象性，並且能使讀者產生聯想，如說「罷工的聲勢很大」，比較抽象；說「鬧罷工勢如巨浪」，用「巨浪」作比就把罷工的聲勢具體化、形象化了。很自然地聯想到巨浪翻滾、洶湧澎湃的情景。

3.比喻還能突出事物某一方面的特性，加強讀者的印象，因為比喻總是從某一方面說明另一事物，就有突出那個事物某一方面特性的作用。如：「為剿匪把土匪扮，似尖刀插進威虎山。」用「尖刀」作比，突現了主角銳不可當，致敵於死命的巨大威力。

黃慶萱《修辭學》分從消極與積極兩方面論譬喻的原則。

消極的原則：1.不可太類似。2.不可太離奇。3.不可太粗鄙。4.避免晦澀的譬喻。5.避免牽強的類比。

積極的原則：1.必須是熟悉的。2.必須是具體的。3.必須富於聯想。4.必須切合情境。5.喻體與喻依在本質上必須不同。

黃氏又分別舉例說明，堪稱洋洋大觀。

如果從比興的本質、達意、傳神、內涵等各種角度而言，則可以歸納為四大原則：

第一，本質上，譬喻的喻體與喻依在本質上必須迥然不同。喻體與喻依不宜太相近。如：

書本就像降落傘，打開來才能發生作用。

茶盃就像酒盃。

書本與降落傘，本質上迥異，但是其間卻有一點微妙的關聯，捕捉了此關鍵，即可造成一個妙喻。但是，茶盃與酒盃太相近，因此不能成為好的譬喻。

第二，達意上，譬喻要以易知說明難知，以具體說明抽象，以警策彰顯平淡。不宜流於晦澀離奇，刻意牽強或粗俗鄙陋。如：

英國、阿根廷爭奪福克蘭群島之戰，好比兩個禿子搶一把梳子。

英阿之戰，這件事毫無意義而且無聊，如此抽象的事理，透過「兩個禿子搶一把梳子」的具體形容，即可巧妙地呈現在讀者心目中，而且印象深刻。

第三，傳神上，好的比興，不但是求其達意而已，尤須進而求其神似。黃慶萱《修辭學》嘗列舉世說新語言語篇的一段實例：

謝太傅寒雪日內集，與兒女講論文義，俄而雪驟，公欣然曰：「白雪紛紛何所似？」兄

子胡兒曰：「撒鹽空中差可擬。」兄女曰：「未若柳絮因風起。」公大笑樂。即公大兄無奕女，左將軍王凝之妻也。

以「撒鹽空中」喻「白雪紛紛」，當然是譬喻，但實在不能表現白雪的輕盈飄飛之狀。只有一個好處，他還算老實，真是「差可擬」。用「柳絮因風起」就顯得輕盈、瀟灑而切合白雪霏霏之情境。

李玉瑞〈試談比喻的的形似和神似〉㉒說得好：

比喻的最大特點是可以增強語言的形象性，它使高深的事理淺顯明白，使繁雜的事情清晰突出，使抽象的事理生動具體。所謂「狀理則理趣渾然，狀事則事情昭然，狀物則物態宛然。」……一種單有形似的形象，並不能盡「形」畫象，只有蘊含神似的形象，才能盡「形」畫象。比喻手段所注重的正是如何進行這種形象描繪，掌握形象描繪的關係。

由此可知，比興以切至為貴，這一個「切」字，除了表達精確之外，還要求切合情境，求其神似。以上主要就譬喻而言，其實，象徵也是同樣的道理，所謂「切至」乃要求合乎理性的關聯，或者是在作者的經營、安排、設計所塑造的一定的場景、情境與氣氛之中，象徵才能充分顯示其意義。

第四，內涵上，要求富於聯想，意蘊豐富。如此才能含不盡之意，見於言外，讓讀者感覺餘韻無窮，興味盎然。如《古詩十九首》：

燕趙多佳人，美者顏如玉。

美人如玉，可以使人聯想到：1.皮膚之潔白如玉，2.皮膚之潤澤如玉，3.內蘊溫潤如玉之美德。如此具有多層美好的意義。真是美不勝收。

又如周敦頤的〈愛蓮說〉，以蓮象徵君子，透過蓮花之種種特性──不染、不妖、不蔓、不枝、不可褻玩，聯想到君子的種種德性，不受俗塵污染、不裝腔作勢刻意逢迎，不攀附權貴、不拉攏朋黨，……等。其象徵意義，含蘊無窮，使君子的形象，躍然紙上。

由於「比顯興隱」，以上四大原則係以譬喻為主，象徵為輔，然而比興的原則，多半可以相通。至於一般修辭方法之共同原則，如要求新穎、生動、鮮活……等，在比興之中自不例外。

三、隨時起情，依微擬議

劉勰在〈比興篇〉開端釋比興之名義云：

典、起也。……起情者，依微以擬議。……起情故興體以生。

由於起情，依微擬議，故產生興體。如果追根探源，則〈物色篇〉更具體說明自然環境乃

觸發人心產生文學之關鍵：

春秋代序，陰陽慘舒，物色之動，心亦搖焉。蓋陽氣萌而玄駒步，陰律凝而丹鳥羞，微蟲猶或入感，四時之動物深矣。若夫珪璋挺其惠心，英華秀其清氣，物色相召，人誰獲安？是以獻歲發春，悅豫之情暢；滔滔孟夏，鬱陶之心凝；天高氣清，陰沈之志遠；霰雪無垠，矜肅之慮深。歲有其物，物有其容；情以物遷，辭以情發。一葉且或迎意，蟲聲有足引心；況清風與明月同夜，白日與春林共朝哉！

自然環境變遷，予人情感盪漾，激發文學創作。〈明詩篇〉又云：「人稟七情，應物斯感，感物吟志，莫非自然。」鍾嶸〈詩品序〉亦云：「氣之動物，物之感人；搖蕩性靈，形諸舞詠。」「若乃春風春鳥，秋月秋蟬，夏雲暑雨，冬月祁寒，斯四候之感諸詩者也。」凡此皆謂緣景生情，發為吟詠，而後創作文章。創作之有「興」，正緣於此。論語陽貨篇記載孔子論詩：「詩可以興，可以觀，可以群，可以怨。」所謂「興，起也。」正緣於此。周振甫《文論漫筆·論興》㉓云：

「可以興」，朱熹解作「感發志意」，就是起到啟發鼓舞感染作用。孔穎達解作「能引譬連類以為比興」，就是從詩裏用的比興手法加以引申聯繫而得到啟發。鍾嶸〈詩品〉裏的話可作說明：「文已盡而意有餘，興也；因物喻志，比也；直書其事，寓言寫物，

比興之界義與原則

五九

賦也。」他講的比興，著眼於意和志。讀者讀了這樣的詩，從詩中的比興體會到作者的

意志，所以能「感發志意」。這裏所講的比興，大概像〈離騷〉裏所用的。王逸說：「

〈離騷〉之文，依『詩』取興，引類譬喻，故善鳥香草以配忠貞，惡禽臭物以比讒佞。

」作者說的是善鳥香草，沒有說出的含意是以配忠貞，所以是「文已盡而意有餘」。這

種沒有說出來的含意可以通過上下文使人得到體會。這種體會要起到啟發鼓舞作用，即

「可以興」。就要像孔子說的：「詩三百，一言以蔽之，曰：思無邪。」要求思想正確

。作品要對作者有啟發鼓舞作用，先要求思想正確；其次要求比興，即有形象，通過這

些形象使讀者領會到作者沒有說出的含意，從而得到啟發鼓舞。這種啟發鼓舞，是讀者

從比興中自己體會得來的，所以形象比較深刻，感染力比較強。

周氏闡論孔子的文學觀，對興的作用，如此周密深入的申論發揚，頗稱精闢。從象徵的原

則而言，則可以歸納為兩點：

第一，隨時起情：象徵必須針對所採用的意象，作適當的處理、經營、設計、安排。在適

當的場景、情境與氣氛之中，藉具體的意象，顯示抽象情理。黃慶萱先生《修辭學‧第十八章象

徵》中曾提出「要求自然，創作欣賞切忌機械附會」，堪稱直探本心，切中肯綮之見。如果說

得更清楚些，那就是象徵須透過理性的關聯，或適當的安排。要求自然妥貼，不可流於穿鑿附

會，或者曖昧難解。

其次，象徵須有深刻的意蘊。能對讀者有啟發鼓舞作用，「喻之以理，不如動之以情」。楊象徵就是要用具體的意象，讓讀者自行體味，如此作者的旨意才能深具感染力而動人心坎。楊逵〈壓不扁的玫瑰花〉、陳之藩〈失根的蘭花〉、趙淑俠〈故鄉的泥土〉不但意象鮮明，且深具啟示性感染力，足以激發讀者的民族意識，對家國產生更大的向心力。

第二，依微擬議：象徵是感物吟志。「稱名也小，取類也大」。依微起情擬議，可以以少總多，透過細微的事物，概括深廣的內涵。黃慶萱先生《修辭學·第十八章象徵》中曾提出「濃縮文字，納深廣題旨於短幅之中」，不失為探驪得珠，精闢體要之見。

例如孟郊〈遊子吟〉，以「春暉」象徵母愛，春天的太陽，人人熟知而並不感覺怎麼樣，可是「依微擬議」的結果，春暉所象徵的母愛是那樣廣大溫馨，無所不在；又是那樣無所偏私，無分軒輊。尤足可貴者在世界上只有一種情感，是純粹付出，不求回報，且出於天性，發乎自然，那就是最真摯偉大的母愛。如此象徵意義，充分顯現了人類最高貴的情操。苟非象徵，不知花費幾許筆墨，還不容易說清楚。

美國小說家海明威有一段名言：「好的短篇像一座冰山，十之七八浸在水底下，露出水面的不過十之二三。」好的象徵，正如同一顆耀眼的水晶球，從不同的角度煥發出多種光芒。象

比興之界義與原則

六一

徵由於「依微擬議」，其象徵意義，須花心力去思索，相反地，更能含蘊無窮，留給讀者更大的想像空間，無窮的啟發與逸趣。但此特點絕非缺點，相反地，更能含蘊無窮，留給讀者更大的想像空間，無窮的啟發與逸趣。但此特點絕非缺點，相反地，更能含蘊無窮，留給讀者更大的想像空間，無窮的啟發與逸趣。但此特點絕非缺

【附註】

①葉嘉瑩〈中國古典詩歌中形象與情意之關係例說──從形象與情意之關係看賦、比、興之說〉，載《迦陵談詩二集》。（大圖書公司）

②見王夢鷗《文學概論‧第十三章直述》。（帕米爾書店）

③參考李金苓〈我國古代的比喻理論〉，載中國修辭學會華東分會主編《修辭學研究》。（安徽教育出版社）

④例證釋義，參考李曰剛《文心雕龍斠詮》。（國立編譯館中華叢書編審委員會）王更生《文心雕龍讀本》。（文史哲出版社）

⑤張健〈孔子的詩論：興、觀、群、怨〉，見中央圖書館館刊十九卷二期。後收入《中國文學批評》書中。（五南圖書公司）

⑥朱自清《詩言志辨‧比興‧四比興論詩》，載《朱自清古典文學論文集》。（源流出版社）

⑦見屈萬里《詩經釋義‧敍論‧五六義四始和正變之說》。（華岡出版社）

⑧陸侃如，牟世金《劉勰和文心雕龍‧四劉勰的創作論：比興（兩種傳統手法）問題》。（上海

⑨見劉永濟《文心雕龍校釋‧比興第三十六》釋義。（華正書局）

古籍出版社）

⑩王禮卿《文心雕龍通解‧卷八比興》篇旨。（黎明文化公司）

⑪見周振甫《文心雕龍注釋‧比興篇》譯文。（里仁書局）

⑫見陸侃如‧牟世金《劉勰和文心雕龍‧四劉勰的創作論》。（上海古籍出版社）

⑬見詹鍈《劉勰與文心雕龍‧文心雕龍的修辭學‧比興篇》。（北京中華書局）

⑭見廖蔚卿《六朝文論‧劉勰的創作論》。（聯經出版公司）

⑮見黃維樑《清通與多姿‧文學的四大技巧‧比喻》。（香港文化事業公司）

⑯李裕德《新編實用修辭‧第五章形象修辭法‧象徵式比擬》。（北京出版社）

⑰朱自清《詩言志辨‧比興論詩》，載《朱自清古典文學論文集》。（源流出版社）

⑱宋振華《現代漢語修辭學‧第四章辭格的選用‧八象徵‧象徵與借喻的區別》。（吉林人民出版社）

⑲同註⑫。

⑳見繆俊杰《文心雕龍美學‧擬容取心，斷辭必敢——劉勰論比興手法的特點》。（文化藝術出版社）

㉑見華中師範學院中文系現代漢語教研組編《現代漢語修辭知識・第二節比喻與借代》。（湖北人民出版社）

㉒李玉琀〈試說比喻的形似和神似〉，載中國修辭學會編《修辭學論文集》第二集。（福建人民出版社）

㉓見周振甫《文論漫筆・興觀群怨》。（光明日報出版社）

論博喻

譬喻，又稱比喻，也就是俗謂的「打比方」，是一種最常見的修辭方法。簡言之，就是「借彼喻此」。通常是以易知說明難知，以具體形容抽象，以警策彰顯平淡，無論日常說話作文，宣傳說教，乃至於法庭辯論，外交辭令，如能善用譬喻，往往事半功倍，不但能充分表達傳達自己意見，使對方心悅誠服，而且妙趣橫生，賓主盡歡。

兩千多年前的希臘大師亞里斯多德（Aristotle）在《修辭學》中揭示修辭的三大原則：用比喻，用對比，要生動。譬喻既被亞氏視為三大原則之一，自非可等閒視之，他有關譬喻的名言傳誦千古，中外皆知：

詩與文之中，比喻之用大矣哉①！
世間唯比喻大師最不易得：諸事皆可學，獨作比喻之事不可學，蓋此乃天才之標誌也②。

二十世紀的中國修辭學家秦牧在〈譬喻之花〉中，也有一段膾炙人口的妙喻③：

精采的譬喻，像是童話中的魔術棒，碰到哪兒就產生奇特的變化，它也像是一種什麼化學藥劑，把它投進濁水裏面，傾刻之間，一切雜質都沉澱了，水也澄清了。

如果在文學作品中完全停止採用譬喻，文學必將大大失去光彩。假使把一隻雄孔雀的尾羽拔去一半，還像個什麼樣子呢？雖然它仍舊可以被人叫做孔雀。譬喻是語言藝術中的藝術，它一出現，往往使人精神為之一振。它具有一種奇特的力量，可以使事物突然清晰起來，複雜的道理突然簡潔明瞭起來，而且形象生動，耐人尋味。

在說話或行文中，如能善用譬喻，不但形象生動，語言鮮活，增進說服力，而且婉轉微妙，事半功倍，具意想之外的奇效。而一般修辭學者闡論譬喻時，主要分作明喻、隱喻、略喻、借喻四種類型。如果再深入探討，當可發現，在以上四種基本的類型之外，另有一種特別的「博喻」，更加耐人尋味，更具有精闢的感染力與說服力。

本文先澄清「博喻」的界義，再擷取古今文學中最精采生動的實例，分類予以闡析探討。

俾進窺天才們的流風餘韻。

壹、博喻之界義

譬喻的基本類型的明喻、隱喻、略喻、借喻四種。誠如劉勰《文心雕龍·比興篇》云：「

且何謂為比，蓋寫物以附理，颺言以切事者也。」因為「颺言」，往往設辭誇張，翻空易奇，所以四種基本的類型的譬喻之外，颺言以切事，

「博喻」，又稱「連比」④，用兩個以上的喻依譬喻形容同一個喻體，如此從不同角度反復設喻，頗能加強語意，增添氣勢，使文氣更盛，說服力更強。正符合劉勰所謂「颺言以切事」。其譬喻的方式，有明喻、隱喻，也有略喻、借喻。且看：

(一)（白妞）方抬起頭來，向台下一盼。那雙眼睛，如秋水、如寒星、如寶珠、如白水銀裏頭養著兩丸黑水銀。（劉鶚：老殘遊記）

劉鶚在老殘遊記中描紋王小玉的美貌，在譬喻的基本形式上屬明喻，喻體只有一個「那雙眼睛」，卻用了四個喻依：

1. 秋水，形容眼睛的清澈明亮。
2. 寒星，形容眼睛的晶瑩有神。
3. 寶珠，形容眼睛的光彩閃耀。
4. 白水銀裏頭養著兩丸黑水銀，形容眼珠的圓溜靈動，流盼生姿。

如此颺言以切事，連續用四個喻依形容王小玉的眼睛，一幅美目盼兮的美人圖，躍然紙上。不但加強語意，增添氣勢，而且極態盡妍，多采多姿。由此可見博喻之功效。

劉鶚對王小玉的描繪，不只是寫形貌多采多姿，描寫聲音，更是令人嘆為觀止。如…

唱了十幾句之後，漸漸的越唱越高。忽然拔了一個尖兒，像一線綱絲，拋入天際，不禁

暗暗叫絕。那知她於極高的地方尚能迴環轉折；幾轉之後，又高一層，接連有三、四疊

，節節高起。恍如由傲來峰西面攀登泰山的景象：初看傲來峰削壁千仞，以為上與天通

；及至翻到傲來峰頂，才見扇子崖更在傲來峰上；及至翻到扇子崖，又見南天門更在扇

子崖上：愈翻愈險，愈險愈奇。那王小玉唱到極高的三、四疊後，陡然一落，又極力騁

其千迴百折的精神，如一條飛蛇，在黃山三十六峰半中腰裏盤旋穿插，頃刻之間，周匝

數遍。從此以後，愈唱愈低，愈低愈細，那聲音漸漸的就聽不見了。滿園子的人，都屏

氣凝神，不敢少動。約有兩三分鐘之久，彷彿有一點聲音，從地底下發出。這一出之後

，忽又揚起，像放那東洋烟火，一個彈子上天，隨化作千百道五色火光，縱橫散亂。

此形容王小玉的歌聲，用了四個喻依：1.像一線綱絲拋入天際。2.恍如由傲來峰西面攀登

泰山的景象。3.如一條飛蛇在黃山三十六峰半中腰裏盤旋穿插。4.像放那東洋烟火。這當然是

用明喻方式表達的「博喻」。劉鶚以具體的視覺形象，譬喻形容抽象的聽覺，其中翻空立奇

變化多端。同時兼用「示現」、「層遞」、「頂針」的修辭法，其筆法之神奇莫測，令人嘆為

觀止⑤。但最基本最重要的表達方式仍屬「博喻」。

（二）三毛豈僅是一個奇女子？三毛是山，其倔強堅硬，令人蕭然起敬。三毛是水，飄流過大江南北，許多國家。三毛是一幅山水畫，閒雲野鶴，悠哉遊哉。三毛當然更是一本書，只要你展讀，就能渾然忘我，憂愁煩惱一掃而空，彷彿自己也已告別「俗世」，走進了一個趣味盎然的「卡通世界」和「漫畫王國」，所以三毛自然也是一齣戲，人生中的一齣難得看到的好戲。（隱地：難得看到的好戲）

三毛是當代普受社會大眾歡迎的作家，對她的讚美恭維的話，不知凡幾。都不如隱地這一段動聽。細思之下，原來是以隱喻方式表達的「博喻」。喻體只有一個「三毛」，喻依卻有四個：1.山，2.水，3.一幅山水畫，4.一本書。三毛當然不是山、水、畫、書，只是一個人。但是不如此形容，不足以表現隱地對她的欣賞讚譽之情⑥。

（三）且夫山無林則爲土山，地無毛則爲瀉土，人無文則爲僕人。土山無麋鹿，瀉土無五穀，人無文德不爲聖賢。（王充：論衡・書解篇）

王充在此以「山無林則爲土山」、「地無毛則爲瀉土」兩個喻依形容一個喻體「人無文則爲僕人」。又以「土山無麋鹿」、「瀉土無五穀」兩個喻依形容「人無文德不爲聖賢」。中間省略了喻詞，均屬以略喻方式表達的「博喻」。王充論文章主張華實相副，強調形式和內容一致的「文彩」。如此博喻形容，使他的理論更加強了説服力。

（四）並未能振葉以尋根，觀瀾而索源。（劉勰：文心雕龍・序志篇）

劉勰在文心雕龍序志篇檢視古來文論，以為前賢之作，不夠理想。用並未能「振葉以尋根」、「觀瀾而索源」兩個喻依來形容一個喻體「前賢文論」。表面上意謂：不能從枝葉追尋到根本，從觀察波瀾去探尋源頭。實則上借喻：並沒有整體有系統的文論專著。此屬借喻方式表達的「博喻」，用具體的觀察樹木、波瀾，譬喻抽象的文學評論。

關於博喻，在此有兩點必須予以闡明：

第一，博喻的表達方式，基本上是一個喻體，運用兩種以上的喻依予以形容，在理論上最關鍵的是一個喻體，許多喻依，而非連續使用好幾個譬喻。例如：

手如柔荑，膚如凝脂，領如蝤蠐，齒如瓠犀，螓首蛾眉：巧笑倩兮，美目盼兮。（詩經・衛風・碩人）

此形容衛莊公夫人莊姜的美貌，連用四個明喻：1.手如柔荑，2.膚如凝脂，3.領如蝤蠐，4.齒如瓠犀，有四個喻體：手、膚、領、齒，所以是連續用譬喻，而非博喻。

在過去的學者論博喻，如陳騤《文則》語焉不詳⑦，如周振甫《文章例話》論博喻⑧，則以為博喻就是用幾個比喻來比人或事物，他將博喻分作兩種：「一是分別不同情況來作比的，雖然也能有所建樹，一是把幾個比喻合在一起來作比的。」另外還有把這兩種用法結合起來的。

，但是總不如以「一個喻體，許多喻依」清晰易辨。

第二，博喻在譬喻的組成結構上，可以用明喻、隱喻、略喻、借喻，其中以明喻、略喻較

普遍，隱喻、借喻比較少見。由以上列舉的四個辭例，可見一斑。

博喻的運用，雖然不像明喻、隱喻、略喻、借喻那樣普遍，但是妙喻如珠，處處可見，以

下且分別舉例闡明。

貳、以明喻組成的博喻

(一)一會價緊呵似玉盤中萬顆珍珠落，一會價響呵似玳筵前幾簇笙歌鬧，一會價清呵似翠

岩頭一派寒泉瀑，一會價猛呵似繡旗下數面征鼙操。兀的不惱殺人也麼哥，兀的不惱

殺人也麼哥，則被他諸般兒雨聲相聒噪。（白樸：梧桐雨第四折叨叨令）

連用「玉盤中萬顆珍珠落」、「玳筵前幾簇笙歌鬧」、「翠岩頭一派寒泉瀑」、「繡旗下

數面征鼙操」四個具體的喻依，形容雨聲，真是跳脫傳神。難怪接下來的一支〈倘秀才〉要說

：「這雨一陣陣打梧桐葉兒潤，一點點滴人心碎了！」

(二)其得於陽與剛之美者，則其文如霆，如電，如長風之出谷，如崇山峻嶺，如決大川，

如奔騏驥；其光也，如杲日，如火，如金鏐鐵；其於人也，如憑高視遠，如君而朝萬

衆，如鼓衆勇士而戰之。其得於陰與柔之美者，則其文如升初日，如清風，如雲，如

霞，如烟，如幽林曲澗，如淪，如漾，如珠玉之輝，如鴻鵠之鳴而入寥廓；其於人也

，渺乎其如嘆，邈乎其如有思，暖乎其如喜，愀乎其如悲。（姚鼐：復魯絜非書）

桐城派論文章，講究義法，姚鼐此論文章陽剛之美與陰柔之美。有五個博喻：

1.其得於陽與剛之美者，則其文如霆，如電，如長風之出谷，如崇山峻嶺，如決大川，如

奔騏驥。

2.其光也，如杲日，如火，如金鏐鐵。

3.其於人也，如憑高視遠，如君而朝萬衆，如鼓衆勇士而戰之。

4.其得於陰與柔之美者，則其文如升初日，如清風，如雲，如霞，如烟，如幽林曲澗，如

淪，如漾，如珠玉之輝，如鴻鵠之鳴而入寥廓。

5.其於人也，渺乎其如嘆，邈乎其如有思，暖乎其如喜，愀乎其如悲。

其中如第一組以「霆」、「電」、「長風之出谷」、「崇山峻嶺」、「決大川」、「奔騏

驥」六個喻依連續形容得陽剛之美之文，真可謂漪歟盛哉！

(三)我以為藝術的女人第一是有她的溫柔的空氣，使如聽著簫管的悠揚，如嗅著玫瑰花的

芬芳，如躺在天鵝絨的厚毯上。她是如水的密，如烟的輕，籠罩著我們。（朱自清：

朱自清以「簫管的悠揚」、「玫瑰花的芬芳」、「躺在天鵝絨的厚毯上」、「水的密」、「烟的輕」五個喻依比方「女人」，其中包括聽覺、嗅覺、觸覺、感覺，真是郁郁乎文哉！

（四）秋風起時，樹葉颯颯的聲音，一陣陣襲來，如潮湧，如急雨，如萬馬奔騰，如銜枚急走，……秋雨落時，初起如蠶食桑葉，悉悉嗦嗦，繼而淅淅瀝瀝，打在蕉葉上，清晰可聞。（梁實秋：雅舍小品・音樂）

梁實秋以「潮湧」、「急雨」、「萬馬奔騰」、「銜枚急走」等四個喻依形容「秋風吹葉」的聲音，又以「蠶食桑葉」形容秋雨落葉聲，再加上許多狀聲的疊字，描繪秋風秋雨，十分具體細膩，令讀者有身歷其境的感覺。

（五）兩岸都是懸崖峭壁，累累垂垂的石乳一直浸到江水裏去，像蓮花，像海棠葉兒，像一掛一掛的葡萄，也像仙人騎鶴，樂手吹簫……說不定你忘記自己在漓江上了呢？（楊朔：畫山繡水）

（六）一株巨大的白丁香把花開在了屋頂的灰色的瓦瓴上，如雪，如玉，如飛濺的浪花。（張曉風：春之聲）王蒙：

（七）人能有願，如花之有蕊，燭之有焰，大地之有軸序，該是件極幸運的事。（張曉風：

（ 女人 ）

有願）

參、以隱喻組成的博喻

（一）所謂美人者，以花為貌，以鳥為聲，以月為神，以柳為態，以玉為骨，以冰雪為膚，以秋水為姿，以詩詞為心。吾無間然矣。（張潮·幽夢影）

張潮以花、鳥、月、柳、玉、冰雪、秋水、詩詞等八個喻依比方美人。則美人之內在美、外在美、視覺美、聽覺美、感覺美，衒德兼備，福慧雙全，美不勝收矣。

（二）整整兩天半我們粒米未進，只在涉溪渡河時雙手捧點兒水喝。四十多年後的今天，我仍然記憶深刻，一想起來胃就火燒似的痛、痛！……早已經餓過了頭，早已經忘記飯香、菜香是什麼滋味。它是痛，開始隱隱約約，還忍得住，後來是千萬根針或釘子在往胃腸上猛扎，以後好像是兩片胃和一堆腸子糾結在一起，再後就是絞被單從兩頭往中間絞、絞！起先有人悶哼，後來轉成嚎叫，在草堆上打滾。（張拓蕪·天大的事）

張拓蕪描寫「餓」的滋味，用是「千萬根針或釘子在往胃腸上猛扎」（隱喻），好像是「兩片胃和一堆腸子糾結在一起」（明喻）、「就是絞被單從兩頭往中間絞、絞」（隱喻）三個喻依來作比方。包括兩個隱喻，一個明喻，如此博喻的方式描述「餓」，真是深刻、生動而又

細膩逼真，景象歷歷，讓讀者感覺如在目前，簡直就是感同身受⑨。

㈢結婚以後，是杯茶，喝著喝著淡了！結婚以後，是瓶花，看著看著謝了。結婚以後，是蜜加了開水，甜雖甜怎麼味道變了？（管管：城市丈夫們的無能感）

以「茶淡了」、「花謝了」、「蜜味道變了」三個喻依比方「結婚以後的滋味」，雖然不必盡然，卻有其傳神之處。

肆、以略喻組成的博喻

㈠「狡兔死，走狗烹；飛鳥盡、良弓藏；敵國破，謀臣亡。天下已定，我固當烹！」（司馬遷：史記‧淮陰侯傳）

此以「狡兔死，走狗烹」、「飛鳥盡、良弓藏」兩個喻依比方「敵國破，謀臣亡」，中間省略了喻詞。韓信在幫助劉邦平定天下之後，被械繫時說此語，非常切合當時情境。《淮南子‧說林訓》：「狡兔得而獵犬烹，飛鳥盡而強弩藏。」與此類同。

㈡臣聞：求木之長者，必固其根本；欲流之遠者，必浚其泉源；思國之安者，必積其德義。源不深而望流之遠，根不固而求木之長，德不厚而思國之治，雖在下愚，知其不可，而況於明哲乎？（魏徵：諫太宗十思疏）

論博喻

七五

唐太宗與魏徵，明主賢臣，相得益彰，傳為千古美談。魏徵在此勸唐太宗「思國之安者，必積其德義」（喻體），用「求木之長者，必固其根本」、「欲流之遠者，必浚其泉源」兩個喻依，是以具體抽象。此段文字的後半部則以「源不深而望流之遠」、「根不固而求木之長」兩個喻依比方「德不厚而思國之治」，也是一組博喻。又魏徵歿後──唐太宗思之不已，謂侍臣曰：

　夫以銅為鏡，可以正衣冠；以古為鏡，可以知興替；以人為鏡，可以明得失。朕常保此三鏡，以防己過，今魏徵殂逝，遂亡一鏡矣。

其實也是一個博喻，喻體是「以人為鏡，可以明得失。」魏徵就是那面鏡子。

(三)山不在高，有仙則名；

　　水不在深，有龍則靈

斯是陋室，唯吾德馨。（劉禹錫：陋室銘）

此為〈陋室銘〉之首段，以「山不在高，有仙則名」、「水不在深，有龍則靈」兩個喻依，比方「斯是陋室，唯吾德馨」。以山、水喻陋室，以仙、龍喻自己德馨。這幾句膾炙人口，

但細思之下，劉禹錫未免自己捧自己的嫌疑。

㈣花不可以無蝶，山不可以無泉，石不可以無苔，水不可以無藻，喬木不可以無藤蘿，人不可以無癖。（張潮：幽夢影）

張潮以蝶、泉、苔、藻、藤蘿等五個喻依比方人之有「癖」。如此比方形容之下，「人不可無癖」之抽象情理，充分彰顯出來，頗稱傳神之筆。

㈤舊木好燒，老馬好騎，舊書好讀，陳酒好飲，舊朋友也最可信賴。（賴特名言）

賴特以「舊木好燒」、「老馬好騎」、「舊書好讀」、「陳酒好飲」四件事比方「舊朋友也最可信賴」，如此博喻，加強語意，增添文氣，使老友可信賴的主旨更加凸顯。

㈥空氣布施新鮮，太陽布施光熱，花朵布施芬芳，草葉布施翠綠，河流布施水，母親布施慈愛。（林貴真：兩岸・揮汗撒播愛的種子）

「母親布施慈愛」人盡皆知，但是在空氣、太陽、花朵、草葉、河流等五個喻依的連續比方說明下，母愛的主旨更加印象深刻，銘記在讀者心目中。

以上六個辭例，係以略喻方式表達的「博喻」，且喻體均在連續運用比方的喻依後面出現，給予讀者強烈而深刻的印象。

伍、以借喻組成的博喻

(一)赤驥頓長纓，非無萬里姿；

悲鳴淚至此，為問馭者誰?

鳳凰從東來，何意復高飛。

竹花不結實，念子忍朝饑。(杜甫：述古三首之一)

此八句用「赤驥頓長纓」、「鳳凰復高飛」兩個喻依，借喻「賢才不遇」(喻體)，楊倫《杜詩鏡銓》引朱鶴齡⑩曰:「題曰述古，述古事以諷今也。肅宗初立，任用李泌、房琯、張鎬諸賢，其後或罷，或斥，或歸隱，君臣之分不終，故言驥非善馭則頓纓，鳳無竹實則飛去，君臣遇合，其難如此，賢者可不明於進退之義乎?」由此可見，杜甫借「千里馬固能馳騁萬里，卻因不遇賢主人而頓纓悲鳴」，「鳳凰雖來卻因竹花不結實而又離去」為喻，其詩旨在表達賢才不遇之情。

(二)今夫風水之相遭乎大澤之陂(太湖邊)也，紆餘透迤，婉蜒淪漣(狀微波)，安而相推，怒而相凌，舒而如雲，蹙而如鱗，疾而如馳，徐而如迴，揖讓旋辟(回避)，相顧而不前。其繁如縠(縐紗)，其亂如霧，紛紜鬱擾，百里若一。汨乎(狀水急)順流，至乎滄海之濱，滂薄洶湧，號怒相軋，交橫綢繆(交結)，放乎空虛，掉乎無垠

，橫流逆折，潰旋（湧起回旋）傾側，宛轉膠戾（相合相背．），回者如輪，縈者如帶

，直者如縆，奔者如焰，跳者如鷺（浪花如鷺白），躍者如鯉，殊狀異態，而風水之

極觀備矣。故曰「風行水上渙」，此亦天下之至文也。（蘇洵：仲兄字文甫說）

蘇洵此一段文字，整段表面上是描寫風與水之相遇，實則上卻是借喻創作之歷程。風喻作

者創作的衝動，水喻作者的生活經驗與情感。風水相遇，激起種種變化，喻創作衝動與生活經

驗情感相激盪而創作種種文章。周振甫《文章例話》⑪論比喻對此文闡釋頗為精闢：

宋朝文學家蘇洵有一段描寫文學創作的話，用風水相遇來作比喻。水好比長期積累蘊蓄

的生活和豐富的感情，風好比激起創作衝動的力量。風水相遇比喻作家深厚的生活碰上

激起他創作衝動的力量，就創作出具有各種藝術成就的極好的作品。風水相遇只能用來比喻創作的形成，不

能用來比喻各種風格的形成，因此採用喻中之喻。在風水相遇這個比喻裏，再用多種比

喻，就是以博喻來比各種風格的形成。像比委曲的、柔婉的風格的形成，用風在大湖裏

作品有各種不同的風格，這裏用比喻來說明各種風格的形成。風格有委曲的，有徑直的

，有雄壯的，有柔婉的，有細密的，有繁豐的。風水相遇只能用來比喻創作的形成，不

初起作比：「舒而如雲」、「徐而如迴」、「揖讓」、「旋辟」、「相顧而不前」，一

共用了五個比喻。對「如雲」、「如迴」兩個比喻還用舒展徐緩來加以形容；對「揖讓

」、「旋辟」、「相顧而不前」三個比喻，不加「如」字，是隱喻（案：略喻），用人

的作揖謙讓，人的回旋、人的顧望不前來作比，又用了擬人化。

再像比雄壯的、剛健的風格的形成，用博喻來比，像「怒而相凌」、「疾而如馳」、

「滂薄洶湧，號怒相軋」，「奔者如焰，跳者如鷥，躍者如鯉」。這裏有的是明喻，像

「如焰」、「如鷥」，又用奔和跳的動作來描寫；有的是隱喻（案：略喻），像「怒而

相凌」「號怒相軋」，又用了發怒和號怒的擬人化，像「滂薄洶湧」。

再像比徑直的、細密的、繁富的風格，也用博喻來比，如「直者如遬」，「遬而如鱗」

，「其繁如縠，其亂如霧，紛紜鬱擾」。這裏也有明喻「如遬」「如鱗」「如縠」「如

霧」，再用直的、遬的、繁密的、紛亂的來描寫，那是對比喻的描寫。有對風水的描寫

的，如「紛紜鬱擾」，指波浪的紛亂；「滂薄洶湧」，指浪大而激盪；「橫流逆折」，

指波浪受阻礙而轉折等，這是用各種比喻同描寫結合，寫出多種多樣風格的形成和變

化。

由此可見，譬喻可以適應文章內容之需求，作各種綜合變化的運用。極態盡妍，多采多

姿。以借喻方式表達的博喻，比較少見。以上兩個辭例，杜甫的詩例，比較單純，蘇洵的文

例，比較複雜，尤可見譬喻之藝術手法，極為豐盈多姿，變幻無窮，誠劉勰〈物色篇〉所謂

「寫氣圖貌，既隨物以宛轉，屬采附聲，亦與心而徘徊。」

【附註】

①見亞里士多德《修辭學》第三卷第二章。此據黃維樑譯文，載黃著《清通與多姿——中文語法修辭論集·文學的四大技巧》。（香港文化事業公司）

②見亞里士多德《詩學》第二十二章。此據黃維樑譯文，同註①。另亞里士多德著·姚一葦譯註《詩學箋註》第二十二章：「更加重要者則係成為隱喻之巨匠。隱喻不能從自他人的學習中得來。它是一種天才之表現，蓋一個好的隱喻可自不同中提示相同之直覺。」（中華書局）

③秦牧〈譬喻之花〉，載《藝海拾貝》書中。（上海文藝出版社）

④參考黃民裕《辭格匯編·(一)比喻》。（湖南人民出版社）

⑤整段文字屬「示現」，第三個喻依下面的喻解，從傲來峰，扇子崖到南天門，屬「層遞」。「愈翻愈險，愈險愈奇」，屬「頂針」中的聯珠格。

⑥參考拙作〈評撒哈拉的故事〉。（華視新聞雜誌第十期）

⑦陳騤《文則》載鄭奠、譚全基編《古漢語修辭學資料彙編》。（明文書局）

⑧見周振甫《文章例話·比喻》。（蒲公英出版社）

⑨詳見拙作〈生活中歷鍊出來的大兵文學——評張拓蕪天大的事〉（幼獅少年第九十九期）

⑩見楊倫《杜詩鏡銓》卷三。（新興書局）

⑪同註⑧。

論　象　徵

在文學創作、欣賞與批評的過程中，「象徵」的運用頗為廣泛。簡言之，「任何一種不直接指明，而透過某種其他媒介，予以間接陳述的表達方式，即為『象徵』。」（查爾斯·查特微克《象徵主義》）象徵主義大師馬拉美(Stéphane Mallarmé)認為象徵是「一種逐漸召喚出某物件，以顯示某種情緒的藝術。」並且強調象徵是「一種選擇某物件，並且抽取其『靈魂狀態』的藝術。」

象徵既令人嚮往，又令人迷惑。就好像披上一層神秘的外衣，籠罩了一層迷人的彩霧，真是既愛且怕！縱然是曖昧費解，偏愛者卻大有人在。其實，只要從千頭萬緒中理出一條思路，則象徵之晦澀難懂的表象之內，卻是奧妙無窮，耐人尋味。

本文基於創作技巧與修辭方法的立場，先闡明象徵的意義，再為象徵分為「普遍的象徵」與「特定的象徵」，分別從古典詩文與現代文學中擷取實例，予以闡析。

壹、象徵與比興

興，相當於象徵(Symbol)，是一種相當曖昧的表達方式。最簡要的說法，就是劉勰與朱熹：

興者，起也。……起情者，依微以擬議。……起情故興體以生。（文心雕龍‧比興篇）

興者，先言他物，以引起所詠之詞也。（詩集傳）

以此為基點，再加上王夢鷗先生所稱「『興』則為原意象引發的繼起意象之傳達」，則興之意義大概可以掌握要旨。

至於興的表達方式，則以艾治平《古典詩詞藝術探幽‧興的三種手法》①，頗稱簡要。茲撮述如后：

第一種放在詩的開頭，用來引起所興的事物，既有起頭的意思，也有啟發的意思，《詩經》中的興，大都在每章的發端兩句。如由「蒹葭」引起「伊人」，由「關雎」引起「淑女」，由「燕燕」引起「別情」。其後在文人作品中，如李白〈將進酒〉的發端是「君不見黃河之水天上來，奔流到海不復回」，於是興起「君不見高堂明鏡悲白髮，朝如青絲暮成雪。」張籍〈山頭鹿〉的發端是「山頭鹿，雙角芟芟尾促促」，於是興起「貧兒多租輸不足，夫死未葬兒在獄。」都承襲了民歌的特點。

第二種是兼含比喻的興。如屈原的〈離騷〉就是諷兼含比興，它較含蓄，富有情趣。比、興往往密不可分，兼含比喻的興在詩詞中屢見不鮮。「兔絲附蓬麻，引蔓故不長；嫁女與征夫，不如棄路旁。」（杜甫〈新婚別〉）兔絲是蔓生的小草，附生在蓬和麻上，所以引蔓不長。這裏以兔絲比新嫁娘，以蓬麻比被征役的丈夫。又同詩末尾：「仰視百鳥飛，大小必雙翔。人事多錯迕，與君永相望。」以空中的飛鳥興起人事之錯迕。浦起龍云：「此詩比體起，比體結。」（讀杜心解）但比中有興，因為它引起了下面的內容。

張九齡〈感遇〉：「蘭葉春葳蕤，桂華秋皎潔」、「江南有丹橘，經冬猶綠林」，是以蘭桂、丹橘比喻自己的堅貞品德，自然是用比。但比中有興，因為它引起了下文。詩人借物起興，目的不是詠蘭桂、丹橘，而是借以寫人。孟郊〈烈女操〉：「梧桐相待老，鴛鴦會雙死。」梧桐是參天古木，相偕而老；鴛鴦是美麗的水鳥，雙雙而死。比意十分清楚。但同時也興起了「貞婦貴殉夫，捨生亦如此」的命題，又是比中有興。

第三種是含有寄托的興，即用某種事物來寄托詩人的思想感情。這種寄托，士人也稱之為興。「依詩起興、引類譬喻」（王逸）：「興者，立象於前，後以人事喻之」（文鏡秘府論）；「所謂興者，皆托物寫情而為之者也」（李東陽）。這種托物寫意法，古人常稱為「比興」、「托興」、「興論」、「諷興」等。

試看蘇軾〈卜算子——黃州定慧院寓居作〉。「缺月挂疏桐，漏斷人初靜」，開頭兩句寫遠景，缺月如鈎，故可挂於「疏桐之上」，又因桐疏才可見月。「漏斷」，表明夜深，銅壺已不聞滴漏聲了。此刻萬籟漸寂，聽不到白日的喧鬧了，「惟見幽人獨往來，縹緲孤鴻影。」夜雖深了，「幽人」仍在獨自徘徊。這兩句興起，引起下面一段事，但也托事於「孤鴻」上。「驚起卻回頭，有恨無人省。揀盡寒枝不肯棲，寂寞沙洲冷。」是關於鴻（也是托事於人）的具體描寫。蘇軾前因作譏諷新法，曾被「逮赴台獄，欲置之死」，此時被貶黃州。百餘日的牢獄生活，對於「平日文字為吾累」的詩人，是不會輕易忘卻的。「驚起」兩句，看似寫鴻，實則是「幽人」內心感情的自語，「揀盡」兩句，不直說雁不棲樹枝，卻說不肯棲。蘇軾此刻的孤寂心情，堅定態度，通過托事於物，生動地表現出來。

艾氏之說，可代表傳統對於興的手法。其中並不等於象徵，而兼含著比喻與聯想。常與譬喻混用。

關於象徵與比喻的區別，姚一葦《藝術的奧秘·論象徵》②嘗言：

比喻與象徵雖同屬「意在言外」，但自比喻中所流露出來的意念，極容易找得，亦極易確定。其間絲毫沒有含混之處：但象徵則不然，象徵中所蘊含的意念不容易覓取，即使找獲，亦不易確定，至少不能十分地確定，有時表現出高度的曖昧。所以在文學或藝術

的表現方法上它們是不相同的。我們要指出的：象徵遠較比喻爲複雜，象徵所表現於形式與內容之間的關聯甚爲曖昧，它的形成具有長遠的歷史因素。就傳達的方式言，象徵有一定的限制，一定的式樣。因此我們只能說：一件藝術品的比喻性是象徵的性能中之一種，而不能概括象徵的性能的全部。

由此看來，象徵遠較譬喻複雜而曖昧，這正是劉勰所謂「比顯而興隱」。但象徵到底界義如何？以下且列舉幾家說法：

㈠韋氏（Webster）英文字典③：

象徵係用以代表或暗示某種事物，出之於理性的關聯、聯想，約定俗成或偶然而非故意的相似；特別是以一種看得見的符號來表現看不見的事物，有如一種意念、一種品質，或如一個國家或一個敎會之整體；一種表徵；例如獅子是勇敢的象徵，十字架爲基督敎的象徵。

韋氏在此論象徵，有兩個要領：第一是爲象徵下了一個最簡單的界說：「以一種看得見的符號來表現看不見的事物」。第二是指明象徵所用的意象（符號）與被象徵的意義之間的關係——約定俗成，亦即有其制約。例如以獅子作爲勇敢的象徵，不但在伊索寓言中即係如此，其實由於理性的關聯與聯想，理應在更早的原始部落即已形成此一觀念。再如十字架作爲基督敎

的象徵，乃自耶穌受難後逐漸形成。十字架非僅是簡單的基督教的表徵而已，同時代表基督教的精神，乃至其全部教義，更是非常複雜的聯想，由此類推，國旗是國家的象徵，圖騰是民族的象徵。

（二）查爾斯·查特微克(Charles Chadwick)《象徵主義》④：

象徵非僅以物代物，譬如彌爾頓把撒旦的殘兵敗將喻為「秋風橫掃後，迤邐在瓦隆白露沙河上之落葉」；而係使用具體之意象，以表達抽象的觀念與情感。

查氏自承「當然這個說法自然難免大而無當」。因此他引述艾略特(T.S.Eliot)所云：「一些事物、某種情況、或一連串事件，它們將成為該特殊情感之表達公式。」馬拉美(Stephane Mallarme)所云：「一種逐漸召喚出某物件，以顯示某種情緒，並抽取其『靈魂狀態』的藝術。」作為補充，並且強調象徵「是一種表達思想與情感的藝術，其技巧不在直接描述，亦不藉與具體意象的公開比較，來界說這些思想與情感。它利用暗示的方法來展現這些思想與情感，或透過一些不落言詮的象徵，在讀者心目中重新創造出這些思想與情感。」無論如何，查氏總算用一句話直接了當地說明了象徵是什麼，雖然不滿意，但還可以接受。

（三）李德裕《新編實用修辭》⑤：

象徵的特點同比喻有某些相似。不過，象徵要對比擬體進行比較詳細或十分詳細的描敘

用來說明被比擬體，而比喻的比擬體通常只有一兩句話，不可能對被比擬體進行詳細的描寫。所以說，象徵是一種篇章修辭法。它的對象是整篇的文章；至少是文章的一大段話。同比喻只是修飾句子有根本的區別。也可以說，象徵是篇章的比喻。

（四）宋振華《現代漢語修辭學》⑥：

象徵是借助事物間的聯系，用特定的具體事物或通過描繪，渲染具體事物的形象，表現精神品質或事理的修辭方式。

（五）黃民裕《辭格匯編》⑦：

借用某種具體的形象的事物暗示特定的人物或事理等。以表達真摯的感情和深刻的寓意，這種以物徵事的修辭方式叫象徵。象徵的修辭效果是：寓意深刻，能豐富人們的聯想，耐人尋味，使人獲得意境無窮的感覺，能給人以簡練、形象的實感，和表達真摯的情感。

（六）黃慶萱《修辭學》⑧：

任何一種抽象的觀念、情感與看不見的事物，不直接予以指明，而由於理性的關聯、社會的約定，從而透過某種意象的媒介，間接予以陳述的表達方式，我們名之爲「象徵」。

從修辭學的角度而言，黃慶萱先生對於「象徵」的闡釋最稱中肯扼要。黃氏又引述顏元叔

〈現代英美短篇小說的特質〉的說法，將象徵分為三類：

(一)象徵結構：小說中的象徵結構，大體把人生視為一個旅程或尋求，正如亞瑟王的騎士尋求聖杯或荷馬的優利西斯追求故鄉依色卡。不過，現代小說的追尋目標，似乎都集中於對生命的了解。這種追尋的結構可能占據一個短篇小說的全部或部分。而肉體的行動，總是反應內心的變化。

以康拉德的〈黑暗心地〉為例，主人翁馬羅在剛果河溯流而上的冒險歷程，便象徵了人類追求智慧的不變過程。

(二)象徵人物：我們可以耶穌式人物與撒旦式人物作為兩個極致，其間紛陳著聖性與魔性參差不等的人物。西洋文學作品中常有所謂的耶穌人物與撒旦人物，原因是耶穌與撒旦所代表的人性與經驗，最為遼闊，最為深刻。現代作家認為人性是複雜的，所以很少寫出單純的聖性或魔性的人物。即使如此，許多的小說人物，仍可以較近聖性或魔性，加以分別。在很多的短篇小說中，人物的塑造，不僅止於「個性」，而趨向於表現「通性」。

以史坦貝克的〈逃亡〉為例，主人翁貝貝受到多數人的迫害以及他的死，令我們想起耶穌的相似遭遇，代表著一切受多數迫害的少數人，他的死是一種精神的勝利。

(三)象徵事物：談到象徵事物，大致可分為兩種：獨立的象徵事物與不獨立的象徵事物。前者如十字架或納粹的鐵十字，各具其獨立的象徵含義，不受故事上下文的控制。但是，大多數的象徵事物的含義，是受上下文控制的。

舉例而言，安德森的〈紙丸〉中的紙球象徵各自隔絕的人生關係，〈阿拉伯〉中的博覽會象徵著夢寐以求的愛情幻境，〈斑駁的馬群〉中的斑駁的馬象徵人類的貪婪。

有關象徵的意義與象徵的分類，在此有兩點必須先加闡明：

第一，象徵是否為一種修辭方法，仍有不同的意見。有許多修辭學的書並沒有將「象徵」列入，如陳望道《修辭學發凡》、傅隸僕《中文修辭學》、黃永武《字句鍛鍊法》、黎運漢·張維耿《現代漢語修辭學》、路燈照·成九田《古詩文修辭例話》、董季棠《修辭析論》、李小岑《現代英文修辭學》等。顯然不將「象徵」視為一種修辭方法。

第二，修辭學中所列的象徵辭格，理應與文學理論與批評所探討的象徵或象徵主義有繁簡之異。修辭方法總是偏重章句，而文學理論與批評所探討的象徵往往是整篇結構方面的象徵。如黃慶萱先生在〈西遊記析評〉以兩萬餘字探討西遊記的結構象徵與人物象徵，固然精闢而又精采，別開生面。但依據神話與原型的批評方法分析西遊記的結構象徵，依據心理學的批評方法分析西遊記的人物象徵。可能將之視為文學批評的分析，要比列入修辭方法的分析更加妥

當。而且如此又與中國傳統「興」的觀念相去甚遠。因此，如照文學批評的角度來作修辭學上象徵的分類，有逾越之嫌。再如宋振華《現代漢語修辭學》將象徵分為㈠聯想象徵，㈡描繪象徵，也不盡妥切。因此，此從修辭學的角度上考慮，仍以事物象徵為主，其中又可分為普遍的象徵與特定的象徵二類，茲分別舉例予以闡明：

貳、普遍的象徵

「普遍的象徵」，即放諸四海皆準的象徵。如以國旗象徵國家，十字架象徵基督教，獅子象徵勇敢，狐狸象徵狡猾等等。此普遍的象徵，可以獨立存在，其象徵意義較為明確，不受作品上下文限制。眾所周知，梅花是中國的象徵，龍是中華民族的象徵。

我國傳統的文化中，有許多禮俗活動，都有深厚的文化意義，如稍加留意，透視其內涵的象徵意義，則其來有自，逸趣無窮。

例如台灣民間婚嫁，迎親的禮車上，往往綁上一支甘蔗，並且掛一塊豬肉，一般人常知其然而不知其所以然。鹿港文物紀念館有婚禮圖，則為「花轎」，轎上綁竹子，並且掛一對雁。

從象徵的角度而言，可知其意義深長。

第一，由花轎到轎車，這是現代文明的演變，本質上沒有兩樣。

第二，轎子上綁竹子，這根竹子是完整的，從竹葉到竹根，連頭帶尾，還沾著泥土。象徵夫妻白首偕老。竹子中間有節，則象徵女子堅貞守節；竹子中空，象徵夫妻相處不但虛心，而且內心別無他人。現代用甘蔗做替代品，也是連頭帶尾，且甘蔗也有節。

第三，轎子上掛一對雁，是專情的象徵。因為雁是禽獸中最執著，最專情的。後來雁難尋，改用與雁同類的鵝替代，到後來竟改為豬肉。金元好問「摸魚兒」云：

問人間情是何物，直教生死相許。天南地北雙飛客，老翅幾回寒暑。**歡樂趣，離別苦，**是中更有痴兒女。君應有語，渺萬里層雲，千山暮雪，隻影為誰去？

元好問自敘其本事云：「乙丑歲，赴試并州，道逢捕雁者，云今旦獲一雁，殺之矣，其脫網者，悲鳴不能去，竟自投於地而死。予因買得之，葬之汾水之上，纍石為識，是曰『雁丘』。時同行者多賦詩，予亦有雁丘辭，舊所作無宮商，今改定之。」此事為元好問十六歲時少年往事，此作蓋中年之後，迭經憂患，追憶往事，以寄身世之感。委婉迴旋，無限悲涼。由此可證，雁為執著專情之普遍象徵⑨。

以下且從古今文學作品中舉例以闡明普遍的象徵：

(一)子曰：「**鳳鳥不至，河不出圖，吾已矣夫！**」（論語・子罕篇）

孔子感傷當世沒有聖明的君王，擔憂用世行道的心願難以實現。在此用鳳凰、河圖作為聖

王在位，天下太平的祥瑞象徵。在中國文化傳統中，如此的象徵，並非孔子所創造，也不是只

有在論語中才如此的用，故為普遍的象徵。如此的象徵，早就其來有自：

鳳凰來儀。（尚書・益稷篇）

鳳鳥適至。（左傳・昭公十七年）

河出圖，洛出書，聖人則之。（易經・繫辭傳）

鳳鳥，即鳳凰，雄為鳳，雌為凰，相傳為靈異之鳥。鳳凰出現，是一種祥瑞的象徵，表示

聖王在位，天下太平。相傳伏羲氏見龍馬負圖而出現在黃河，據圖上文理畫成八卦。河出圖，

是聖人承天命以王天下的象徵。類似的情況，喜鵲是吉祥的象徵，烏鴉、鴟梟是不祥的象徵。

孔子以「鳳鳥不至，河不出圖」起興，感慨天下沒有清平的希望。王熙元先生《論語通釋

》⑩對此闡釋精微：

鳳鳥至，河出圖，只是古代相傳聖王在位，天下太平的祥瑞。是否真有其事，我們不必

深考，孔子只是藉此發端，以引出明王不興，吾道不行的感慨。孔子生當東周時代，周

室的盛德已經衰微，天下諸侯，擾攘紛爭，仁義不彰。所以孔子才滿懷救世的熱忱，周

遊列國，遊說諸侯，希望採行他所主張的禮治與仁政，更希望有機會受到重用，親自實

現改造社會的理想。但是，孔子很不得志，晚年倦遊歸來，看到天下紛亂如故，深知自

己言不用而道不行，所以，才發出這樣深沈的慨嘆和感傷。

其實，孔子如此之慨嘆，並不只有這一次。憲問篇「莫我知也夫」、公冶長篇「道不行，乘桴浮於海」、子罕篇「沽之哉！沽之哉！我待賈者也！」……等，都有同樣的慨嘆，只不過本章用鳳鳥、河圖作象徵，更加耐人尋味。

(二)大荒之中，有山名曰成都載天。有人珥兩黃蛇，把兩黃蛇，名曰夸父。后土生信，信生夸父。夸父不量力，欲追日景，逮之于禺谷。將飲河而不足也，將走大澤，未至，死于此。（山海經‧大荒北經）

夸父與日逐走，入日。渴欲得飲，飲于河、渭；河、渭不足，北飲大澤。未至，遂渴而死。棄其杖，化爲鄧林。（山海經‧海外北經）

這兩則神話故事，改編成語體的就是：

在北方一座名稱「成都載天」的山上，住著一群「夸父族」人。他們是著名的巨人族，一個個身材高大，富有力氣，耳朵上掛著兩條黃蛇，手裏握著兩條黃蛇，看起來是如此勇猛兇惡，其實他們的性情都很和平善良。

其中有一個人，是族裏著名的勇士，傻里傻氣而又十分固執。有一天，他居然突發奇想，不自量力地要去追趕太陽，和太陽賽跑。

在原野上，巨人用他的長腿，邁開大步，風馳電掣般往前奔跑，向西斜的太陽追去。瞬息之間，已經奔越千里，一直追到七隅谷——太陽沈落的地方。一團紅亮的火球就在他的面前，巨人已經完全處在大光明的環繞中。他歡天喜地的舉起巨大的臂膀，想要用雙手將這團光明捉住。可是，他已經奔跑了一天，絲毫沒有休息，又累又渴，精疲力竭，再加上炎熱的太陽的烤炙，心裏感覺十分煩躁而又渴得要命。

於是，他就伏下身子來，去喝黃河、渭水裏面的水，很快地兩條河水都被他喝乾了，仍然感覺口渴。再向北方跑去，想要到雁山北去喝大澤裏的水。可惜的是他還沒有到達目的地，就在半途中渴死了。

巨人頹然倒地，像山崩一樣，轟然巨響，山河為之震動。臨死的時候，他抛棄了手中的杖，杖落下來的地方，忽然化作一片枝葉峻茂，鮮果纍纍的桃林。讓後來追尋光明的人們解渴，並非真實的歷史故事。可是，夸父的形象仍然長存在我們心頭。他竟然敢去追太陽，縱然因為口渴而犧牲，其所表現的無比的英雄氣概，凌屬無匹、勇往邁進、義無反顧的精神，不但讓人神往，而且使我們為之精神振奮。

趁著白天還在，繼續趕路。

讀到這樣的故事，我們當然知道，這是虛構的神話，是先民憑藉豐富的想像力創造出來的

從夸父逐日的故事中，我們應該去感受故事背後的象徵意義。他顯示了中華民族對於光明和真理的追尋不輟，顯現了先民與大自然競爭，想要征服大自然的雄心壯志。縱然犧牲生命，也在所不惜。難道我們不應該感到意志昂揚，精神抖擻嗎⑪？袁珂在《古神話選釋》⑫中說得好：

夸父逐日，或者不僅是表面上的「與日逐走」而已，的確還應該有著象徵的意義存在。它象徵的是什麼呢？夸父逐日，應當看做是古代的中國人對光明和真理的尋求，或者說，是與大自然競勝、征服大自然的那種雄心壯志。記錄這段神話的人說夸父「不量力」，未免是站在宇宙自然的立場，對夸父作了不應有的貶低。陶潛〈讀山海經〉詩說：「夸父誕宏志，乃與日競走。」境界就高多了。的確，夸父所代表的，是人民的精神力量，而不是「不量力」。陶潛詩用「宏志」二字，表達出了夸父的精神。夸父臨死，「棄其杖，化為鄧林」，鄧林就是桃林。那麼巨人夸父雖然犧牲了，卻並沒有失敗，還有他的拄杖化為嘉桃，為後來的光明和真理的尋求者及與大自然競勝者解除口渴，以完成他未曾達到的志望。神話本身既是這麼振奮昂揚，結束又是這麼鼓舞人心，謂之為積極的浪漫主義文學，誰曰不宜？

其實，像「夸父逐日」如此普遍的象徵，在古代的神話中，是相當常見的。〈精衛填海〉

論象徵

的故事，即與此異曲同工。神話是民族的夢，每個民族都有他自己的神話。遠古的神話，出自先民的集體創作，由口頭傳說到文字記載，流傳日廣，故事內容逐漸趨於複雜和美麗。神話的故事情節雖然是虛構的，卻植根於現實生活的基礎上，反映了當時的若干社會狀況，反映了先民對於自然現象的解釋和想像，同時又顯現了先民對抗大自然的博鬥精神，對幸福自由的追尋和渴望，以及英雄人物、美麗愛情的歌誦等等。神話不僅為後世的文學藝術提供了豐富的題材，啟示藝術家創作的泉源，更是民族文化的寶藏。其中的象徵意義，尤其值得我們仔細尋味。

(三)奉帚平明金殿開，

暫將團扇共徘徊。

玉顏不及寒鴉色，

猶帶昭陽日影來。（王昌齡：長信怨）

這首詩為王昌齡的代表作，被王漁洋推為唐人七絕「壓卷」。「奉帚平明金殿開」言平明即起，奉帚灑掃；「暫將團扇共徘徊」，用中國文化中習見的「秋扇見捐」的意象，充分顯現了被冷落之百無聊賴。「玉顏不及寒鴉色，猶帶昭陽日影來」，用對比的方法，言寒鴉從昭陽殿飛來，猶能映帶曉日的影子，而顯得光采；自己徒具玉顏，卻不能承恩得寵，如此美人處境竟不如寒鴉。

本詩命意奇警，措詞曲折，佳處甚多，沈德潛《唐詩別裁》云：「優柔婉麗，含蘊無窮，使人一唱三歎！」何焯《唐三體詩評》云：「「平明」，「秋」字起「團扇」，「寒鴉」關合「平明」，「寒」字仍有秋意，詩律之細如此！」但其關鍵之妙處仍在「昭陽日影」之豐富象徵意義。朱光潛《談美》⑬云：

象徵的定義可以說是：「寓理於象。」梅聖俞《續金針詩格》裏有一段話很可以發揚這個定義：「詩有內外意，內意欲盡其理，外意欲盡其象，內外意含蓄，方入詩格。」這首詩裏面的「昭陽日影」，便是象徵皇帝的恩寵。「皇帝的恩寵」是內意，是「理」，是一個空泛的抽象概念，所以王昌齡拿「昭陽日影」一個具體的意象來代替牠，「昭陽日影」便是「象」，便是「外意」。

如此，以具體的意象「昭陽日影」表現看不見的抽象情感——「皇帝的恩寵」，當然是典型的象徵。同時，在中國文學傳統中，昭陽日影作為皇帝恩寵的象徵，並不限於王昌齡〈長信怨〉，因此屬「普遍的象徵」。

(四)慈母手中線，遊子身上衣。

臨行密密縫，意恐遲遲歸。

誰言寸草心，報得三春暉？（孟郊‧遊子吟）

這是中唐詩人孟郊所作的五言古詩〈遊子吟〉，歌頌偉大的母愛，傳頌久遠。近人彭國棟《瀞園詩話》說得好：「自來寫母愛之深切，未有如東野者也。」以短短三十個字顯示母親的無限關懷與深厚愛心，同時更訴盡了天下子女的心聲。文字淺顯，曉暢明白，而內蘊深遠，耐人尋味，足以引發廣大普遍的共鳴。在古今中外許多吟詠母愛的詩篇中，堪稱最真摯動人的壓卷作。

從詩的內容而言，〈遊子吟〉可以分作兩段：前四句敍慈母的形像，後二句敍遊子的心聲。

第一段，寫慈母的形像，四句採直敍的方式，用形象化的語言構成一幅生動的畫面。此畫面的焦點在第三句的「臨行行密縫」。由此往前觀照，密密縫的材料是首句的「慈母手中線」與第二句的「遊子身上衣」；往後觀照，則慈母動作在「密密縫」，精神乃在第四句的「意恐遲遲歸」。且由於遊子眼見母親「密密縫」的動作，而觸發了五六句的「誰言寸草心，報得三春暉？」由衷地發出感念母恩的心聲。如此看來，第三句不僅是前四句的關鍵處，更是全詩的樞紐。

「誰言寸草心，報得三春暉？」借春暉的光澤溫暖撫育小草，象徵慈母的教養恩情，為人子女者實難以報答。字面上的意思很簡單：誰說遊子像小草般微弱的孝心，能報答慈母像春陽普照般的恩情呢？

如果細加體味，這兩句無論是形式技巧與內容義蘊都值得深入闡析。

就詩的形式技巧而言，二句以「寸草心」喻子女細微的孝心。以「三春暉」象徵恩澤廣深的母愛。作者所要描述的主體——母愛，在字面上雖沒有明言，然而前四句的「慈母形象」，已經有了充分的顯現，歷歷如繪。象徵是「使用具體的意象以表達抽象的觀念與情感」。母愛雖然澤被廣遠，但是看不見、摸不著，只能感覺得到。孟郊用春暉的具體意象呈現母愛，象徵與意象結合為一，十分切合情境，人人都可以充分感受得到，是為描述母愛最佳的象徵。

就詩的內涵意境而言，「三春暉」的意象含蘊極為豐盈。以和煦、溫暖的春陽撫育小草，讓萬物生長、茁壯、顯示母愛的溫馨，使詩的密度發揮到了極致。此意象之佳妙，內涵之豐美，可以分作三層：

一、春暉象徵母愛的慈祥溫馨，無微不至。春陽普照大地萬物，顯示母親對子女的愛，澤被廣遠，長相左右。

二、春暉象徵母愛無所偏私，不分軒輊。所謂「天無私覆，地無私載」，「日頭照好人，也照歹人。」春陽固然照射著青山綠水、小草百花，照射著白兔綿羊，但也照著窮山惡水、毒蛇大野狼。顯示母親對子女的愛，無論賢愚不肖，沒有偏私。「手心也是肉，手背也是肉。」唯有母愛最具包容性。

三、春暉象徵母愛純粹付出，不求回報。陽光普照大地，潤澤廣遠，是無條件的純粹付出，沒有任何代價。顯示母愛的不求回報，思念及此，則母愛之偉大，彌足珍貴。

由此可見，以春暉象徵母愛已經顯現了人世間最偉大的親情，不但將母愛的特質表現得淋漓盡致，而且描繪了人性所能達到的高貴境域。自從此詩流傳之後，春暉已成為母愛的普遍的象徵。

(五)花搬到美國來，我們看著不順眼；人搬到美國來，也是同樣不安心。這時候才憶起，家鄉土地之芬芳，與故土花草的艷麗。我曾記得，八歲時肩起小鐮刀跟著叔父下地去割金黃的麥穗，而今這童年的彩色版畫，成了我一生中不朽的繪圖。

在沁涼如水的夏夜中，有牛郎織女的故事，才顯得星光晶亮；在群山萬壑中，有竹籬茅舍，才顯得詩意盎然。在晨曦的原野中，有拙重的老牛，才顯得純樸可愛。祖國的山河，不僅是花木，還有可歌可泣的故事，可吟可詠的詩歌，是兒童的喧嘩笑語與祖宗的靜肅墓廬，把它點綴美麗了。

古人說，人生如萍，在水上亂流。以我看，人生如絮，飄零在此萬紫千紅的春天。那是因爲古人未出國門，沒有感覺離國之苦。萍總還有水流可藉。

宋朝畫家鄭思肖，畫蘭，連根帶葉，均飄於空中，人問其故，他說：「國土淪亡，根

著何處？」國，就是土，沒有國的人，是沒有根的草，不待風雨折磨，即形枯萎了。

我十幾歲，即無家可歸，並未覺其苦。十幾年後，祖國已破，卻深覺出個中滋味了。

不是有人說，「頭可斷，血可流，身不可辱嗎？」我覺得應該是，「身可辱，家可破

，國不可亡。」（陳之藩：失根的蘭花）

這是陳之藩《旅美小簡》書中的代表作，毫無疑問，〈失根的蘭花〉這個題目就是一個意象顯明的象徵，而且其象徵意義十分深遠而耐人尋味。從文章的內容，我們可以知道，題旨是用南宋畫家鄭思肖的「畫蘭，連根帶葉，均飄於空中」。寓意是「國土淪亡，根著何處？」

「失根的蘭花」原本只是鄭思肖畫中的象徵，經過陳之藩此文的流傳，失根的蘭花，已經成為現代中華民族普遍的象徵。流浪在海外的中國人，飄泊無依，有鄉歸不得，與「失根的蘭花」意象緊密結合。這個象徵不但意象鮮明，而且表達自然；更重要的，是充分流露了流落海外中國人的心聲，所以能激發廣大普遍的共鳴，令讀者深深慨嘆而為之動容。「失根的蘭花」固然象徵陳之藩和其他流落在海外的中國人。其實本文前半段敍作者受朋友邀約去費城郊區的學校看花，那些花也都是作者處境的象徵：

花圃有兩片，一片是白色的牡丹，一片是白色的雪球；在如海的樹叢裏，還有閃爍著如星光的丁香，這些花全是從中國來的吧！

由於這些花，我自然而然的想起北平公園裏的花花朵朵，與這些簡直沒有兩樣；然而，我怎樣也不能把童年時的情感再回憶起來。不知爲什麼，我總覺得這些花不該出現在這裏。它們的背景應該是來今雨軒，應該是諧趣園，或是宮殿階台，或亭閣柵欄。因爲背景變了，花的顏色也褪了，人的感情也落了。淚，不知爲什麼流下來。

來今雨軒，西餐館命名，在北平中山公園東南，以軒前牡丹花池而馳名。諧趣園，在北平頤和園東北隅，也是賞花勝地。陳之藩此所謂「花的顏色也褪了，人的感情也落了。」顯然是人花共憐共惜，處境相同，以此諸般花象徵他自己。難怪赴美之後，情感變了。「在白天的生活中，常常是不愛看與故鄉不同的東西，而又不敢看與故鄉相同的東西。」劉龍勳在《中國現代散文選析》⑭中評云：

牡丹、雪球、丁香，雍容華貴，均是中國群芳中的名媛，北平的中山公園，曾以他們的風采享了盛名。陳之藩出生北平，對此當引以爲榮。所以，一旦見到這些名媛，流落擠在異邦的一個小的學校裏，同是天涯淪落人的滋味，他能不流淚嗎？

牡丹、雪球、丁香，在本文中自然是陳之藩的象徵，但是在其他的文章中，卻不一定有如此的象徵意義，因此不屬於普遍的象徵。只有「失根的蘭花」才是普遍的象徵。可見在同一篇作品中，可兼用普遍的象徵與特定的象徵。

㈥梅花梅花滿天下，

　越冷它越開花。

　梅花堅忍象徵我們

　巍巍的大中華。

　看哪，

　遍地開滿了梅花，

　有土地就有它，

　冰雪風雨它都不怕，

　它是我的國花。（劉家昌：梅花）

梅花是中國的國花，四海都有中國人，都會唱〈梅花〉。這首流行歌詞，已將梅花象徵中華民族的堅忍不屈不撓，無懼冰雪風雨的民族精神意義，和盤托出。這當然是普遍的象徵。事實上，在歷代詩人的詠梅佳句中，梅花早已成為品格高峻雅潔的象徵：

　折花逢驛使，寄與隴頭人。

　江南無所有，聊贈一枝春！（南北朝陸凱：贈范蔚宗）

　獨凌寒氣發，不逐衆花開！（唐鄭述誠：華林園早梅）

怕愁貪睡獨開遲，自恐求容不入時；

故作小紅桃杏色，尚餘孤瘦霜雪姿。（宋蘇軾：紅梅）

衆芳搖落獨暄妍，占斷風情向小園。

疏影橫斜水清淺，暗香浮動月黃昏。（宋林逋：山園小梅）

不受塵埃半點侵，竹籬茅舍自甘心；

只因誤識林和靖，惹得詩人說到今。（宋王淇：詠梅）

何方可化身千億，一樹梅花一放翁。（宋陸游：詠梅）

雪滿山中高士臥，月明林下美人來。（明高啓：梅花）

千年寒氣萬年雪，鍊得梅花是國花。（民國黃永武：詠梅）

如此看來，透過理性的聯想，與文化傳統的約定俗成，梅花早已寄托了詩人的理想，有曠世的孤懷、強者的傲骨，帶領新春，出塵絕俗，倜儻不群。成為理想人格乃至民族精神的普遍的象徵。「才有梅花便不同」，「不是一番寒徹骨，爭得梅花撲鼻香」，梅花成為中華民國的國花，真是其來有致。黃永武先生〈詩人眼中的梅蘭竹菊〉⑮，對此頗有闡發，梅蘭竹菊竝為四君子，實為最佳象徵。

㈥我拉著母親的裙角，迤迤邐邐伴送外祖父走到村口停著的黑色轎車前，老祖父回頭望

著身旁的女兒，喟嘆著說：

「貓仔，查某因仔是油蔴菜籽命，做老爸的當時那樣給你挑選，卻沒想到，撿呀撿的，撿到賣龍眼的。老爸愛子變做害子，也是妳的命啊！老爸也是七十外的人了，還有幾年也當看顧妳，妳自己只有忍耐，尪不似父，是沒辦法挺寵妳的。」

......

「是怎樣我不能吃兩粒蛋？」我嘀咕著：「雞糞每晚都是我倒的，阿兄可沒侍候過那些雞仔。」

媽楞住了，好半晌才說：

「妳計較什麼？查某因仔是油蔴菜籽命，落到那裏就長到那裏。沒嫁的查某因仔，命好不算好，媽媽是公平對待你們，像咱們這麼窮，還讓妳唸書，別人早就當女工去了。妳阿兄將來要傳李家的香烟，妳和他計較什麼？將來妳還不知道姓什麼呢？」

......

母親一再舉許多親友間婚姻失敗的例子，尤其是拿她和父親至今猶在水火不容的相處警告我：

「不結婚未必卡福幸，查某因仔是油蔴菜籽命，嫁到歹尪，一世人未出脫，像媽媽就

是這樣。像妳此時，每日穿得水水的去上班，也嬤免去欵待什麼人，有什麼不好？何

必要結婚？」

……

婚禮前夕，我盛裝爲母親一個人穿上新娘禮服。母親蹲在我們住了十餘年的公寓地板

上，一手摩擦著曳地白紗，一頭仰望著即將要降到不可知田地裏去的一粒「油蔴菜籽

」。

我用戴著白色長手套的手，撫著她已斑白的髮；在穿衣鏡中，竟覺得她是那麼無助，

那樣衰老，幾乎不能撐持著去看這粒「菜籽」的落點。我跪下去，第一次忘情的抱住

她，讓她靠在我胸前的白紗上。我很想告訴她說，我會幸福的，請她放心。然而，看

著那張充滿過去無數憂患的，確已老邁的臉，我卻只能一再的叫著：媽媽，媽媽！（

廖輝英：油蔴菜籽）

在台灣鄉下，「菜籽命」是常常被人們掛在嘴邊的一句口頭禪。廖輝英不但小說的題目用

它，而且在本篇中，開頭、中間、末尾，一再提到「查某囡仔是油蔴菜籽命」，其象徵意味頗

為凸顯。在這個中篇小說裏，自然象徵著女主角母親的命運。可是在傳統社會中，卻是一個普

遍的象徵，象徵女子的命運。「查某囡仔是油蔴菜籽命，落到那裏就長到那裏」。其象徵意義

作者在本篇已經明確指出：

沒嫁的查某囡仔，命好不算好，妳將來還不知道姓什麼呢？

查某囡仔是油蔴菜籽命，嫁到歹尫，一世人未出脫，像媽媽就是這樣。

一頭仰望著即將降到不可知田地裏的一粒「油蔴菜籽」。

其實，用「油蔴菜籽」來象徵女子的命運，其象徵意義除了「嫁雞隨雞，嫁狗隨狗」受丈夫所左右之外，還含蘊著深刻的意義，耐人尋味：

第一，油蔴菜籽落到那裡就長到那裡，象徵女子適應能力相當強，富有韌性，落地生根。且克勤克儉，含辛茹苦，撫育子女，照顧家庭，一代又一代，生生不息。

第二，油蔴菜籽是卑微的，同樣的道理，在傳統社會中，許多婦女雖然活得卑微，雖然不滿現狀，會發牢騷，怨天尤人，但是大多數的婦女最後仍然相當認命地盡其本分。

參、特定的象徵

「特定的象徵」即受上下文控制的象徵。在某一部文學作品中，在一定的場景與氣氛下，某項事物含蘊某種象徵意義。在其他的作品或不同的場景中，此項事物卻不一定具備同樣的象徵意義。

如西洋文學名著史坦達的《紅與黑》，以「紅色」與「黑色」象徵軍政勢力與教會勢力的消長。法國大革命失敗后，若干原想通過軍隊向上爬的平民，在教會勢力統治下，紛紛脫下紅色的軍裝，換披黑色的神父長袍。小仲馬的《茶花女》，以山茶花象徵主角瑪格麗特的純潔愛情與高貴品格，在其他的作品或場景中，紅色與黑色就不一定是軍隊與教會的象徵，山茶花也不一定具有《茶花女》中的象徵意義。

又如在我國軍中，凡軍官晉升將軍，國防部會頒發一個手錶，少將是一星錶，中將是二星錶，上將是三星錶，星固然代表將軍的階級，但更具意義的是這個錶有兩層象徵意義：

第一，錶的型式樸實大方，象徵國軍將領，做人做事，堂堂正正，樸質無華，腳踏實地，穩健可靠。

第二，錶殼是不銹鋼做的，永不褪色，象徵國軍將領精忠報國，節操堅貞，剛強不屈，永不改變。

筆者民國七十二年曾經與許多學者赴成功嶺主持大專青年座談，會後當時的國防部總政治部主任許歷農上將設宴慰勞，席間為許上將闡釋此錶的象徵意義，許上將特地致贈與會學者每人一個三星錶作為紀念。然而，「將軍錶」的象徵意義是在軍中才有，屬特定的象徵。父母為子女買一個不銹鋼的錶，或者是家庭用不銹鋼廚具，就沒有精忠報國，堅貞不屈的象徵意義。

文學作品中的象徵，大多屬「特定的象徵」，黃慶萱先生《修辭學·第十八章象徵》⑯曾

列舉實例：

在小說方面，事物象徵更是被經常使用的技巧。楊海宴的〈兩截壓癟的黃瓜〉象徵百無

一用的知識分子的高不成低不就，以及生命的脆弱。於梨華的〈雪地上的星星〉象徵遠

看閃閃誘人，接近時除了徹骨冰寒之外一無所有的愛情。水晶的〈沒有臉的人〉，面對

的是一面破碎的鏡子。張系國的〈香蕉船〉載的是黃皮白心容易爛的貨色。

黃氏所舉的小說裏的象徵，雖未明言乃特定的象徵。但稍微思量之後，從「壓癟的黃瓜」

、「雪地上的星星」乃至於「香蕉船」，均屬受上下文控制，在一定的場景和氣氛下才能顯示

其獨特的象徵意義。

以下且從古今作品中舉例闡明「特定的象徵」。

(一)青青河畔草，鬱鬱園中柳，

　　盈盈樓上女，皎皎當窗牖；

　　娥娥紅粉粧，纖纖出素手。

　　昔爲倡家女，今爲蕩子婦；

　　蕩子行不歸，空床難獨守。（古詩十九首之二）

論象徵

一二一

此為《古詩十九首》之第二首。全詩十句，可分為三部分，首二句述眼前所見之景，中四句寫女主角的姿容儀態，末四句敍思婦的身世和愁思。

「青青河畔草，鬱鬱園中柳。」開端呈現在眼前的是一幅春天的景象：河邊一片綠油油的青草，一直伸展到遠方；園中的楊柳，蓊蓊鬱鬱，是那樣地濃密茂盛，洋溢著旺盛的生機，春氣盎然。「青青河畔草」點明了場景和時間，在篇首有起「興」的作用，由外在的景象引發內心的懷想⑰。「鬱鬱園中柳」與「青青河畔草」相對，形成閉鎖空間與開放空間的強烈對比。「園中柳」頗具多義性，顏元叔先生〈析『青青河畔草』〉⑱指出，此即女主角的象徵：

「鬱鬱園中柳」實在是女主人的象徵，她就像「園中柳」，生長在一個封閉隔絕的世界裏，像柳一樣的垂著頭，鬱鬱不樂。假如說她已經是殘花敗柳，也許這樣的蓊鬱生命，為緊接的四行所鏤刻，所支持：「盈盈樓上女，皎皎當窗牖，娥娥紅粉粧，纖纖出素手。」從「鬱鬱」到「盈盈」，以「盈盈」承「鬱鬱」，實在十分微妙。因為，「鬱鬱」既予人一種豐盛感，「盈盈」意謂著體態之豐盈，恰好兩相吻合銜接。我們也可以說，「鬱鬱」是「盈盈」的伏筆，「盈盈」是「鬱鬱」的體現。這加強二至三行間的發展上的連貫

頗能言之成理。值得我們注意的有二點：第一，「鬱鬱園中柳」為本詩的關鍵句。第二，「鬱

顏氏用新批評學派的手法，對「鬱鬱園中柳」及其前後有關的聯貫性作精細深入的剖析，

性。所以，「鬱鬱」以其多義性，一方面與前句的「青青」形成對比，另一方面與「盈盈」形成順利的發展，可謂是全詩的關鍵辭。

「樓上女」順理地發展到「當窗牖」。有樓而無窗，當不合理；樓上女站在窗前遠眺，很合理。不過，當她眺望出去，看到「青青河畔草」，其注意力的走向暗示她不能安於現狀，守在園中，過著如柳樹一般的靜止人生。進一步要注意的是，「樓上女」意味著這個女子脫離了地面，脫離了大地，被抬升起來，生活在一個人工的世界裏，一個豢養的人工世界裏，正如任何所謂 Kept woman（豢養的女人）一樣。這麼一個世界迥然不同於「青青河畔草」的自然世界；因此「樓上女」與「河畔草」，又隱隱形成了對比。

在往前的發展上，「樓上女」又順理地瀉入「當窗牖」。窗牖或窗戶或窗口，總是一個木頭框框圍繞起來的空間，便是渴望自由。這在古今中外多少詩篇，皆可得到證明；而於此，也十分恰合。這「樓上女」便是處在這麼個封閉的小世界，渴求著自由，通過窗口，眺望著「青青河畔草」。

這「樓上女」正是侷限的，可以引起牢獄的聯想。可是，窗的另一個聯想，甚至象徵含義，

「鬱園中柳」實為女主角的象徵，而且這個象徵一方面充分顯示了女主角的處境與內在精神狀況，一方面可以呼應整首詩。在此要特別闡明的是，「園中柳」作為女主角的象徵，是受上下文控制的一個特定象徵，只有在本詩作者所經營、塑造的場景與氣氛中，園中柳才是「被豢養的女子」的象徵。在其他作品中，柳樹的象徵意義可不能與此詩相提並論，甚且迥然不同。

在中國文化傳統中，柳最普遍的象徵意謂著別離。自從《詩經・采薇篇》：「昔我往矣，楊柳依依」傳誦之後，中國人即有折柳贈別的習俗，柳也與「別情」結下不解之緣。《三輔黃圖》：「灞橋在長安東，漢人送客至此橋，折柳贈別。」王維的〈送元二使安西〉：「渭城朝雨裛輕塵，客舍青青柳色新；勸君更進一盃酒，西出陽關無故人。」更是膾炙人口，離情難舍。所以劉勰《文心雕龍・物色篇》云：

故灼灼狀桃花之鮮，依依盡楊柳之貌。

近代學者研究古典詩中的象徵，頗具成效。黃永武先生的〈古典詩中的桃與柳〉[19]，即明確指出：

就柳本身的姿態而言，依依牽人的柳絲，滿路狂飛的柳絮，都構成亂絲千萬的景象，象徵多情的「惜別」，或無情的「離別」，都令人心煩慮亂、黯然銷魂！

前人以楊柳為別情的象徵，黃氏又進一步細分為二：「多情的惜別」與「無情的離別」，

並且舉詩例以證：

城外春風吹酒旗，行人揮袂日西時；
長安陌上無窮樹，唯有垂楊管別離！（劉禹錫：楊柳枝）

含烟惹霧每依依，萬緒千柳拂落暉；
爲報行人休盡折，半留相送半迎歸！（李商隱：離亭賦得折楊柳）

霧撚烟搓一索春，年年長似染來新。
應須喚作風流線，繫得東西南北人！（崔道融：楊柳枝詞）

灞岸晴來送別頻，相偎相依不勝春；
自家飛絮猶無定，爭把長條絆得人！（羅隱：柳）

二月楊花輕復微，春風飄蕩惹人衣。
他家本是無情物，一向南飛又北飛。（薛濤：柳絮）

從千條萬條的柳絲，熱情地想繫攬住行人，不忍惜別；乃至於楊花柳絮，飄蕩不定忽南忽北，薄情離別。如此楊柳別情的象徵，真是意象豐富，難以捉摸。由「柳」之事物象徵，可見在不同的作品中，有普遍的象徵，也有特定的象徵。

(二)青松在東園，衆草沒其姿。

論象徵

一一五

凝霜殄異類，卓然見高枝。

連林人不覺，獨樹衆乃奇。

提壺挂寒柯，遠望時復爲。

吾生夢幻間，何事紲塵羈？（陶潛：飲酒二十之八）

陶淵明晚年作的這首飲酒詩，可分兩部分：前六句詠松，後四句詠懷。「青松在東園，衆草沒其姿」敍東園中的青松，平時被野草遮沒了奇姿，看不出與其他樹木有何迴異之處。但是到了「凝霜殄異類」的時候，才表現出「卓然見高枝」。這正是「歲寒然後知松柏之後凋也」，也正是君子的「時窮節乃見」。「提壺挂寒柯，遠望時復爲」，陶淵明特別欣賞這株在寒氣中，青蒼勁茂，傲霜卓立的青松，因此飲酒時時凝望著它的雄姿英發，贊美這種堅忍卓絕的精神。方祖燊先生〈談詩的象徵〉⑳認爲本詩前六句是賦而比的象徵寫法：

其實陶潛是用這棵青松作自己堅貞高潔的人格與節操的象徵；在東晉衰微的時候，時俗多半依附了權臣劉裕，只有他像一棵松樹，高隱故園，特立不移。

當我們了解到陶淵明晚年作此詩的背景，並進窺詩人的心境時，自然可以領略他爲什麼要發出「吾生夢幻中，何事紲塵羈」的慨嘆，對於青松的象徵意義更能體會。在此詩中，陶淵明的人格與青松的特質已經緊密結合，化爲一體了。青松的勁節貞心，傲霜卓立，正是陶淵明的

寫照。

陶淵明在飲酒第八首中以青松作為自己人格的象徵，雖然可視為特定的象徵。但是在中國文化傳統中，松卻具有更為豐富而且普遍的象徵意義。黃永武先生〈詩人看松樹〉㉑即曾指出：

映入中國詩人眼簾的蒼老的松樹，它往往是龍的化身。中國詩人將松聯想爲龍，從外貌看：蟠折的古根，斑駁的鱗文，瘦甲蒼髯，還挾著風雷般的松濤聲。形態聲音，都有髣髴相似處。不過這種由外貌相似而作的聯想，只是粗淺的層面，松與龍，更有其內涵特質的相同處。

君子與龍相似，松樹也與龍相似，松有堅心，有高節，雜生草叢時像「潛龍」，千霄凌雲時像「飛龍」，一旦成危難，又有能力「扶大廈之將傾」。所以詩人把松看作是龍的化身，也看作是君子的化身。這一點，足見中國人的透視力，不僅動物植物的界限可以流通，人與物的界限也可以泯滅的。

其實，詩人之所以能物我交融，打破人我之別，正由於「詩人感物，聯類不窮」（物色篇）；象徵之所以如此多采多姿，涵蓄無窮，正由於「起情者，依微以擬議」（比興篇）。

(三)素練風霜起，蒼鷹畫作殊。

修辭方法析論

搜身思狡兔，側目似愁胡。

絛鏃光堪摘，軒楹勢可呼。

何當擊凡鳥，毛血灑平蕪。（杜甫：畫鷹）

杜甫早年所作之〈畫鷹〉，將畫中之鷹描繪得氣勢非凡，神情畢現。仇滄柱評云㉒：「每詠一物，必以全副精神入之，故老筆蒼勁中時見靈氣飛舞。」其實，這首詩非僅詠畫鷹而已，蓋託物象徵，畫中之鷹的「何當擊凡鳥，毛血灑平蕪」，已與杜甫的雄心壯志結為一體。杜甫年輕時正如陶淵明所謂「猛志逸四海」，這首畫鷹詩，正是他當時心境的寫照。劉若愚《中國詩學》㉓評云：

任何一位感覺到最後一聯的強烈力量的人，不會滿足於將這首詩只當做鷹，且是畫的鷹的描寫而已。在另一方面，也沒有必要聽從某詮釋者的解釋，認為鷹代表詩人，而凡鳥代表到處都有的小人。事實可能是杜甫開始時真是老實地描寫一隻畫上的鷹，可是這個主題激起了他的想像力，以致這鳥成為英勇的力與猛烈的美的象徵。

劉若愚將象徵分為「因襲的象徵」與「個人的象徵」兩種。大約相當於本文「普遍的象徵」與「特定的象徵」。劉氏以〈畫鷹〉列為個人象徵之例證，並舉十九世紀英國詩人霍普金斯（Gerard Manley Hopkins)〈紅隼〉中的詩句：「殘猛的美和勇氣和行動，啊啊，空氣，豪情，

一一八

羽毛，在此激裂」，以為兩者相類似。劉氏以為「這鳥成為英勇的力與猛烈的美的象徵」，可謂言之成理。在作為杜甫年輕時心境的象徵之餘，為這首詩開拓了更廣闊的象徵的空間。

其實，杜甫詩中頗多借物自況，託物象徵之作。以馬為題材者尤為常見，且馬之處境正是杜甫自身的寫照。再看兩個詩例：

胡馬大宛名，鋒稜瘦骨成。

竹批雙耳峻，風入四蹄輕。

所向無空闊，真堪託死生。

驍騰有如此，萬里可橫行。（房兵曹胡馬）

此為杜甫三十歲時之少作，前半首描繪馬的形狀神采，鋒稜瘦骨，神清氣勁，雙耳尖峻，奔馳生風，真是豪縱矯健，格力非凡。後半首讚美馬的才德秉性，奔馳爭先，驍騰絕倫，可以託付死生，勢凌萬里。「所向無空闊，真堪託死生」誠如劉若愚②所評：「這馬對於杜甫，以及對於我們，變成遠超過普通的馬，而成為詩人所讚賞的某些特性——勇敢、忠誠、力量的象徵」。如此特定的象徵，也正是杜甫年輕心境的寫照。

東郊瘦馬使我傷，骨骼硉兀如堵牆。絆之欲動轉欹側，此豈有意仍騰驤？細看六印帶官字，衆道三軍遺路旁。皮乾剝落雜泥滓，毛暗蕭條連雪霜。

論象徵

一一九

去歲奔波逐餘寇，驊騮不慣不得將。士卒多騎內廄馬，惆悵恐是病乘黃。當時歷塊誤一

蹶，委棄非汝能周防。見人慘澹若哀訴，失主錯莫無晶光。天寒遠放雁為伴，日暮不收

烏啄瘡。誰家且養願終惠。更試明年春草長。（瘦馬行）

此為杜甫四十七歲所作，與前首迥然不同。當時已罷拾遺，貶為華州司功。敘瘦馬悲楚之情。杜甫

在去年因上疏救房琯，皇上怒而貶斥，故曰：「當時歷塊誤一蹶，委棄非汝能周防。」而本年

六月出為華州司功，不復見君，故曰：「見人慘澹若哀訴，失主錯莫無晶光。」就杜甫的心境

而言，雖遭廢棄，仍思報效國家，為君驅馳而不可得。故曰：「誰家且養願終惠，更試明年春

草長。」整首詩由具體的馬的意象，象徵抽象的詩人被貶的落寞之情與報國無門之嘆。同樣是

以馬為象徵，此與前首詩的象徵意義，截然迴異。

（四）如期至，即道士與虯髯已到矣，俱謁文靜。時方奕棋，揖而話心焉。文靜飛書迎文皇

看棋，道士時奕，虯髯與公傍侍焉。俄而文皇到來，精神風采驚人，長揖而坐，神氣

清朗，滿座風生，顧盼煒如也。道士一見慘然，下棋子曰：「此局全輸矣！於此失卻

局矣！救無路矣，復奚言？」罷奕而請去。

既出，謂虯髯曰：「此世界非公世界，他方可也，勉之，勿以為念！」因共入京。（

杜光庭：虯髯客傳

〈虯髯客傳〉為唐人傳奇小說之名篇，敍李靖遇紅拂女、虯髯客之故事。隋末天下大亂，雄豪並起，欲爭奪天下。虯髯客與道士蓄志已久，但是見到李世民一表人才，料想難以爭鋒，因此將家財送給李靖，遠去海外另謀發展。以上所錄，係小說中最具關鍵性的一段。道士見到李世民（文皇），下棋子曰：「此局全輸矣！於此失卻局哉！救無路矣，復奚言？」以具體的下棋象徵抽象的逐鹿中原。其象徵意義十分明顯，讀者很容易推想而知。且後來又再補上「此世界非公世界」之語，更加易識。此象徵一點也不曖昧，且象徵與意象結合為一，是典型的特定象徵。

㈤余與四人擁火以入，入之愈深，其進愈難，而其見愈奇。有怠而欲出者，曰：「不出，火且盡。」遂與之俱出。蓋予所至，比好遊者尚不能十一，然視其左右，來而記之者已少；蓋其又深，則其至又加少矣。方是時，予之力尚足以入，火尚足以明也。既其出，則或咎其欲出者，而予亦悔其隨之，而不得極夫遊之樂也。

於是予有歎焉：古人之觀於天地、山川、草木、蟲魚、鳥獸，往往有得，以其求思之深而無不在也。夫夷以近，則遊者眾；險以遠，則至者少。而世之奇偉瑰怪非常之觀，常在於險遠而人之所罕至焉，故非有志者不能至。有志矣，不隨以止也，然力不足

者，亦不能至也；，有志與力，而又不隨以怠，至於幽暗昏惑而無物以相之，亦不能至也。然力足以至焉而不至，於人爲可譏，而在己爲有悔；盡吾志也，而不能至者，可以無悔矣。其孰能譏之乎？此予之所得也。（王安石：遊褒禪山記）

王安石的名作〈遊褒禪山記〉雖然是遊記文章，但作者卻不僅止於寫景記遊，在文章後半宕開，由遊山之經歷，產生感慨，引起出為學與處世之見地——持志力行。有關本文之旨趣與寓意，歷來古文評注家論之頗衆，茲先擷取數家具代表性的意見，以見其梗概：

沈德潛評點《唐宋八家文讀本》㉕：

有志與力，而又有物以相之，其終不能至者，則亦無如何也。借題發意，文人之常，然必說破正旨，此只於言外遇之，又是一格。

林雲銘《古文析義》㉖：

凡遊記必敘山川之勝，與夫見聞之奇。且得盡其所遊之樂，此常調也。茲俱點出山名洞名，隨以不盡遊爲慨。若如此便止，有何意味？精采處全在古人觀物有得上發出一段大議論。即把上文所以不得盡遊，重敘一番：惟盡吾志赴之，若果不能至，則與力可至而不至者異矣！譬之學者，六合之外，存而不論，即是有得處。末以山名誤字，推及古書，作無窮之感，但在學問上立論，寓意最深。

宋文蔚評注《文法津梁》㉗：

如此篇借褒禪山之遊，以寓求學不可自盡之意。中段以其深雖好遊者不能窮一句領起後段以志與力及有物以相之。分三層，用疊筆蟬聯而下，中間有頓筆，有宕筆，有折筆，層疊遞轉，文極峭拔。

李扶九編選‧黃紱麟書後《古文筆法百篇》㉘：

記遊而影學問，用筆則曲曲深入，所謂深人無淺語，慧心無直筆者也。在記體則爲別行一路，在理則從從遊舞雩章得也。……此篇頭緒甚繁，大要只在盡志與力以深思，而後可以無悔。以之遊洞，如是：以之爲學，亦如是。此介甫所獨得而欲學者之共得也。其文鞭辟入裏，單行一路，在王集中第一，最利理境題文，學者尤宜熟讀。

沈氏所謂「借題發意」，林氏所謂「寓意最深」，宋氏所謂「借褒禪山之遊，以寓求學不可自盡之意」，李氏所謂「記遊而影學問」，均從傳統批評角度探究〈遊褒禪山記〉的主旨與寓意，頗能闡幽顯微，切中肯綮。如果從比興的角度而言，則由遊山起興，聯想到求學之道。就象徵而言，則無疑屬「特定象徵」，透過作者的經營、設計與安排，遊山洞的具體經歷，象徵抽象的為學處世之道。

A.以遊山象徵求學之道

論象徵

一二三

本文第二段全部落實在遊山洞之經歷，然此項經歷亦適足以顯現為學之歷程。試加分析，

約有二端：

1.「入之愈深，其進愈難，而其見愈奇。」遊山固然如此，為學又何嘗不然？

2.「蓋予所至，比好遊者尚不能十一，然視其左右，來而記之者已少；蓋其又深，則其至
又加少矣。」此遊山洞之淺深，比上不足，比下有餘，為學亦無以異也。

論語子張篇記子貢之言曰：「譬之宮牆，賜之牆及肩，窺見室家之好；夫子之牆數仞，不
得其門而入，不見宗廟之美，百官之富。得其門者或寡矣！」亦與此同旨。

第三段「予有歎焉」以下，全係議論語，雖針對遊山經歷抒感，實則借題發揮為學之道。

其中有兩點值得深究：

1.論風景之異與學問之異：「夫夷以近，則遊者衆；險以遠，則至者少。而世之奇偉瑰怪
非常之觀，常在於險遠而人之所罕至焉。」此兼論風景與學問，充分顯現了世人避難趨易，悅
淺畏深之心理。

2.論如何遊覽奇偉瑰怪非常之觀與研求高深之學問。其中又有三層：

第一層須立志——非有志者不能至也。

第二層須力足——有志矣，不隨以止也，然力不足者，亦不能至也。

第三層須有物相——有志與力……無物以相之，亦不能至也。

此從探遊山洞之經驗，領悟到求學及人生的道理，必須有足夠的志氣、充分的能力，不畫地自限，再加上外物輔助，才能達成目標。此為本文中心主旨所在。也是本文之所以能超越俗手，有所突破的關鍵處。

B.以遊山象徵處世之理

從寬廣的角度而言，遊山經歷也正象徵著處世之理：研究任何學問、事理或處世，必須深思慎取，即物窮理，自然有所得。且須堅定意志，不畏艱難險阻，不畫地自限，才能見到奇偉瑰怪之觀；還要有充分的準備，足夠的能力，再加上外物的輔助，才能達到有所突破、超越的成功之境。

查考王安石的生平經歷，他在宋神宗熙寧二年（西元一〇六九年）任參知政事，推行新法。時年四十九歲。本文為任宰相前十五年所作。從第三段的議論中，往更深一處去思考，則可以想見王安石推行新法的行徑，早已有了處事之原則與心理準備。如果將進入褒禪山後洞的經歷與感嘆用來象徵推行新法的作風，也不無道理。今試作三層分析：

1.「夫夷以近，則遊者眾；險以遠，則至者少。」意謂因循守舊，循平坦易行之老方式施政，擁護者必然很多；要想改革政治，冒險走新路，行新法，開創一番新局面，則少有人贊同

。

2.「而世之奇偉瑰怪非常之觀，常在於險遠而人之所罕至焉，故非有志者不能至也。有志矣，不隨以止也。」意謂實行新法，國家民族必然呈現一片光明燦爛之遠景。但推行新法之路途卻是艱困險阻而又遙遠，不易為眾人所了解、認同與接受。如果要求理想實現，必須意志堅定，努力以赴，絕不動搖。

3.「盡吾志也」，而不能至者，可以無悔矣。其孰能譏之乎？」意味推行新法，將遭遇種種阻礙困難，乃意料中事。但只要盡力而為，即使不能達成理想目標，也可以心安理得，無怨無悔。但若因畏難裹足不前，半途而廢，則既自悔又受譏。

由此可見，王安石由遊山之具體經歷，即物窮理，體悟出求學處世之道理，用「特定象徵」的筆法，象徵與意象密切結合。且其象徵之意義，轉折多姿，正如華陽洞之窈然深入，頗見奇偉瑰怪之觀。以一篇五百字短小精悍之文章，能寄託如許為學之道、處世之理，洵屬難能可貴㉙。

㈥我說道：「爸爸，你走吧。」他望車外看了看，說：「我買幾個橘子去，你就在此地，不要走動。」我看那邊月臺的柵欄有幾個賣東西的等著顧客。走到那邊月臺，須穿過鐵道，須跳下去又爬上去。父親是一個胖子，走過去自然要費事些。我本來要去的

，他不肯，只好讓他去。我看見他戴著黑布小帽，穿著黑布大馬褂、深青布棉袍，蹣跚地走到鐵道邊，慢慢探身下去，尚不大難。可是他穿過鐵道，要爬上那邊月臺，就不容易了。他用兩手攀著上面，兩腳再向上縮；他肥胖的身子向左微傾，顯出努力的樣子。這時我看見他的背影，我的眼淚很快地流下來了。我趕緊拭乾了淚，怕他看見，也怕別人看見。我再向外看時，他已抱了朱紅的橘子望回走了。過鐵道時，他先將橘子散放在地上，自己慢慢爬下，再抱起橘子走。到這邊時我趕緊去攙他。他和我走到車上，將橘子一股腦兒放在我的皮大衣上。於是撲撲衣上的泥土，心裏很輕鬆似的。過一會說：「我走了，到那邊來信！」我望著他走出去。他走了幾步，回頭看見我，說：「進去吧！裏邊沒人。」等他的背影混入來來往往的人裏，再找不著了，我便進來坐下。我的眼淚又來了。（朱自清·背影）

朱自清的〈背影〉是三十年代的文壇名作。自古人來，敍母愛的作品多，敍父愛的作品少。〈背影〉描繪慈父的形象歷歷，躍然紙上，父愛的溫暖與光輝，親切感人，堪稱壓卷作。作者以父親的「背影」為焦點，藉敍事以抒情，樸質真醇，自然高妙。在文章技巧上，背影分別在開端、結尾及中間出現，首尾呼應，固然佳妙，但真正最精彩的是以上所錄的一段文字。背影的視覺意象，不但使作者「最不能忘記」，更烙印在廣大讀者的心版上。然而，為什麼會注

意到父親的背影呢？是因為要爬上月台去為兒子買橘子。而「朱紅的橘子」在朱自清的經營設計下，就成為父愛的象徵。許家鸞女士〈背影的欣賞〉㉚評析甚為精闢：

文字本身是沒有顏色的，但是讀〈背影〉這篇文章的人，都覺得全文淹沒在一種灰暗的色調中，前面已大略提過了。現在我們試再把全文有關顏色的字統計一下，便會發現「黑色」出現最多，共有三次，其次是「青色」兩次，「紫」「朱紅」各一次。黑和青，都是「冷色」，這與全篇文章「奔喪」「失業」「慘澹」「別離」的氣氛很調和。紫和朱紅呢？卻是「暖色」。「紫」代表什麼，讀了上一段分析，我們可以很快回答：「父愛的溫暖！」至於「朱紅的橘子」又是什麼含意？便須另行體味了。懂得揀橘子的人都曉得：一個橘子如果皮青色，可能有些酸；如果皮色枯黃，可能是「橘腳」，從樹上自行落在地上的，也不好吃。最好的橘子是朱紅的！作者父親抱著全是「朱紅色」的橘子，表示出它們曾經一番細心的選擇。畫家畫冬景，總喜歡在霜枝點上幾個花蕾和芽頭，因為它們代表著「生機」。作者在一片黑色青色的背景中塗上了這麼一點點的紫紅，在死亡失業的慘淡中，透露著天倫的溫暖和父愛的光輝！

許氏的評析，有如劉勰《文心雕龍·知音篇》所云：「平理若衡，照辭如鏡」。由此可見，朱自清是以「紫皮大衣」象徵「父愛的溫暖」，以「朱紅的橘子」象徵「父愛的光輝」。紫

皮大衣是「他給我做的」，朱紅的橘子「一股腦兒放在我的皮大衣上」，顯示「完整而無所保留的父愛」。象徵是以具體的意象表達抽象的情感，逐漸流露，讓讀者自行尋味，享受發現寶藏的欣喜與愉悅。而且具體的意象和抽象的情感之間，必須要有理性的關聯。照許氏的分析，紫和朱紅，都是「暖色」，假如是灰色的大衣，或者是青綠色的橘子，就不能象徵父愛的溫暖和父愛的光輝了。

在此要強調的是，如此特定的象徵，必須受上下文控制。在朱自清的筆下，橘子象徵父愛，是由於作者的設計、經營與巧妙的安排，塑造了如此動人的場景、情境與氣氛，「朱紅的橘子」才能象徵父愛的光輝。其他一般的情況下，橘子並不能象徵父愛。舉例而言，學校裏開同樂會，康樂股長買了許多橘子分給每位同學，橘子就是橘子，沒有賦予特別的象徵意義，假如那也要被附會成父愛的象徵，絕非象徵，而是笑話！

（七）「這個是什麼？」我蹲下去一看，看到了被水泥塊壓在底下的一棵玫瑰花，竟從小小的縫間抽出一些芽，還長出一個拇指大的花苞。

我覺得很有意思，便同他協力把那水泥塊推開了，下面出現了一株被壓得扁扁的玫瑰花。

我真高興，並不是為了取得這麼一株玫瑰花。我家裏種了很多的花卉，比這還要名貴

的也不少。我所以感到高興的，是它在很重的水泥塊下，竟能找出這麼一條小小的縫，抽出芽來，還長著這麼一個大花苞，象徵著在日本軍閥鐵蹄下的台灣人民的心。

……

林建文感動地拉著我的手。我看到他的眼淚溢匯著流下來，從那兩條淚痕，我回憶到那棵被壓在水泥塊底下的玫瑰枝條，還看到那從小小的縫間抽出來的枝頭上的那一個花苞。

……

八月十五日日本天皇宣佈無條件投降的前幾天，林建文收到了她姊姊寄來的一封信，裏頭有這麼一段話：

「你寄來的那株玫瑰花，種在黃花缸上，長得很茂盛，枝頭長出了許多花苞，開滿著血紅的花。我再也不寂寞了。」

……

人生固然有許多艱難困苦，特別在異族侵陵之下；但我總覺得，祇要不慌不忙，經常保持鎮靜，就是被關在黑壓壓的深坑裏，時間也會幫助我們解決問題的。這一棵重重地被壓在水泥塊底下的玫瑰的故事，不是蠻有意思的嗎？（楊逵‧壓不扁的玫瑰花）

文學作品裏的象徵意義，有的作者並不明說，留待讀者自行尋味，有的作者卻明白指出來。楊逵〈壓不扁的玫瑰花〉，題目就是象徵，跟史坦達《紅與黑》、廖輝英的《油蔴菜籽》一樣。不過光看題目，不可能知道其象徵意義何所指。等到讀畢全文，才真正感覺玫瑰花的意象鮮明而深刻，永難忘懷。因為這個象徵是全文的主線，在文章中屢次出現，且作者明白指出：「象徵著在日本軍閥鐵蹄下的台灣人民的心。」從比興的角度而言，作者由外在具體的玫瑰花的景象，聯想起抽象的在日本軍閥統治下的台灣人民的心，當然是標準的「興」。

從象徵的角度而言，〈壓不扁的玫瑰花〉是典型的特定象徵。只有在楊逵的筆下，透過他文章的上下文的經營，在如此的場景與氣氛之下，壓不扁的玫瑰花才象徵著台灣人民的心。才能顯示這種不屈不撓的民族精神，呈現人性中彌足珍貴的高尚情操。在一般人心目中，玫瑰花往往是愛情的象徵，甚至「多刺的玫瑰」又別具另外的意味。

如此特定的象徵，在現代文學中頗為常見，如琦君的〈想念荷花〉，荷花是作者父親的象徵。他的父親與荷花真是有緣，生於荷花含苞待放的六月初六，常住在十里荷花的人間天堂杭州，教女兒唱採蓮歌，退隱時口吟荷花詞，象徵自己的心境，逝世之日也是六月六日。這當然是一種巧合，一種善緣，但是更耐人尋味的是文章中象徵的巧妙運用㉛。

又如林清玄的〈椰子樹的聯想〉，作者從小房間的窗口看椰子樹「幾乎難以攀爬」，椰子

樹是堂哥的象徵。因為堂哥有錢有勢，年齡相差很大，不太容易溝通，有可望不可攀的感覺。

最後敍堂哥失意時念念不忘椰子樹，椰子樹又是鄉情之所繫。在林清玄的筆下，他的堂哥已經

被幻化成從鄉間移植到城市的一株椰子樹：「經過努力的灌溉，雖然也結果，卻不免細瘦，在

一整個城市與時間的流轉中，默默的消失了。」㉜

㈧叫不出那株蘭花的真正名字，能確定的是它來自中國。朋友、我、家人，都叫它中國

蘭。中國蘭在遠離中國的歐洲，回到中國的泥土，能說不是最和諧的結合？它們當會

彼此垂憐、依附，泥土給蘭花以生命，蘭花依泥土而欣盛、茁壯。流浪的泥土熱戀著

流浪的蘭花，述說的故事已是詩篇般的淒艷！

中國蘭的葉子又長又細，參差有致，盈盈婷婷的立在黑褐色的泥土裏，樸雅中自有一

分嫵媚。阿爾卑斯山區冬天的陽光，隔著玻璃柔和的照進來，與蘭花葉相輝映，風韻

之美足以入畫。

長著長著，正被祝福與欣喜環繞著，綠油油的葉子上出現了黃色斑痕，接著整個葉身

泛黃，最後，終於和野櫻桃一樣，垂下了頭，枯萎、脫落、死去。剪去乾枯的葉，剩

下一盆焦黑的土。

……

故鄉的泥土是死土，醜陋的、無光澤的黑褐色裏埋藏著孤絕和死的陰霾，嗅不到一丁點兒生的氣息。它令我頹喪、懊惱，希望幻滅。也許奔波萬里，去到故鄉掘回那一小撮泥土，只是椿多餘而幼稚的舉動，並不具什麼意義，更無需如此珍視和認真；幾次想把盛著土、土裏埋著乾枯的蘭花根的小花盆，丟在垃圾桶裏，竟又幾次的縮回了手。來自故鄉故園的，到底不同於市場上買的，你對它自然懷著一分情，一分偏愛與不忍。不管它是美是醜，是好是壞，有用還是無用。

但我決心不再保有它了，它使我隨時觸碰到失去慈母的傷痛、失去故鄉的茫然，也使我抑不住對早夭的中國蘭的惋惜。最讓我不能忍耐的，是它身上看不出生命。

……

照例是個黯淡的黃昏，照例的拿著銅質小水壺，給花窗上的幾盆花草做三天一次的澆水。不經意的轉眸間，發現小花盆裏的黑土有些異樣。拿起仔細瞧瞧，原來中國蘭枯死的根莖處，冒出兩枝小小的新芽。尖尖的葉梢、挺挺的葉身，流瀉進來的漫漫幽暗，一點也掩不住它鮮活、祥和的生氣。

世界像被仙女用魔杖點了一下，瞬息間神奇的亮麗起來。重濁的空氣裏有生命的韻律在跳動，沈沈暮色化作婉美的朦朧秀色，盆裏的兩株小蘭芽，泛著比星星還耀眼的光

芒，我凝固著的心田，正在一道暖暖的水流經過中復甦。這一切，太可愛、太奇妙了。生的堅韌、神秘、虛玄與不可解，便那麼赤裸裸的顯現。帶來的是大喜悅、大感動，和一分發人深悟的、充滿空靈意味的美感。

我小心的培育著故鄉泥土裏生出的中國蘭，定期的澆水，每天探視它成長的進度。那新芽躥得也真快，不到一個月的時間，已冒得兩寸來高，幾片葉子立得筆直，崢崢嶄嶄，一個勁的往上衝，顏色綠得賽過最綠的翡翠。即使在這早春三月的放苞期，在一堆粉紅淡紫的花朵間，也是最搶眼的。

故鄉的泥土還是好的、美的、有生命的。它讓我看到希望，看到宇宙萬物競生的潛力，追求存在的本能。植物、動物，以至最有情有靈的人，終極的歸宿固然是同樣的歸於消逝，但消遙在生的道路上的短短時空，都是用他們所有的力、所有的熱，放射出最美的異采，顯現他生命的極致。原本荒涼的世界，便在這無盡的層層異采、點點極致中，繁茂華麗了。

我已不想把故鄉的泥土丟棄或送入墳墓了。只想著怎樣維護它、灌溉它，讓那株重生的中國蘭發得更好，長得更壯，開出秀美的花朵來。

常聽人說一粒沙塵中可以看到整個世界，我想我在那撮故鄉的泥土中看到了全部生命

的真諦。希望、失望、獲取、失落，都不是絕對的。我幻想著，說不定在松花江畔的黑土地上，有天突然冒出個新的故鄉來，就像枯竭的中國蘭，在它的根莖處發出新芽一樣。

說也奇怪，拿起那個盛著故鄉泥土的小花盆聞聞，竟湧來一股濃郁撲鼻的芳香。（趙淑俠：故鄉的泥土）

旅居瑞士的趙淑俠，這篇〈故鄉的泥土〉曾經深深感動了許多讀者。因為這樣的作品會觸發我們內心深處的某一根弦，王孝廉說得好：「讀者絕不會記得某一位作家發表了多少篇作品，卻永遠忘不了最動人的傑作。」此為最佳明證。〈故鄉的泥土〉所以能成為趙淑俠最動人的傑作，所以能深深感動人心的關鍵，即在其中的象徵意義。

作者返鄉之行，嗅不到期待中的芬芳，尋根的目的，結果卻是「我的根已整個被斬斷、掘出」。夢境破碎之後緊跟著的心碎。失落的茫然中拾回兩包故園的泥土，一包從松花江東岸的祖父家，一包自呼蘭河畔的外祖家。回到瑞士後，將中國蘭種在中國的泥土上。其中的曲折約有三層：

第一層是流浪的泥土熱戀著流浪的蘭花：中國蘭在遠離中國的歐洲，回到中國的泥土，當會彼此垂憐、依附。葉子又長又細，參差有致，盈盈婷婷的立在黑褐色的泥土裏，樸雅中自有

一分嫵媚。

第二層是焦黑的土埋藏著孤絕和死的陰霾::正被祝福與欣喜環繞著，綠油油的葉子上出現了黃色斑痕。接著整個葉身泛黃，最後，終於和野櫻桃（故鄉攜回來的）一樣，垂下了頭，枯萎脫落、死去。……隨時觸碰到失去慈母的傷痛，失去故鄉的茫然，抑不住對早夭的中國蘭的惋惜。最不能忍耐的，是它身上看不出生命。

第三層是枯死的中國蘭在根莖處冒出新芽::照例替幾盆花草澆水，不經意的轉瞬間，發現花盆裏的黑土有些異樣，原來中國蘭枯死的根莖處冒出兩枝小小新芽。尖尖的葉梢，挺挺的葉身，流瀉進來的漫漫幽暗，一點也掩不住它鮮活、祥和的生氣。世界瞬息間神奇的亮麗起來，兩株小蘭芽泛著比星星還耀眼的光芒。

作者描敍中國蘭與故鄉泥土的遇合，從追尋、期盼、失落、絕望到再獲新生。這不只是特定的事物象徵，簡直就是文學原始類型中的結構的象徵。象徵的意義為何？在本文結尾已有透露::

故鄉的泥土還是好的、美的、有生命的。它讓我看到希望，看到宇宙萬物競生的潛力，追求存在的本能。植物、動物、以至最有情有靈的人，終極的歸宿固然是同樣的歸於消逝，但消遙在生的道路上的短短時空，都會用他們所有的力、所有的熱，放射出最美的

修辭方法析論

一三六

異采，顯現他生命的極致。

我在那撮故鄉的泥土中看到了全部生命的真諦。希望、失望、獲取、失落，都不是絕對的。我幻想著，說不定在松花江畔的黑土地上，有天突然冒出個新的故鄉來，就像枯竭的中國蘭，在它的根莖處發出新芽一樣。

趙淑俠曾經在蘇黎世大學中文系演講「中國當代文學的新型式」，所謂「新型式」乃指「描寫炎黃子孫離鄉背井浪跡天涯，在異域奮鬥的際遇和感受，並足以道出隱藏於靈魂深處之心聲者。」[33]〈故鄉的泥土〉中「死而復甦的中國蘭」的象徵意義，所以深深感動讀者，不只是道出作者隱藏於靈魂深處的心聲，更道出了海內外絕大多數中國人共同的幻想與熱切期盼。而這種熱切期盼的心聲，透過象徵的巧妙經營，表達得如此自然、深刻，真是無愧於故鄉的泥土與中國蘭，無愧於身為炎黃子孫！

【附註】

①見艾治平《古典詩詞藝術探幽‧興的三種手法》。（學海書局）

②見姚一葦《藝術的奧秘‧第六章論象徵》。（開明書店）

③用姚一葦的譯文，同註②。

④見查爾斯‧查特微克著，張漢良譯《象徵主義》。（黎明文化公司）

⑤見李裕德《新編實用修辭・四象徵式比擬》。（北京出版社）

⑥見宋振華《現代漢語修辭學・八象徵》。（吉林人民出版社）

⑦見黃民裕《辭格匯編・十九象徵》。（湖南人民出版社）

⑧見黃慶萱《修辭學・第十八章象徵》概說。（三民書局）

⑨參考張子良《金元詞述評》。（華正書局）

⑩見王熙元《論語通釋》下編，第九篇〈子罕〉第九章。（學生書局）

⑪詳見拙著《現代中國的燈塔・二夸父逐日的故事》。（中央文物供應社）

⑫見袁珂《古神話選釋・夸父》解說。（長安出版社）

⑬見朱光潛《談美・十空中樓閣──創造的想像》。（開明書店）

⑭見李豐楙等編著《中國現代散文選析》第二冊「陳之藩」。（長安出版社）

⑮詳見黃永武《中國詩學・思想篇・中國詩人眼中的植物世界》。（巨流圖書公司）

⑯見黃慶萱《修辭學・第十八章象徵》舉例部分。（三民書局）

⑰詳見拙作〈有限空間的無限哀怨──析青青河畔草〉，載《神話、愛情、詩──中國古典詩比較評析》書中。（尚友出版社）

⑱顏元叔〈析青青河畔草〉。（中國時報副刊，民國六十七年九月十四日）

⑲ 黃永武〈古典詩中的桃與柳〉，載《中國詩學‧思想篇》。（巨流圖書公司）

⑳ 方祖燊〈談詩的象徵〉，見《青年文藝創作論叢》第二集。（文復會台北市分會文藝研究促進委員會出版）。

㉑ 黃永武〈詩人看松樹〉，載《中國詩學‧思想篇》。（巨流圖書公司）

㉒ 見楊倫《杜詩鏡銓‧卷一畫鷹》詩評語。（新興書局）

㉓ 見劉若愚《中國詩學‧下篇第三章意象與象徵》。（幼獅期刊叢書）

㉔ 同註㉓。

㉕ 見沈德潛《唐宋八家文讀本》卷三十。（東海大學藏嘉慶癸酉年刊本）

㉖ 見林雲銘《古文析義》二編卷八。（廣文書局）

㉗ 見宋文蔚評註《文法津梁‧下冊鍊句》。（蘭台書局）

㉘ 見李扶九編選‧黃紱麟書後《古文筆法百篇》卷九。（文津出版社）

㉙ 詳見拙作〈從技巧與寓意析論王安石遊褒禪山記〉，文建會、政大主辦「紀念司馬光與王安石逝世九百周年國際學術研討會」論文，載《司馬光與王安石學術研討會論文集》。（文建會）

㉚ 見黃慶萱‧許家鸞著《中國文學鑑賞舉隅‧散文欣賞》。（東大圖書公司）

論象徵

㉛詳見拙作〈愛的世界——評析琦君想念荷花〉。（幼獅少年第八十五期）

㉜詳見拙作〈椰子樹的聯想——評析林清玄滿天都是小星星〉。（幼獅少年第九十七期）

㉝詳見拙作〈趙淑俠的文學理想〉。（台灣日報副刊，民國七十四年六月十一日）

論 隱 秀

「隱秀」，原本形容景物幽深俊美。劉宋顏延之〈傳家銘〉云：「青州隱秀，爰始奠居。」劉勰文心雕龍以之名篇，藉喻辭義含蓄與秀句特出之文章妙境。從現代修辭學而言，即「婉曲」與「警策」。婉曲又可分為含蓄、曲折、吞吐、微詞四類。警策又可包括映襯、示現、層遞、頂針等。隱秀篇原文在文心雕龍書中已殘闕不全，據張戒《歲寒堂詩話》引劉勰云：「情在詞外曰隱，狀溢目前曰秀。」可見原文在南宋時尚未亡佚，今所缺者，當亡於元代。至於今本第二段後半段，第三段全部，第四段前半段，係明人所偽託。黃叔琳注紀昀評《文心雕龍》、黃侃《文心雕龍札記》、劉永濟《文心雕龍校釋》等諸家考之已詳。本文僅根據劉勰的殘文闡析申論，茲分四節探討。

壹、隱秀之界義

文章貴能隱秀，文旨含蓄不露，耐人尋味；造語警策生動，竦人耳目。劉勰在〈隱秀篇〉

發端即開宗明義，論隱秀之產生，出乎自然孕育：

夫心術之動遠矣，文情之變深矣，源奧而派生，根盛而穎峻，是以文之英莊，有隱有秀。

寫作之心靈運思，十分奇妙，可以上窮碧落下黃泉，無遠弗屆，因此，文章的情致神韻，極態盡妍，神理氣味格律聲色，變化無窮。此所謂「心術之動遠矣」，即〈神思篇〉所云：「文之思也，其神遠矣！」「文情之變深矣」，即〈神思篇〉所云：「情數詭雜，體變遷貿。」①

然而，無論「心術之動，文情之變」多麼奇妙複雜，仍然有其基本理則可循。此即「源奧而派生，根盛而穎峻」。劉勰在此以譬喻的方式，闡明文學創作猶如流水，源泉深奧而流派滋生；復如稻禾，根柢厚盛而華實碩茂。即〈宗經篇〉所云：「根柢槃深，枝葉峻茂。」同理，文章顯現之精采，有「隱」與「秀」兩大特色。

劉勰在此立論主要有兩點：

第一，文章之形式與內容，文質並重。正如〈情采篇〉贊云：「心術既形，茲華乃贍。」

第二，隱秀之產生，殆出自然。范文瀾《文心雕龍註》申論云②：「隱秀之於文，猶嵐翠

之於山，秀句自然得之，不可強而至；隱句亦自然得之，不可搖曳而成。此本文章之妙境，學

問至，自然偶遇，非可假力於做作。前人謂：「謝靈運詩如初日芙蓉，自然可愛。」可知秀由

自然也。所謂：「文章本天成，妙手偶得之。」「盡日竟不得，有時還自來。」正是自然之旨

。」至若「隱」「秀」之界義，則劉勰〈隱秀篇〉直探本心，片言中的：

隱也者，文外之重旨者也；秀也者，篇中之獨拔者也。隱以複意為工，秀以卓絕為巧，

斯乃篇章之懿績，才情之嘉會也。

所謂「隱」，即文辭以外之重複旨趣，情在辭外，含蓄蘊藉，韵味無窮；所謂「秀」，即

篇章之中特出精語，狀溢目前，警策生動，涑動人心。「隱」講究文辭之意在言外，味之則餘

韵無窮；「秀」講究造語之卓越獨異，讀之則絕響非凡。此為古今文章最美之成就，同時也是

文士才情最佳之凝聚。綜而言之，「隱」謂文章之情理內蘊，餘韵無窮，〈神思篇〉所謂「思

表纖旨，文外曲致。」故曰：「隱也者，文外之重旨也。」「隱以複意為工」，相當於現代修

辭學之「婉曲」。「秀」謂文句之精采外揚，要言破的。陸機〈文賦〉所謂「立片言而居要，

乃一篇之警策。」故曰：「秀也者，篇中之獨拔者也。」「秀以卓絕為巧」，相當於修辭學之

「警策」。

劉勰〈隱秀篇〉全文，南宋時尚流傳於世，後殘缺大半。今本自「始正而末奇」至「此闋

房之悲極也」），為明人偽託。紀評謂其不類舍人，黃氏札記復舉張戒所引二語，不見文中，證為贋品③。劉永濟校釋亦有所考定，殆無疑義④。黃季剛先生特仰窺劉旨，旁輯舊聞，作一補文⑤，對於隱秀之義，頗有詮發：

夫文以致曲為貴，故一義可以包餘；辭以得當為先，必含餘意以成巧；意不稱物，宜資要言以助明。言含餘意，則謂之隱，意資要言，則謂之秀。隱以義存乎彼，而義存乎此，秀者理有所致，而辭效其功。若義有闕略，詞有省減，或迂其言說，或晦其訓故，無當於隱也。若故作才語，弄其筆端，以纖巧為能，以刻飾為務，非所云秀也。然則隱以複意為工，而纖旨存乎文外；秀以卓絕為巧，而精語峙乎篇中，故曰：「情在詞外曰隱，狀溢目前曰秀。」大則成篇，小則片語，皆可為隱；或狀物色，或附情理，皆可為秀。「目送歸鴻」易，「手揮五絃」難。隱之喻也。「玉在山而草木潤，淵生珠而岸不枯。」秀之喻也。

黃氏補文，已將隱秀之界義，從正反兩面予以闡發，在劉勰的基礎上，進而論列甚諦，且舉例以證。至若「隱」與「秀」之關聯，劉勰為何將隱、秀合為一篇而並論之？則劉永濟《文心雕龍校釋》以為，文章之「隱」處，往往即「秀」處，二者有微妙之契合⑥：

文家言外之旨，往往即在文中警策處，讀者逆志，亦即從此處而入。蓋隱處即秀處也。

例如《九歌・湘君篇》中：「心不同兮媒勞，思不甚兮輕絕。」及「交不忠兮怨長，期不信兮告予以不閒。」言外流露黨人與己異趣，信己不深，故生離間。此四句即篇中秀處。又如〈少司命〉篇中，「悲莫悲兮生別離，樂莫樂兮新相知」二句，爲千古情語之祖，亦篇中秀處也。而屈子痛心於子蘭與己異趣，致再合無望之意，亦即於此得之。又如相如〈大人賦〉：「吾乃目睹西王母暠然白首，戴勝而穴處兮，亦幸有三足烏爲之使。必長生若此而不死兮，雖濟萬世不足以喜。」皆篇中秀處，而相如諷武帝求仙無益之意，亦即於此得之。且前文盛誇大人仙游之適，皆爲此而設也。又如子建〈洛神賦〉：「恨人神之道殊兮，怨盛年之莫當。」及「悼良會之永絕兮，哀一逝而異鄉」等句，子建惓惓於文帝之意最深切，而措詞亦最沉痛。略舉四例，以爲隅反。

劉氏列舉例證，申言「文家言外之旨，往往即在文中警策處。」大體言之成理。然而，若謂「蓋隱處即秀處」，則難免武斷之嫌，隱處因與秀處密切相關，微妙契合，但二者仍有區別，未可混爲一談。就筆者管見，其主要異處有二：

（一）隱相當於含蓄，秀相當於警策。前者指內在之情志含蓄，意在言中；後者指文辭之警策生動，竦人耳目。故劉勰釋「隱」云：「隱也者，文外之重旨也。」「隱以複意爲工。」「情在詞外曰隱。」又釋「秀」云：「秀也者，篇中之獨拔者也。」「秀以卓絕爲巧。」「狀溢目

前日秀。」吾師李曰剛先生《文心雕龍斠詮》申言隱秀之關聯云:「兩者必須相輔而行,甚至可以合內外之道而為一體。故彥和能提並論,以為文惟既隱且秀,始能使其臻於藏鋒不露,而可發人深省之致。」⑦隱內秀外,前者藏鋒不露,後者鋒銳盡出,此隱與秀之主要區分。

(二)隱偏向於陰柔之美,秀偏向於陽剛之美。隱之妙境,語近情遙,令讀者密詠恬吟,味之再三,餘韵無窮;秀之妙境,精采外揚,令讀者精神振奮,直言中的,探驪得珠,立即懾服。前者溫柔敦厚,詞婉意微,耐人咀嚼。後者警策生動,顯豁響亮,竦人耳目。

貳、隱之修辭方法

隱者,文外之重旨,以複意為工。文辭貴在含蓄蘊藉,含不盡之意,見於言外。劉勰所謂「情在言外曰隱」,可謂直探本心之論。〈隱秀篇〉雖殘闕不全,然於「隱」之特質及其妙境,卻頗有闡論:

夫隱之為體,義生文外,秘響旁通,伏采潛發,譬爻象之變互體,川瀆之韞珠玉也。故互體變爻,而化成四象;珠玉潛水,而瀾表方圓。

隱的特色,其旨意藏乎字面之外,須因其所言,會其所未言。「秘響旁通,伏采潛發」。謂秘而不宣之心聲,可以藉旁敲側擊的方式,有所暗示;伏而不露的辭采,可以用委婉曲折的

言辭，有所透露。正好比爻象之交互二體，各成卦象，可就其變化而論卦義。易經卦象，由於

互體之變化六爻，而化成實、假、義、用之四象。又譬如河川之韞藏珠玉，崖岸必然潤澤而不

乾枯。由於珠玉潛匿水中，而波瀾之呈現非方即圓。黃季剛先生《文心雕龍札記》隱秀篇續文

云：「意有所寄，言所不追，理具文中，神餘象表，則隱生焉。」

關於「隱」之產生，可謂源遠流長，其來有自。易經旨遠辭文，言中事隱；詩經藻辭譎諭

，溫柔敦厚；春秋婉章志晦，隱義藏用。可見古代經藉莫不崇尚含蓄。唐司空圖《詩品》論「

含蓄」云：「不著一字，盡得風流；語不涉難，已不堪憂。」頗得含蓄之妙旨，各家論含蓄之

精言妙語，不勝枚舉。黃海章〈劉勰的創作論和批評論〉⑧論藝術上的精鍊與含蓄云：

「情在詞外曰隱」，即是有許多情感，並沒有用詞句表現出來，但是我們可以從作者所

表現的詞句中，體會出詞句以外的意義。詞句看似簡單，實際上含蓄許多意義。這種簡

單而又複雜的境界，劉勰用一個「隱」字來代表他。譬如元稹的〈行宮〉詩：「寥落古

行宮，宮花寂寞紅。白頭宮女在，閒坐說玄宗。」在後兩句寥寥十字中，我們可以體會

到受著專制帝王的壓迫，從民間轉到深宮中的女兒們，在淒涼寂寞中，葬送了她們的華

年，過著奴隸的生活。她們看過行宮的盛況，看過唐玄宗和楊貴妃荒淫享樂的生涯。可

是「漁陽鼙鼓動地來，驚破霓裳羽衣曲。」玄宗倉皇出走，貴妃縊死於馬嵬坡。亂定歸

來，感到無限悲傷，行宮已不復臨幸了，從此離宮久閉，台榭荒涼。只餘寂寞宮花，尚在開放而已！那些白頭的宮女們，在這個荒涼寂寞的行宮裏，說到玄宗在位時盛衰的情況，聯繫地想到她們過去和現在悲苦的生涯，那是何等傷心！我們讀後，也覺得感慨無窮吧！這種「言有盡而意無窮」的文章，的確是值得我們回味的。簡單說來，只是能做到一個「隱」字。

由此可見，一個「隱」字，囊括了文藝創作的無窮奧妙。綜而論之，「隱」之產生，主要有兩項因素：

（一）由文章之藝術價值而言：文章之美，貴在含蓄。蓋言不盡意，理所當然，要蘊藉，忌太盡；要委婉，忌太直。元王構《修辭鑑衡》嘗言：「文有三等：上焉藏鋒不露，讀之自有滋味；中焉步趨馳騁，飛沙走石；下焉用意庸常，專事造語。」故操觚為文，明說不如暗說，直說不如曲說，實說不如虛說；要能「義生文外」，使讀者翫味不盡，滋味無窮。

（二）由文章之創作旨趣而言：作者之情，或不忍明言，不敢直抒，則不得不出之委曲婉約之語。又有不可盡言，不能顯言，則唯有假託蘊藉之語。又或無心於言，而自然流露。於是言外之旨，弦外之音，聲有餘響。要能「秘響旁通，伏采潛發。」為讀者留下以意逆志，深識鑑奧，靈魂在傑作中尋幽訪勝的空間。

「隱」，傳統學者均以為「含蓄」。自現代修辭學角度而言，隱之為用甚廣，「隱」相當於「婉曲」——不直截了當地表達本意，而是用委婉曲折的方式，含蓄閃爍的言辭，流露或暗示本意。黃慶萱先生《修辭學》論婉曲⑨云：

一件東西隱藏得愈嚴密，人們愈有興趣去尋覓發掘。所以措辭愈委婉曲折，便愈能引起對方的注意和研究的興趣，而看出一組文字表面上所沒有的意義，正是讀者快樂的來源。「婉曲」辭格的心理基礎在此。何況，在效果方面，婉曲的言辭比直接的訴說更容易感動人心，而不致於傷害別人的感情呢！

根據黃永武先生《字句鍛鍊法》的研究，婉曲又可分為曲折、微辭、吞吐、含蓄四類⑩，以下且分別予以闡明。

一、曲折

用紆徐的言辭代替直接的表達，故意使文句與含義紆曲的修辭法，是為「隱」的第一種方式「曲折」。如：

1. 孟武伯問：「子路仁乎？」子曰：「不知也。」又問。子曰：「由也，千乘之國，可使治其賦也；不知其仁也。」「求也何如？」子曰：「求也，千室之邑，百乘之家，可使為之宰也；不知其仁也。」「赤也何如？」子曰：「赤也，束帶立於朝，可使與

賓客言也；不知其仁也。」（論語·公冶長篇）

孔子向不輕易以仁許人。就其弟子而言，像顏回那樣賢德，也只讚許他「三月不違仁」，其餘弟子，不過「日月至焉而已」。孟武伯是當時魯國的執政大夫，來問孔子弟子仁不仁。孔子將子路、冉求、公西赤的才能與優點和盤托出，但就是不肯虛譽，一再說：「不知也。」「不知其仁也。」並非直接了當地說子路等未見得仁，而是用閃爍的言辭表達不知道，如此曲折的修辭，可使語意委婉，而不致尖刻傷人。可謂深得「隱」之奧旨。

2.臣密言：臣以險釁，夙遭閔凶：生孩六月，慈父見背；行年四歲，舅奪母志。祖母劉愍臣孤弱，躬親撫養。（李密：陳情表）

李密上表晉武帝，願乞終養祖母，辭不赴命。文章一開始，敍述自己的遭遇與家庭的困境：所謂「行年四歲，舅奪母志」，其實就是四歲時母親改嫁。但偏偏不願直言母親改嫁，而說成舅舅強迫母親改變了守節的志願。在古代，女子理當為夫守節，不能守節而改嫁他人，是一件相當不體面的事。李密在此給皇帝上書，既不能有所隱藏不說，又不便直言，只好用「舅奪母志」的曲折文句。

3.後朞年，齊王謂孟嘗君曰：「寡人不敢以先王之臣爲臣。」孟嘗君就國於薛……。（戰國策·齊策）

齊襄王不想用孟嘗君，又不願意直說，所以用推托的語氣說：「不敢以先王之臣為臣。」

這固然是找藉口，話說得體面，同時也好讓對方有台階可下，不會感覺面子上掛不住。

4.今夜鄜州月，閨中只獨看。

遙憐小兒女，未解憶長安。

香霧雲鬟濕，清輝玉臂寒。

何時倚虛幌，雙照淚痕乾。（杜甫：月夜）

這首詩通篇皆用側筆。時當安史之亂，杜甫家小在鄜州，他本人卻淪陷在長安。原本是自己懷念妻子兒女，卻沒有一個字是明說懷念家小的。反而跳出現場，想像家中妻子在今夜的月下懷念他。用曲折的筆法，憑豐富的想像，形象化的語言，描繪出一幅想像圖。他設想兒女還小，不懂得思念他，更顯出妻子的孤獨無依。再設想妻子念夫情切，深夜不寐，所以雲鬟濕，玉臂寒：夜深了，滲著花香的霧露，沾溼了她柔美的秀髮；皎潔淒清的月光，照射著她瑩潔的玉臂。這個時候，傳來一股秋夜的寒氣，經由體膚的觸覺，進入精神的感覺，涼透了寂寞芳心。再設想亂定之後，家庭團聚，夫妻兩人攜手賞月，回想起飽經憂患而重逢的種種苦辛酸楚，不免破涕為笑。這首詩妙處甚多，如形象化的語言，懸想示想的筆法，但最關鍵的成功之處，仍然是運用側筆，僅係想像妻子思念自己的景象，自己的思念之情，就盡在不言中了。如此曲

折的修辭法，堪稱「隱」的最佳典範。

又如李商隱的〈夜雨寄北〉：

君問歸期未有期，

巴山夜雨漲秋池。

何當共翦西窗燭，

卻話巴山夜雨時。

此詩後兩句與杜甫〈月夜〉的結尾手法相同，如出一轍。杜詩說何時與妻子重逢之後，再對月想起今日飽經離亂月夜相思的情景而掉淚。李詩說何時與妻子相聚之後，再來回味巴山夜雨兩地相思的情景。兩首詩都是運用側筆，設想將來重逢，回味今日的分離。如此曲折的修辭法，更能將迫切思念之情表達得淋漓盡致⑪。

5.上嘗罷朝，怒曰：「會須殺此田舍翁！」后問誰。上曰：「魏徵每廷辱我！」后退具朝服，立於庭。上驚問其故。后曰：「妾聞主明臣直，今魏徵直，由陛下之明故也。」上乃悅。（司馬光：資治通鑑卷一九四）

唐太宗英明能幹，歷史上號稱貞觀之治。輔佐唐太宗的賢臣固多，以魏徵最著名，因為他能直言勸諫，不惜廷爭犯上。其〈諫太宗十思疏〉，膾炙人口，傳誦天下。這一對明主賢臣，

相得益彰的故事，為人所津津樂道。可是直等到我們讀了資治通鑑的記載，才知道唐太宗與魏徵之間，原本並非一般所想像的如魚得水，相契無間。

以上這段記載，唐太宗在朝廷上被魏徵冒犯，十分惱怒。退朝之後，回到後宮，仍然餘怒未息，越想越氣：「一定要殺了這渾蛋小子！」長孫皇后見皇上憤怒，問為何人何事而生氣。

唐太宗的回答是：「魏徵這傢伙，實在太過份了，屢次在朝廷上當眾給我難堪！」長孫皇后聽了這話，立刻回房換上禮服，出來向皇上道賀：「恭喜皇上洪福齊天，大唐皇朝國運昌隆，自古以來，大臣能在朝廷上與皇上辯論國事，犯顏抗爭的，未之聞也。如此足以證明上有明主，下有賢臣，大唐皇朝怎會不國運昌隆呢？」一席話使得唐太宗轉怒為喜，龍顏大悅。

長孫皇后真可謂善體人意，充分掌握了人性心理。她在此對唐太宗的言辭，絕非直言勸諫，而是理直氣緩，以曲折的言辭，成功地使得皇上憬悟。假如沒有長孫皇后這絕妙好辭的「曲折」，恐怕魏徵性命不保！

6.寫字的人有癮，癮大了就非要替人寫字不可，看著人家的白扇面，就覺得上面缺點什麼，至少也應該有「精氣神」三個字。相傳有人愛寫字，尤其是愛寫扇子。後來腿壞了，以至無扇可寫。人問其故，原來是大家見了他就跑，他追趕不上了。如果字真寫到好處，當然不需腿健，但寫字的人究竟是腿健者居多。（梁實秋：雅舍小品·寫字）

「寫字的人究竟是腿健者居多」，其實就是「寫字者究竟是寫不好的居多。」挖苦人寫字

成癮，用曲折的言辭，要比直言數說來得深刻而有趣味。

「隱」之第一種方式——曲折，由以上六個辭例可見一斑。當然，曲折之絕妙好辭，絕非

僅於斯。富蘭克林說：「如果你要知道錢的價值，試去借一點，因為去借錢的人，就等於去尋

煩惱。」梁實秋〈駱駝〉文中說：「公文書裏罷黜一個人的時候，常用『人地不宜』四個字，

總算是一個比較體面的下台的藉口。」軍隊作戰失敗，諱言撤退，往往用「我軍轉進某地」——

——轉個方向進攻，曲折之妙用，不勝枚舉。

二、微辭

將不願直陳的話，避開正面，由側面來表達，從隱微婉曲的文辭中，透露諷刺不滿的意味

，是為「隱」的第二種方式「微辭」。如：

1.齊有得罪於景公者，景公大怒。縛置之殿下，召左右肢解之，敢諫者誅。晏子左手持

頭，右手磨刀，仰而問曰：「古者明王聖主，其肢解人，不審從何肢解始也？」景公

離席曰：「縱之，罪在寡人！」（韓詩外傳）

晏子此所謂「古者明王聖主，其肢解人，不審從何肢解始也？」微辭諷勸，點化齊景公，

他。

使國君適時憬悟，可謂婉曲之高手。

2.秦伯使公孫枝對曰：「君之未入，寡人憂之；入而未定列，猶吾憂也；苟列定矣，敢不承命！」（左傳僖公十五年·秦晉韓之戰）

秦穆公幫助晉惠公返國即位，救助其饑荒。惠公歸晉背秦，不但違約不予河西之地，且秦饑坐視不救。秦穆公忍無可忍，出兵伐晉，發生「韓之戰」。此處公孫枝並未直言指斥晉惠公「出因其資，入用其寵，饑食其粟，三施而無報」的種種背信負恩的不當之行為，也不直截了當地宣戰。而以婉曲方式說：君未入晉，我實為君憂懼；既入而未能定位，我憂猶未釋；苟位定而能合其衆矣，敢不承請戰之命乎？如此暗含譏刺的微辭，不失為絕妙之外交辭令，罵人不帶髒字，而語語擊中要害，誠所謂「不著一字，盡得風流」。

3.佚之狐言於鄭伯曰：「國危矣！若使燭之武見秦君，師必退。」公從之。辭曰：「臣之壯也，猶不如人；今老矣，無能為也已。」公曰：「吾不能早用子，今急而求子，是寡人之過也。然鄭亡，子亦有不利焉！」許之，夜縋而出。（左傳僖公三十年·燭之武退秦師）

〈燭之武退秦師〉，是《左傳》最膾炙人口的一段故事。秦晉兩個強大的國家，圍攻鄭國一個弱小的國家。依常理而言，鄭國必然無法倖存。但是由於燭之武說服秦穆公退兵，使得鄭

國得以轉危為安。

以上所引的一段，是鄭文公接受佚之狐的建議，請燭之武出馬當說客，可是燭之武開始卻推辭不肯從命。「臣之壯也，猶不如人；今老矣，無能為也已。」字面的意思是說：當我年輕力壯的時候，很想為國家盡力。可惜的是自己才能不足，比不上別人，所以一直沒有報效國家的機會。現在年老力衰，老朽昏庸，恐怕更是心有餘而力不足了。這樣的話，透露一股酸溜溜的不滿之意。其所「隱」藏的弦外之音，是當初鄭文公有眼無珠，不懂得賞識像他這樣的人才。燭之武沒有被重用，一直耿耿於懷。這樣的推辭，並非真心不願意，而是故作姿態，隱約流露了燭之武多年來來受冷落的委屈與不滿。

鄭伯的應對也十分巧妙。「吾不能早用子，今急而求子，是寡人之過也。然鄭亡，子亦有不利焉。」他當然聽得出燭之武所用「微辭」的不滿之意。又何嘗不知道當初冷落了燭之武，對方心懷憤怨，也是人之常情。因此先坦然自責：當年我欠缺知人之明，對您這樣的人才不知道重用，直等到現在國家危急，才來請您出馬，這是我的過錯，請您原諒。但是如果您不能共體時艱，為國效力。果真眼眼睜睜地看著鄭國滅亡，對您個人恐怕也有所不利，還是請您勉為其難吧！鄭伯這一段話，先自責然後曉以大義與利害。字面上說得好聽是「國家興亡，匹夫有責。」「覆巢之下焉得完卵？」弦外之音，不客氣地說，是在鄭國滅亡前，我就可以先修理你⑫

！

燭之武與鄭文公的對話，十分傳神。雙方面都是高手過招，點到為止，國君不失身份，臣子牢騷也出了氣，見好就收。其主要的關鍵妙處，即賴「微辭」之功。

4.柳原笑道：「這一炸，炸斷了多少故事的尾巴！」流蘇也怡然，半晌方道：「炸死了你，我的故事就該完了。炸死了我，你的故事還長著呢！」柳原笑道：「你打算替我守節麼？」（張愛玲：傾城之戀）

張愛玲的中篇小說《傾城之戀》描敍男女主角在香港遭受日軍空襲的情況。女主角流蘇譏刺對方用情不專，卻不直言明斥，「炸死了我，你的故事還長著呢！」是頗具機鋒妙趣的微辭，耐人尋味。

5.有些道貌岸然的朋友，看見我就要脫離苦海，不免悟出許多佛門的大道理，臉上愈發嚴重，一言不發，愁眉苦臉。對於這朋友我將來要特別借重，因為我想他於探病之外還適於守屍！（梁實秋：雅舍小品‧病）

梁實秋在此對探病者的態度不當，並未直接數落，而是用微辭譏刺，頗能引起讀者會心的微笑。

6.馬可仕說：「治理菲律賓的國家大政，需要有能力、有經驗的領袖人才。我們豈能將

國家大事付託給一個毫無經驗的婦人女子？」他說得也沒全錯。我的確是欠缺經驗，

尤其是對於貪污、弄權和暗殺的種種卑鄙手段，我更是毫無經驗。在這些方面，我確

實比馬可仕差得太遠啦！（艾奎諾夫人柯拉蓉女士競選菲律賓總統演說辭）

柯拉蓉與馬可仕競選菲律賓總統，雙方面競爭激烈，馬克仕譏刺柯拉蓉原沒有行政經驗，原

來是擊中要害之語，卻被柯拉蓉以巧妙的微辭移轉矛頭，予以強力的反擊。微辭之功效，於此

可見一斑。

三、吞吐

不以直率噴薄的語句來表達辭意，而只在將說未說之時，強自壓抑，用吞多吐少的語句，

欲放還收的修辭法，是為「隱」的第三種方式「吞吐」。如：

1. 手種黃甘二百株，春來新葉遍城隅，方同楚客憐皇樹，不學荊洲利木奴。

幾歲開花聞噴雪，何人摘實見垂珠。若教坐待成林日，滋味還堪養老夫。（柳宗元

　　：柳州城西北隅種甘樹）

這首詩表面上敍種種樹，細細體味，卻是用吞吐的筆法，流露懷鄉思歸之意，正是含不盡之

情，見於言外。前半首大意是說，親手種植黃的柑橘二百株，每到春日，新葉長遍了城曲，我

正如同楚客（屈原）般與橘樹相憐相惜，並非學李衡（丹陽太守李衡種柑千株，呼為千頭木奴

，利貽子孫）種橘謀利。後半首設想未來，不知道幾年之後何人在此聞花香，摘柑橘？如果淹

留於此，久謫不返，他的滋味或許還可以滋養我的晚年。姚惜抱《援郭堂筆記》評云：「結句

自傷遷謫之久，恐見甘之成林也。」而托詞反乎緩，故佳。」柳宗元在此強自壓抑自傷遷謫，懷

鄉思歸之情，表面上故作寬解慰語，實則內心情思激盪。如此善用「吞吐」之法，已將「隱」

的效用充分發揮。

2.閒尋舊縱跡，又酒趁哀絃，燈照離席。梨花榆火催寒食。愁一箭風快，半篙波暖，回

頭迢遞便數驛，望人在天北。　懷惻，恨堆積！漸別浦縈迴，津堠岑寂，斜陽冉冉春

無極。念月榭攜手，露橋聞笛。沈思前事，似夢裏，淚暗滴。（周邦彥：蘭陵王）

周邦彥〈蘭陵王〉全詞共有三疊。第一疊借折柳送別申述久事淹留之苦。以上所錄係二三

疊，分敍客中餞別的情景感想與別後的心情。陳廷焯《白雨齋詞話》評云：「閒尋縱跡二疊，

無一語不吞吐，只就眼前景物，約略點綴，更不寫淹留之故，卻無處非淹留之苦。直至收筆云

「沈思前事，似夢裏，淚暗滴」，遙遙挽合，妙在才欲說破，便自咽住，其味正自無窮。」無

一語不吞吐，當然有夸飾之嫌疑，但全詞結語，的確是強自壓抑的吞吐語，頗耐人尋味。

3.香冷金猊，被翻紅浪，起來慵自梳頭。任寶奩塵滿，日上簾鈎。生怕離懷別苦，多少

事，欲說還休。新來瘦，非干病酒，不是悲秋。（李清照：鳳凰台上憶吹簫）

這是〈鳳凰台上憶吹簫〉的上半闋。一開始先描寫室內蕭條與人的無聊：「香冷金猊」言香冷烟斷，惟有冷銅爐憑添室內的淒涼氣氛。「被翻紅浪，起來慵自梳頭。」被翻紅浪，日上簾鈎」以無心整理錦被，懶得梳頭和化妝，顯示女主人心情懶散，無精打采。接著「生怕離懷別苦，多少事欲說還休。」一方面點明女主角的慵懶全係緣於離懷別苦。「欲說還休」，則無限的離情別恨都強自壓抑，按下不表，是典型的「吞吐」。「新來瘦，非干病酒，不是悲秋。」既非病酒，又非悲秋，那是什麼？這當然是前面的「離懷別苦」。李清照不明說為別後的相思而消瘦，卻拐彎抹角地表示不關病酒、悲秋，正劉勰所謂「情在詞外曰『隱』」。

4.達生：竹均，怎麼你現在會變成這樣——

　白露：這樣什麼？

　達生：呃，呃，這樣地好客，——這樣地爽快。

　白露：我原來不是很爽快麼？

　達生：哦，我不是，我不是這個意思……我說，你好像比以前大方得——

　白露：我從前也並不小氣呀！得了，你不要拿這樣好聽的話跟我說。我知道你心裏是不是說我有點太隨便，太不在乎。你大概有點疑心我很放蕩，是不是？（

　　　　　　　　　（曹禺選集·日出）

所謂「好客」、「大方」、「爽快」正是暗示白露的放蕩。但是達生卻不肯直說，一再閃爍其辭，使人隱隱約約地感覺到話中有話，弦外有音。同時，達生講話的語氣一再猶疑，停頓，吞吞吐吐。如此婉曲的表達，不但是典型的將說未說，欲放還收。同時更能呈現出達生的個性、神情與心理上的忐忑不安。而相對地，白露的話，語氣就直截了當，一語道破，個性十分爽快。

5.當你贊美一位小姐：「你很漂亮！」

中國人的反應是羞紅著臉，低下頭，很不好意思地不作一聲。

美國人的反應是很大方地微笑：「謝謝！」

俄國人的反應：「我同意你的看法！」

可是現在的中國小姐……。

這段話固然反映不同的民族性，但是末尾卻按下不表，顯示現代中國的小姐們觀念、作風已經與以往大不相同。比較開放、大方、活潑、不再像傳統那樣保守、羞人答答。這按下不表的話，可能是微笑答謝，也可能是「你現在才知道」、「要你管」……等，無論如何，還是用吞吐的方式，不說也罷。

論隱秀

四、含蓄

以撇開正面，不露機鋒的語句，從側面道出，但並不說盡，使情餘言外，讓讀者自行尋繹

，方感意味深長的修辭法，是為「隱」的第四種方式「含蓄」。如：

1.行行重行行，與君生別離。

相去萬餘里，各在天一涯。

道路阻且長，會面安可知？

胡馬依北風，越鳥巢南枝。

相去日已遠，衣帶日已緩。（古詩十九首之一）

這是漢代一群無名作家《古詩十九首》第一首的前半。表達思婦懷人之詞，哀而不怨。其

中最得「情在詞外」之奧妙者，在以上所引的末四句，此言遊子在外飄泊不歸，女主角因相思

而消瘦。「胡馬依北風，越鳥巢南枝」，是懷戀的詩句。胡馬產自北地，到南方後仍然依戀北

風；越鳥生於南方，到北方後仍然築巢向南。「依北風」、「巢南枝」是自然而發的一種戀鄉

情懷。本性使然。禽獸尚且依戀眷顧故土，何況人乎！朱筠《古詩十九首說》云：「就胡馬思

北，越鳥朝南襯一筆，所謂『物猶如此，人何以堪』也。」作者在此字面上只說胡馬、越鳥，

完全不提人，而男主角理應懷鄉思歸之情，卻已「含不盡之情，見於言外」。「相去日已遠，

衣帶日已緩」，是相思的詩句，久則思深，女主角因相思而日益消瘦，衣帶也就日益鬆弛。從

身體變化中呈現久別思深的精神痛苦。字面只說衣帶緩，而相思之苦與深已經充分透露，如此含蓄之表達方式，何等委婉，何等耐人尋味⑬！

2. 昨夜風開露井桃，未央前殿月輪高。

平陽歌舞新承寵，簾外春寒賜錦袍。（王昌齡：春宮曲）

王昌齡特擅七絕，優柔婉麗，意味無窮。此詩言平陽公主以妙善歌舞得寵。其實，在宴中歌舞，怎知簾外春寒？只緣漢皇恩寵，體貼入微，即使春宴未寒，也唯恐輕寒侵之，噓寒問暖，賜以錦袍。而失寵者慕此殊遇，更加顯得落寞，秋怨愈深。沈德潛《說詩晬語》云：「王龍標絕句，深情幽怨，意旨微茫。『昨夜風開露井桃』一章，只說他人承寵，而己之失寵，悠然可思。此求響於弦指外也。」整首詩在字面上只寫平陽公主得寵之情況，而真正要表達的〈春宮曲〉的失寵哀傷，完全一字未提，卻是不怨而怨，宛然可思。如此側寫新人之得幸，弦外之音，即舊人之失寵。含意深曲，蘊藉有餘味，陸時雍《詩鏡總論》云：「王龍標七言絕句，自是唐人騷語，深情苦恨，襞積重重，使人測之無端，玩之無盡。」此詩可為印證，尤足見其善用含蓄之一斑。

3. 國破山河在，城春草木深。

感時花濺淚，恨別鳥驚心。

烽火連三月，家書抵萬金。

白頭騷更短，渾欲不勝簪。（杜甫·春望）

此為杜甫最著名的代表作，其所以獨高千古，感人至深者，即在於「含蓄」。司馬光《溫公詩話》評云：「古人為詩，貴於意在言外，使人思而得之。近世詩人惟杜子美最得詩人之體。如春望詩：『國破山河在，城春草木深。感時花濺淚，恨別鳥驚心。』山河在，明無餘物矣；草木深，明無人跡矣。花鳥，平時可娛之物，見之而泣，聞之而恐，則時可知矣。他皆類此，不可徧舉。」只說山河在、草木深，而國破城空、人烟渺茫的景象都在言外；只說花濺淚、鳥驚心，而憂亂傷春，滿目悽涼的情懷，已充分流露，含不盡之情見於言外，此為最佳典範之作！

4.雲母屏風燭影深，長河漸落曉星沈。

嫦娥應悔偷靈藥，碧海青天夜夜心。（李商隱·嫦娥）

這首〈嫦娥〉詩，在千古以來詠嫦娥的作品中，堪稱獨占鰲頭之作。一則是體貼入微，將嫦娥的寂寞與悽清充分表達。一則是婉曲含蓄，蘊藉無窮，將天才的孤寂感流露無遺。不僅李商隱和嫦娥同具「高處不勝寒」的感思，更反映了古今才子的心聲，耐人尋味，發人共鳴。首二句「雲母屏風燭影深，長河漸落曉星沈。」狀孤寂之況，曲折盡致。自謂獨倚屏風，燭影轉

深，形影相對，落寞已甚。不覺夜已闌珊，銀河漸落，曉星初沈，竟至徹夜難眠。由室內的幽

深精美之景，到室外的空曠孤寂之景，即景生情，引領讀者融進詩人所處之情境，體味到詩人

的孤寂心境。真是深情幽怨，意旨微茫。

後二句「嫦娥應悔偷靈藥，碧海青天夜夜心。」則轉以嫦娥相喻，往事歷歷，探懷俱在。

至今流落不遇，孑然一身，如廣寒仙子，夜夜寂寥，空對碧海青天，情何以堪？短短二十八字

，悽涼孤寂，無限纏綿。此「碧海青天夜夜心」，即景生情，使讀者眼前浮現出嫦娥悽楚孤獨

的身影，想見其寂寥的芳心。令人測之無端，玩味無窮。細思之，其所含蘊之情，約有三層：

第一層是流露了嫦娥的孤寂。煢獨的孤影，夜夜空對碧海青天，美麗倩影，有誰欣賞？寂

寞芳心，又有誰堪慰憐？

第二層是李商隱自身的寫照。葉嘉瑩〈從義山嫦娥詩談起〉⑭嘗言：「首句『雲母屏風燭

影深』之精美幽深之境界，正以之陪襯『長河漸落曉星沈

』之孤獨寂寞之心情，正以之陪襯『嫦娥偷靈藥』後所得之境界；次句『長河漸落曉星沈

』之孤獨寂寞之心情，正以之陪襯『碧海青天夜夜心』之心情。而此『長河』一句實為全詩之

關鍵。有此一句，於是遂自『室內』寫到『室外』，由『詩人』寫到『嫦娥』；而詩人與嫦娥

，嫦娥與詩人遂亦由此一句而打成一片。所以第三句之『嫦娥應悔偷靈藥』實可視為詩人所得

之高舉遠慕之理想之境界！」已將詩中所含蘊蓄積之孤寂感闡釋透闢。

第三層是泛指天才的孤寂感，從寬廣的層面尋味此詩，李商隱不僅描繪出嫦娥的處境；透露了自己的心聲，更反映了古今天才的心境。其實，類似的情況，在大家的詩中，也屢見不鮮。如李白〈把酒問月〉：「白兔擣藥秋復春，嫦娥孤棲與誰鄰？」不也正是詩聖的自憐嗎？不正是謫仙孤寂心靈的寫照嗎？杜甫〈月〉：「斟酌嫦娥寡，天寒奈九秋。」不也正是詩聖的自憐嗎？至於蘇軾的〈水調歌頭——丙辰中秋〉詞云：「明月幾時有？把酒問青天。不知天上宮闕，今夕是何年？我欲乘風歸去，惟恐瓊樓玉宇，高處不勝寒。」同樣道盡了天才的孤獨與寂寞。

5.門隔花深夢舊游，夕陽無語燕歸愁，玉纖香動小簾鈎。 落絮無聲春墮淚，行雲有影月含羞，東風臨夜冷於秋。（吳文英：浣溪沙）

這闋詞是「情在詞外」的典型。陳廷焯《白雨齋詞話》評云：「〈浣溪沙〉結句貴情餘言外，含蓄不盡。如吳夢窗之『東風臨夜冷於秋』，賀方回之『行雲可是渡江難』，皆耐人尋味。」陳洵《海綃說詞》云：「夢字點出所見，惟夕陽歸燕，玉纖香動，則可聞而不可見矣。是真是幻，傳神阿堵，門隔花深故也。『春墮淚』為懷人，『月含羞』因隔面，義兼比興。東風回睇夕陽，俯仰之間，已為陳迹，即一夢亦有變遷矣。『秋』字不是虛擬、有事實在，即起句之舊游也。秋去春來，又換一番世界，一『冷』字可思。此篇全從張子澄『別夢依依到謝家』

李商隱〈嫦娥〉詩委婉有深致，隱含幽怨，令人尋繹不盡，此真善含蓄者！

一詩化出，須看其游思飄渺，纏綿往復處。」

就其後半闋而言，「落絮無聲春墮淚，行雲有影月含羞。」「東風臨夜冷於秋」，東風指春風。不寫懷人，但寫月含羞，不說隔面，而懷人、隔面之情宛然想見。「東風臨夜冷於秋」，不寫懷人在具體的體膚觸覺上，秋風當然比春風冷，可是在精神的感覺上，春風就寒冷於秋風了。只言東風臨晚吹來，比秋天還寒冷，懷人隔面的寂寞悽清愁緒，更加含蘊不盡。此種含蓄的筆法，正是劉勰所云：「祕響旁通，伏采潛發」。

五、隱在傳統修辭中之分類

「隱」，相當於「含蓄」，從現代修辭學而言，是為「婉曲」，又可分為曲折、微辭、吞吐、含蓄。如此分類，是比較客觀合理的。但也並非絕對統一的。例如董季棠《修辭析論》即將「婉曲」、「折繞」合為「曲撓」⑮。又如李裕德《新編實用修辭》列為「委婉」⑯。至若研究古典詩的學者，則闡論詩貴含蓄，又從論詩的立場，將「隱」──含蓄，作不同之分類，聊舉二家，以為參考。

㈠周振甫《詩詞例話》以為，含蓄蘊藉的表情法，向來批評家認為文學正宗。他隱括梁啟超〈中國韻文裏所表現的情感〉將含蓄蘊藉的表情法分作四類⑰：

第一類的蘊藉表情法，情感正在很強的時候，他卻用很有節制的樣子去表現他，不是用電

一六七

氣來震，卻是用溫水來浸，令人在極平淡之中慢慢的領略出極淵永的情趣。這類作品，自然以

三百篇為絕唱。如：

　君子于役，不知其期。曷至哉？鷄棲于塒，日之夕矣，羊牛下來。君子于役，如之何其

勿思！

　（丈夫當兵去遠方，誰知還有幾年當。哪天哪月回家鄉？鷄兒上窠，西山落太陽，羊兒

牛兒下山岡。丈夫當兵去遠方，要不想怎麼能不想！）（詩·君子于役）

第二類的蘊藉表情法，不直寫自己的情感，乃用環境或別人的情感烘托出來。用別人情感

烘托的，例如詩經：

　陟彼岡兮，瞻望兄兮。兄曰：嗟！予弟行役，夙夜必偕。上（尚）慎游哉，猶來無死！

　（登上那高高的山岡啊，要望我哥在哪方啊。哥說：咳！我弟當差啊東奔西走，日日夜

夜不能休。多保重啊多保重，別落得他鄉埋骨頭！）（詩·陟岵）

用環境烘托的，例如：……孔雀東南飛，最得此中三昧，蘭芝和仲卿言別，該篇中最悲慘的

一段。他卻悲呀淚呀……不見一個字，但說：

　妾有繡腰襦（齊腰短襖），葳蕤（繡的花下垂）自生光。紅羅復斗帳，四角垂香囊，箱

奩六七十，綠碧青絲繫。物物各自異，種種在其中。人賤物亦鄙，不足迎新人。留傳作

遺施，於今無會因。

前者不言弟思兄，卻說兄思弟。情感自然更深厚。後者專從紀念物上頭講，不說悲，不說淚，倒比說出來的還深刻幾倍。

第三類的蘊藉表情法，索性把情感完全藏起不露，專寫眼前實景（或是虛構之景），把情感從實景上浮現出來⋯⋯此類的真正代表，如：

東臨碣石（山名），以觀滄海。水何澹澹（波搖蕩），山島竦峙（聳立）。樹木叢生，百草豐茂。秋風蕭瑟，洪波湧起。日月之行，若出其中。星漢燦爛，若出其裏。（曹操：：觀滄海）

此詩但寫映在眼中的海景，並未明言悵觸。但讀來卻深感作者寬闊的胸襟、豪邁的氣概，一齊流露。

第四類的蘊藉表情法，雖然把情感本身照原樣寫出，卻把所感的對象隱藏過去，另外用一種事物來做象徵。⋯⋯純象徵派之成立起自楚辭，他（屈原）既有極穠溫的情感本質，用他極微妙的技能，借極美麗的事物做魂影，所以著墨不多，便爾沁人心脾。如：

惜吾不及見古人兮，吾誰與玩此芳草。（思美人）

沅有芷兮澧有蘭，思公子兮未敢言。（湘夫人）

(二)張夢機《近體詩發凡》論含蓄以為，詩以語近情遙為尚，語近則平澹易曉，情遙則聲有

餘響，雖著語不多，亦寄興無窮。其中可分六項⑱：

1.藏鋒不露：律與絕句，貴意在言外，使人思而得之，故字裏行間，須有曖曖之致。無論

寫媚閨春怨，塞客鄉思，或炎涼世態，落魄生涯，皆必若隱若現，欲露不露，反復纏綿，終不

許一語道破。

2.善用側筆：詩中之意，貴在無字句處，善用側筆，不犯正位，觀說以取神韻，所謂索之

於驪黃之外者，是傳神之妙也。為江雪獨釣圖者，不難於江上雪景，漁翁垂綸，獨能傳出清朗

苦寒之態乃佳，詩家亦須參此機。

3.託物喻意：詩家設意，皆可於一草一木發之，比物託興，論理似為不通，但用於抒情，

偏得迴環之妙。因方假巧，曲筆達意，得味外味。

4.裁汰冗意：低手作詩，著題往往不能思力籠蓋，每以擒捉不住，鋪張揚厲，衍為繁冗之

詞，致成拖沓。故作詩貴有剪裁工夫。必使篇中無浮辭，題中無冗意，始為精練之章，而含蓄

之致存焉。如萬綠叢中之著點紅，會心者當能知其奧蘊，見點紅而知嫣紅姹紫已無限在矣。

5.餘憾生情：昔王湘綺為人傳記，好從其不得意處寫之。言如此乃能曲曲傳心事，極唱嘆之

致。實則作詩之理亦復如是。蓋無論抒情言事，使能洞悉缺陷，狀莫名之惆悵，言之若有餘憾

，其詩必可婉約生情，餘味雋永。

6.落句虛成：古人作詩，落句輒旁入他意，靈變莫測，最為警策。故落句貴虛成，收束處頗饒餘韵。

以上二家，均從韵文與詩的角度分析「隱」──含蓄之用，其所分類與修辭學辭格之分類雖有不同之處，然皆能言之成理。且彼此之間，多可相通，足資相互參證，對「隱」之用，或有進一步之認識。

六、隱在篇章修辭之運用

本文所論「隱」之四種修辭方法，往往從古今名篇中擷取其傑出片段為證。然而，修辭方法運用得當與否，佳妙之關鍵，端視在整篇文章中產生之效用。茲再舉左傳〈秦晉殽之戰〉文中運用「隱」之修辭法為例，以見其精采與效果。

〈秦晉殽之戰〉辭令詭譎，曲折盡情。

左傳文章，特擅對話。往往以對話來顯現人物之智慧與個性，對話中最精采的，淘屬外交辭令。或剖陳得失，利害畢見；或旁敲側擊，迂迴中的；或委婉曲折，弦外有音；或微辭譏諷，語中帶刺。〈秦晉殽之戰〉對話佔篇中文字之大半，其中最耐人尋味的是三段外交辭令。

(一)弦高犒秦師

及滑，鄭商人弦高，將市於周；遇之，以乘韋先牛十二犒師，曰：「寡君聞吾子將步師出於敝邑，敢犒從者；不腆敝邑，為從者之淹，居則具一日之積，行則備一夕之衛。」且使遽告於鄭。

此即著名的愛國商人弦高的故事。鄭國兩次幾遭亡國，都是靠外交轉危為安。前次秦晉圍鄭，實難倖存，賴燭之武勇於為國，說服秦伯退兵。這回秦師東征，鄭國並不知情，端賴商人弦高的熱誠愛國，臨時應變。林西仲《古文析義》評此云：

杞子告秦之謀，陰遣一介往來，最為機密。即師過王城，王孫滿能料其敗，亦不料此行當往何處也。弦高遇之於滑，縱跡詭祕可疑。豈敢執定為襲鄭之計乎！及鄭聞告，察三子所為叵測，方得其實。若明斥之，又恐事急生變，秦師猝至，難以兩撐也。故弦高矯命犒師，止謂鄭知有兵至，迎到境內，聽其或居或行，若不知其為襲鄭而來者。且云居一日之積，示有儲蓄可支；又云備一夕之衛，示有兵力可守。使知無處措手。

林氏所評，頗為精闢。自現代觀點而分析，弦高是一個愛國而機警的人物。當他發現秦軍朝鄭國進發，行蹤可疑，居心叵測，料想極可能是來偷襲。當機立斷，不惜輸財救國，「乘韋先牛十二犒師」，並「使遽告於鄭」。弦高既非政府官員，更非外交官。卻深感國家興亡，四

夫有責。毫不猶疑地假託君命，客串外交使者。這一段外交辭令，恐怕訓練有素的外交官還沒

有他高明！

弦高這一段話，謙恭有禮，分寸拿捏得恰到好處。「寡君聞吾子將步師出於敝邑」，告訴

秦軍，我們鄭國已經知道您的行動，用「步師」，字面上是行軍，卻不說破秦軍的目的是襲鄭

。其實弦外之音卻很明顯：我們已經洞悉秦師襲鄭的陰謀，最好不要輕舉妄動，以免兩國交惡

。鄭國對秦國一向敬重，周到而有禮。「居則具一日之積，行則備一夕之衛。」表明鄭國願意

盡地主之誼，竭誠招待遠來的秦軍，鄭對秦以禮待之，希望秦軍不要恩將仇報，輕啟戰端。

鄭弦高的外交辭令，既不冒犯強秦，而又有弦外之音，暗示鄭已有備，不可冀也。這一著

緩兵之計，使得秦軍受阻，逡巡不敢進，也使得鄭國有緩衝的準備時間。其反應機警，措辭高

妙，十分精采。其實，硬說是秦國來此行軍，勞師動衆，跋涉千里，真是豈有此理！分明是高

手過招，點到為止，不當面拆穿秦軍的偷襲詭計，雙方都有台階可下，才不會把局面弄僵。

(二)皇武子辭秦戍

鄭穆公使視客館，則束載厲兵秣馬矣。使皇武子辭焉，曰：『吾子淹久於敝邑，唯是脯

資餼牽竭矣。為吾子之將行也，鄭之有原圃，猶秦之有具囿也；吾子取其糜鹿，以閒敝

邑，若何？』杞子奔齊，逢孫、楊孫奔宋。

鄭穆公接到弦高的報告，尚在半信半疑之間，不便魯莽行事，等到查證——「使視客館，則束載厲兵秣馬矣。」確知秦國裏應外合之陰謀。第一步行動就消除內憂，辭其戍以除內害。皇武子這一段外交辭令，無疑地是下逐客令。用旁敲側擊的方式，委婉地趕走秦戍，此段話可分作三層：

第一層是「吾子淹久於敝邑，唯是脯資餼牽竭矣」，託辭供養不起，難以留客。委婉地下達逐客令。

第二層是「為吾子之將行也」，硬將杞子的束載厲秣準備內應，說成束裝歸去。委婉而嚴峻地揭露了秦人的陰謀，使杞子等備受壓力。

第三層是「鄭之有原圃，猶秦之有具囿也；吾子取其麋鹿，以閒敝邑，若何」，聽由秦戍自取麋鹿，猶言放對方一條生路，讓他們藉機逃走，免傷和氣。

吳宏一《史傳散文》闡論此外交辭令，頗能鞭辟入裏⑲：

弦高和皇武子說的話，都是軟中帶硬的外交辭令。弦高犒勞秦軍時，鄭國尚無準備，所以弦高之言，是似實而虛。皇武子去見杞子等人時，鄭國已有準備，所以皇武子之言，是實而若虛。他們的說辭都很婉轉，但每句話都說得恰到好處。鄭國比秦國勢力弱小得多，既不能示弱，又不能逞強；示弱則有如開門揖盜，逞強則無異自招後患。所以用婉

言相諷，使杞子等人自動逃走，使孟明等人知難而退，可以說是最明智之舉。

皇武子這段外交辭令，既是高明的鬥爭藝術，又是微妙的修辭藝術。每一句話都是話中有話，意在言外。鄭國既不能讓秦戍留下來養癰成患，也不便趕盡殺絕，反目成仇。鄭國傾全國之力殲滅秦戍，是毫無問題的。但那樣逞快一時，與秦國的恩怨就很難了結了。最高明的作法就是表面客氣實則嚴峻地趕他們走路。如此不費力地排除了隱患，留下迂迴的餘地。鄭穆公的明智決策，皇武子的外交辭令，已達爐火純青的化境。

(三)孟明謝晉賜

公使陽處父追之。及諸河，則在舟中矣。釋左驂以公命贈孟明。孟明稽首曰：「君之惠，不以纍臣釁鼓，使歸就戮於秦。寡君之以為戮，死且不朽；若從君惠而免之，三年將拜君賜。」

晉襄公既悔處釋囚，派陽處父追秦囚。到兩國交界的黃河邊，秦囚已經上船，追之不及。陽處父託言襄公派他來送馬，想要騙秦囚回來受縛，但是孟明也不是省油的燈，不肯上當。「若從君惠而免之，三年將拜君賜。」是言與意反的反諷語，表面上是感恩戴德的客氣話，說得十分漂亮，其實是表示君子報仇，三年不晚。陽處父「釋左驂以公命贈孟明」，固然是言不由衷的違心之論，笑裏藏刀。孟明的謝辭又何嘗不是綿裏藏針，語中帶刺，一方面點破了陽處父誘

他入彀的詭計，一方面隱含了雪恥報仇的誓言。

「三年將拜君賜」，謂三年後再來感謝晉君的恩物，實則此反諷語，表面上愈是感謝，內裏愈是怨恨。金聖嘆《才子古文讀本》評此云：「此謝今之不復轉船矣。言三年之後來伐晉，當面謝。今不復被誘轉船矣。讀之令人絕倒。」事實上，左傳文公二年孟明率師伐晉，以報殽之役，是為彭衙之戰。文公三年的傳文記載，秦伯用孟明伐晉，「濟河焚舟，取王官及郊。晉人不出，遂自茅津濟，封殽尸而還。」孟明的確是實踐了「三年將拜君賜」的諾言兼誓言。

參、秀之修辭方法

秀者，篇中之獨拔，以卓絕為巧。文辭貴在警策生動，片言以居要，竦人耳目。劉勰所謂「狀溢目前日秀」，堪稱切中肯綮之論。〈隱秀篇〉殘闕不全，有關「秀」之闡論，僅第三段殘文云：

凡文集勝篇，不盈十一；篇章秀句，裁可百二，並思合而自逢，非研慮之所課也。

大凡文集中傑出之作品，不足十分之一；而篇章中精采卓絕之秀句，更僅有百分之一二。

如此警策生動之秀句，緣於文思偶合天機，自然而遭逢神來之筆，要視靈感與才情的交會，並

非單靠研思苦慮就能產生。誠所謂「文章本天成，妙手偶得之。」又〈隱秀篇〉贊云：

言之秀矣，萬慮一交。動心驚耳，逸響笙匏。

「言之秀矣，萬慮一交」，言「秀」之產生，文辭之挺拔特異者，由於萬般才情與與自然天籟之偶一相契，當那交會時互放的光亮。正所謂「並思合而自逢」，妙手偶得，出乎自然，不能勉力強求。「動心驚耳，逸響笙匏」，言秀之特色及效用，契合天機之警策秀句，足以竦動世人，驚心動聽，令人感覺精神振奮，就如同吹奏笙匏，著實不同凡響。黃季剛先生《文心雕龍札記・隱秀篇》續文云：「意有所重，明以單辭，超越常音，獨標耆穎，則秀生焉。」

關於「秀」，一般均以「警策」論之。傅庚生《中國文學欣賞舉隅》論警策⑳云：

呂氏童蒙訓云：「陸士衡文賦云：『立片言而居要，乃一篇之警策。』此要論也。文章無警策則不足以傳世，蓋不能竦動世人。如老杜及唐人諸詩，無不如此；但晉宋間人專致力於此，故失於綺靡，而無高古氣味。老杜詩云：『語不驚人死不休』，所謂驚人語，即警策也。」警諸御車長路漫漫中，馬意倦矣，則施之以警策；文章若不能如此，必使覽之者昏昏將入睡矣。

傅隸樸《中文修辭學》論「警策」㉑云：

警義為驅動，策義為馬鞭，以警策喻文，始於陸機之賦，其言曰：「立片言而居要，乃

論隱秀

一七七

一篇之警策。」夫御者雖六轡在手，而千里之馳，必須振長策以御之。文章雖浮藻聯翩，而名山之業，實藉片言以居要。御馬御文，術雖殊途，理實一貫。若以畫龍為喻，則警策者，實文章點睛之術也。葉夢弼草堂詩話云：「文章無警策，則不足以傳世，蓋不能竦動世人，如杜子美及唐人諸詩無不如此，但晉宋間人專致力於此，故失於綺靡，而無高古氣味。」是知此格自有其利弊，運用時必須加以權衡也。

黃海章〈劉勰的創作論和批評論〉論「秀」[22]云：

「狀溢目前曰秀」，即是說，所描寫的景物，活靈活現，好像擺在我們眼前。王國維人間詞話說：「雲破月來花弄影，著一弄字，而境界全出矣。紅杏枝頭春意鬧，著一鬧字，而境界全出矣。」的確在所引的第一例中，我們恍惚看見如茶如火的杏花，在枝頭怒放的情形。字句非常簡單，景物卻非常活現，那只是能做到一個「秀」字。第二例中，我們恍惚看見花枝在月下擺動的姿態。在

兩傅氏之論，從傳統出發，立論、引證多屬雷同。黃氏之論，則據王國維《人間詞話》的境界說，論「秀」之作用奇偉。要言之，劉勰所謂「秀也者，篇中之獨拔者也，秀以卓絕為巧。」乃指文辭秀句之精采外揚，要言破的，竦人耳目，不同凡響，是為警策之體。

秀之工者，妙比天成，俊逸而特出。或直探本心，氣盛意足，竦人耳目；或絕妙好辭，不

同凡響，出人意外；或出語精警，巨細靡遺，引人矚目。誠探驪得珠，畫龍點睛之警策。如果舉其最具效用者而言，約有映襯、示現、層遞、頂針四種辭格，茲撮要論之。

一、映襯

在語文中，將兩種不同的，特別是相反的觀念或事實，對立比較，從而使語氣增強，意義顯明的修辭方法，是為「秀」之第一種方式「映襯」。

「映襯」在現代修辭專書中，又有不同的分類：陳望道《修辭學發凡》分為「反映」與「對襯」[23]，黃永武《字句鍛鍊法》分為「反襯」與「正襯」[24]，黃民裕《辭格匯編》則取名「對比」，分為「一物相反的兩個方面的對比」與「兩個相反事物的對比」[25]。茲依黃慶萱《修辭學》[26]之分類，約為對襯、雙襯、反襯三種。

（一）對襯

對兩種不同的人、事、物，從兩種不同的觀點加以形容描寫，是為「對襯」。如：

1.昔我往矣，楊柳依依。

　　今我來思，雨雪霏霏。

　　行道遲遲，載渴載饑。

我心傷悲，莫知我哀。（詩經‧小雅‧采薇）

〈采薇〉敍出征戰士久役歸來，以上所錄，為其中之第三章。「昔我往矣，楊柳依依。今我來思，雨雪霏霏。」針對當初出征與今日歸來兩種不同的情境，予以描寫，形成強烈的對比。短短的四句話，只有十六個字，時間上的今與昔，季節上的春與冬，景物上的楊柳與雨雪，人情上的散與聚。時空轉移，人事倥傯，征人久役的悲歡離合之情，躍然紙上。此種對襯之運用，寓情於景，意象鮮明，是典型之警策秀句。又「昔我往矣，楊柳依依。」，以樂景寫哀，在楊柳飄蕩美好歡樂春光中，被迫出征，更加悲傷；「今我來思，雨雪霏霏」，以哀景寫樂，在雨雪紛飛的苦境中趕路，心情卻反倒愉快，不以為苦。如此對比的程度更加強烈，予讀者的印象更加深刻。

2. 親賢臣，遠小人，此先漢所以興隆也；親小人，遠賢臣，此後漢所以傾頹也。先帝在時，每與臣論此事，未嘗不歎息痛恨於桓、靈也。侍中、尚書、長史、參軍，此悉貞良死節之臣，願陛下親之信之，則漢室之隆，可計日而待也。（諸葛亮：出師表）

此為〈出師表〉之第三段，諸葛亮舉貞良死節之臣，勉後主親賢臣，遠小人，以復興漢室。先闡明先漢興盛之原因、後漢衰亡之原因，借古為鏡，然後落實到現實人事上，列舉操守堅貞、品行善良而能為國家效命之賢臣，盼望後主親信重用，則漢室之興隆，有厚望焉。諸葛亮

之文，對後主懇切叮嚀，諄諄告誠，列舉人事，志盡文暢。黃季剛《文心雕龍札記》將之列為文心雕龍所謂「顯附」文章風格之典型範例。其言曰：「語貴丁寧，義求周洽，皆入此類，若諸葛亮出師表，曹冏六代論之流是也。」文中流露老臣謀國之意，一片苦心孤詣，深深感動人心。此所謂「親賢臣，遠小人，此先漢所以興隆也；親小人，遠賢臣，此後漢所以傾頹也。」將西漢、東漢兩種不同的政治情況——「興隆」與「衰頹」，由兩種不同之作風——「親賢臣，遠小人」與「親小人，遠賢臣」，兩相對列比較。作風迥異，結局相反，使得文章語氣增強，意義明顯，給讀者留下深刻的印象。誠為映襯法中「對襯」之典型範例，更為傳誦千古之警句㉗。

3. 皓天舒白日，靈景耀神州。

列宅紫宮裏，飛宇若雲浮。

峨峨高門內，藹藹皆王侯。

自非攀龍客，何為欻來游？

被褐出閶闔，高步追許由。

振衣千仞岡，濯足萬里流。（左思：詠史八首之五）

西晉詩人左思，以〈三都賦〉馳名於世，爭相傳鈔，使得洛陽紙貴。其實他最傑出的代表

作還是詠史詩。三都賦目前已經很少讀者，詠史八首卻一直傳誦廣遠，為人所津津樂道。其中最膾炙人口的警語就是「振衣千仞岡，濯足萬里流。」這首詩前半部寫西晉京城洛陽宮殿壯麗，顯貴鼎盛：明亮的天空中陽光四射，普照著中國的神州大地，耀眼生輝。皇宮裏成排的建築，飛簷如雲，豪華壯觀。高大的府第中，有許多王侯卿相，達官貴人。宮殿羅列，上與浮雲齊；高門林立，大人物多如過江之鯽，好一幅富麗堂皇的熱鬧景況！

後半部寫左思自覺非富貴利達中人，決定離開此熱鬧繁華之地，隱居高蹈。「自非攀龍客，何為欻來游。」意謂自己無意攀龍附鳳，追求功名，為何逗留於此？因此毅然絕然地「被褐出閶闔，高步追許由。」還是穿著粗布衣服，離開皇都，效法許由而遠行隱遁吧！「振衣千仞岡，濯足萬里流。」到高山上抖衣，到長河裏洗足，以滌除人世間的俗塵！立身高岡，放眼長河，好一幅清虛高蹈，特立獨行的氣象，真是神清氣爽，不受塵埃半點侵！

左思胸懷高曠，筆力雄邁，題名詠史，事實上卻是在詠懷。這首詩前半部與後半部相對。從皇城的富麗堂皇景象中，幡然憬悟，擺脫世俗追求功名利祿的窠臼，塑造了一個志節高尚而不趨炎附勢的隱者形象。全詩的評價甚高，但其中最能開拓詩的境界與氣象，使讀者精神振奮的卻是末二句的「振衣千仞岡，濯足萬里流。」由此使全篇神情氣勢為之一振。且成為傳誦千古的警句名言，誠陸機所謂「立片言而居要，乃一篇之警策」。就對襯之角度而言，不但前半

首與後半首形成強烈之對比，且「振衣千仞岡，濯足萬里流」，情境對比，高響入雲，蔚為傳誦千古之「秀」句㉘。

4.時維九日，序屬三秋，潦水盡而寒潭清，烟光凝而暮山紫，訪風景於崇阿。臨帝子之長洲，得天人之舊館。層台聳翠，上出重霄；飛閣翔丹，下臨無地。鶴汀鳧渚，窮島嶼之縈迴；桂殿蘭宮，列岡巒之體勢。披繡闥，俯雕甍。山原曠其盈視，川澤紆其駭矚。閭閻撲地，鐘鳴鼎食之家；舸艦迷津，青雀黃龍之舳。虹銷雨霽，彩徹區明。落霞與孤鶩齊飛，秋水共長天一色。漁舟唱晚，響窮彭蠡之濱；雁陣驚寒，聲斷衡陽之浦。（王勃‧秋日登洪府滕王閣餞別序）

自古登臨之作，王勃〈滕王閣序〉為傳誦廣遠之名篇。王勃才情絕高，擺脫了一般駢文雕琢藻飾，模山範水的窠臼，將豪宕超逸的情致，融入綺麗辭采與生動描繪之中。「層台聳翠，上出重霄；飛閣翔丹，下臨無地。」短短十六字，滕王閣之氣勢形貌，狀溢目前。「落霞與孤鶩齊飛，秋水共長天一色。」更是秀絕人寰的絕妙好辭，是最佳之警策語。王定保《唐摭言》卷五：「勃雖在座，而閻公屬子婿孟學士者為之，已宿構矣。及以紙筆巡讓賓客，勃不辭讓。公大怒，拂衣而起，專令人伺其下筆。第一報云：『南昌故郡，洪都新府。』公曰：『亦是老生常談。』次云：『星分翼、軫，地接衡、廬。』公曰：『故事也。』又報云：『襟三江而帶

五湖，控蠻荊而引甌越。」公聞之，沈吟不語。俄而數吏沓報至，公頷頤而已。至「落霞與孤

鶩齊飛，秋水共長天一色。」公瞿然而起曰：『此真天才，當垂不朽矣。』頃而文成大悅，極

歡宴，臨行贈以五百縑。

這樣的傳說，當然不盡可信，但是「落霞與孤鶩齊飛，秋水共長天一色。」的確是鋒發韻

流的絕妙好辭：

第一，將滕王閣的景色，概括在兩句十四字之中，從嚴整的對偶，絢麗的文辭中，氣象奔

放而自然，句法靈動而有致。

第二，「落霞與孤鶩齊飛」，敘紅霞在天空飄動，白鴨翱翔乎其間，在色采上藍天中紅白

對映，在動態上有生命的飛鳥與無生命的晚霞並舉齊飛，構成一幅鮮活的畫面，真是「狀溢目

前」[29]！

第三，「秋水共長天一色」，在這水天共色，一片青碧之中，再加上前句的紅霞、白鳥，

點綴出一幅秀色可餐的畫面，呈現出一片曠遠的境界，實足以竦人耳目，怎能不「遙襟俯暢，

逸興遄飛」？

如果以前人狀物的名篇秀句相較：

晉袁宏〈東征賦〉：「即雪似嶺，望水若天。」

梁吳均〈與宋元思書〉：「風烟俱靜，天山共色。」

梁元帝蕭繹〈蕩婦秋思賦〉：「天與水相通，山與雲共色。」

北魏庾信〈馬射賦〉：「落花與芝蓋齊飛，楊柳共春旗一色。」

魏釋僧懿〈平心露布〉：「旌旗共雲漢齊高，鋒鍔共霜天比淨。」

〈唐德州長壽寺舍利碑〉：「浮雲共嶺松張蓋，明月與巖桂分叢。」

無論寫景造境之高曠，造句摛藻之自然和諧，均以王勃之「落霞與孤鶩齊飛，秋水共長天一色」，精采絕倫，藝冠群才。洵屬探驪得珠，畫龍點睛之筆，卓爾高峙，傳誦千古，良有以也。

如此公認的佳句，景象鮮明而意蘊豐富。「落霞與孤鶩齊飛」是作者的外射投影，「秋水共長天一色」是時空悠悠無限連綿，兩相對照，作者生命的孤獨、徬徨，以及光彩之行將消逝，形體之行將隕落的自覺，透過對襯的筆法，狀溢目前，躍然紙上。

5.形庭所分帛，本自寒女出。鞭撻其夫家，聚歛供城闕。聖人筐篚恩，實欲邦國活。臣如忽至理，君豈棄此物？多士盈朝廷，仁者宜戰慄！況聞內金盤，多在衛霍室。中堂有神仙，烟霧蒙玉質。煖客貂鼠裘，悲管逐清瑟。勸客駝蹄羹，香橙壓金橘。朱門酒肉臭，路有凍死骨！榮枯咫尺異，惆悵難再述。（杜甫：自京赴奉先詠懷五百字）

〈奉先詠懷〉為杜甫五古長篇之傑作，時當天寶十四年，安史之亂即將爆發，杜甫身在長安為官，家眷寄住在奉先（陝西蒲城縣），請假回奉先探親。因明皇奢蕩失度，楊貴妃、楊國忠紊亂朝綱，感亂事將興而作。以上所錄，「自彤庭所分帛」，至「仁者宜戰慄」，旨在譏皇上濫用賞賜。朝廷所聚斂的錦帛，乃鞭撻民眾，從各地搜括而來，應當珍惜，不可揮霍浪費。天子賞賜之意，本在鼓勵群臣，努力國事。臣子若忽略此意，則非賞賜本意，理應戰慄思報。羅大經《鶴林玉露》評云：「此段即爾俸爾祿，民脂民膏之意也。士大夫誦此，亦可以悚然懼矣。」③

自「況聞內金盤」至「惆悵難再述」，旨在諷刺后戚奢侈無度，其中「朱門酒肉臭，路有凍死骨。」二句，為篇中之警策。將貴族之奢侈與百姓之困苦，以對比映襯的筆法，濃縮在短短十個字中，予人強烈深刻的印象。「朱門」用借代修辭法，以富貴者的特徵——朱紅色的大門，代富貴人家，意象浮現。用「凍死骨」而不用「餓死骨」，乃是配合前面的「本自寒女出」，暗示凍死者即為獻帛之人。杜甫之為「詩聖」、「詩史」，因素固然不止一端，但善用竦動人心的警策語，實為其中關鍵所在。

6.這兩個老大學，似乎把學生當成生物，讓生物生長；別的大學，似乎把學生當成礦物

，讓礦物定型。（陳之藩·古瓶）

英國的牛津大學和劍橋大學，傳統優良，舉世聞名。尤其是開放自由的學風與啟發式的教學，為各國年輕學子所欽羨而心嚮神往。陳之藩〈古瓶〉一文，以對話為主體，暢談牛津、劍橋的風味，是當代膾炙人口的名作，其中最為人所津津樂道的就是以上所引這段話。「把學生當成生物，讓生物生長」與「把學生當成礦物，讓礦物定型」，兩種作風，形成強烈的對比：前者的開放自由，洋溢著生機，與後者的閉鎖、制式，一片沉寂。不但對襯顯明，印象深刻，更足以發人深省。

7.自由世界最大的缺點：是有錢不能共享；共產社會最大的優點：是有苦必須同當。（

（邱吉爾名言）

二次大戰後，東歐許多國家，被共產黨統治，淪入鐵幕。東西方形成兩大集團，展開冷戰。英國首相邱吉爾創造了許多名言，形容共產社會，入木三分，例如「鐵幕」。以上這一段話，以「最大的缺點——有錢不能共享」與「最大的優點——有苦必須同當」，將自由世界與共產社會的特色，以對襯的方式，一語道破。真是顯豁響亮，警闢意深。

(二)雙襯

針對同一個人或同一件事、物，從兩種不同的觀點予以形容描寫，恰成強烈的對比，是為

「雙襯」。如：

1.（孟子）曰：「有復於王者曰：『吾力足以舉百鈞，而不足以舉一羽，明足以察秋毫之末，而不見輿薪。』則王許之乎？」

（齊宣王）曰：「否！」

（孟子）曰：「今恩足以及禽獸，而功不至於百姓者，獨何與？然則一羽之不舉，為不用力焉；輿薪之不見，為不用明焉；百姓之不見保，為不用恩焉。故王之不王，不為也，非不能也。」（孟子‧梁惠王上）

孟子見齊宣王，論王天下之道，諷刺齊宣王對禽獸尚且施以恩惠，可是對人民卻不知愛護，是不為也，非不能也。為了加強說服力，孟子運用類比的方式，舉了兩個極端的例子。

1.「力足以舉百鈞，而不足以舉一羽。」

2.「明足以察秋毫之末，而不見輿薪。」

此二例證，均極為有力。令齊宣王不得不折服。自映襯的角度而言，即為典型的雙襯。針對同一個人，只要願意去做，則「力足以舉百鈞，明足以察秋毫之末」，如果不肯去做，則「不足以舉一羽，不見輿薪」。同樣的道理，只要肯用心，則能力足以愛護禽獸，如不肯用心，則當然沒有能力照顧百姓。同一個人，所以如此迥異，端視「為與不為」的一念之間。如此雙

襯的運用，警句傳世，足以竦人耳目，發人深省。

2.誓掃匈奴不顧身，

五千貂錦喪胡塵。

可憐無定河邊骨，

猶是春閨夢裏人。（陳綯：隴西行）

此詩藉李陵喪師辱身發端，言將士用命誓掃匈奴，奮不顧身，傷亡慘重，五千勇士喪身異域。後二句落實到閨怨的傷痛：戰士已化身無定河邊的枯骨，可是在春閨夢裏，卻是日夜思念的活生生的良人！歷來對此詩的鑑賞評析，以黃永武《中國詩學》[31]最為精闢：「河邊白骨與閨中良人，在真實的世界裏，該是分隔在二個不同的時間和不同的空間中，憑著詩人的想像和閨人的夢境，將這不同的時空，溶合到眼前的片刻中來。照通常的寫作法則，主角既成了河邊枯骨，已經沒有可寫的東西了，陳綯卻利用不同時空的疊映，死中求活，產生了妙意。再則由於「無定河」三字，除了河名之外，還有潰沙急流，深淺不定的歧義性，這歧義使整個畫面也產生動盪的感覺。」

黃氏的闡析，淋漓盡致，如果從修辭學的角度而言，則「可憐無定河邊骨，猶是春閨夢裏人。」如此傳誦千古，猶勝「一將功成萬骨枯」的警句，實乃典型之雙襯。自現實角度而言，

良人已成無定河邊枯骨；可是在家中思婦的心目中，仍為日夜夢寐以思活生生的良人。針對同一個人，自不同的角度而予以描寫，枯骨與良人，恰成強烈的對比。如此強烈的對比，適足以表現深刻強烈的悽慘傷痛！

3.客亦知夫水與月乎？逝者如斯，而未嘗往也；盈虛者如彼，而卒莫消長也。蓋自其變者而觀之，則天地曾不能以一瞬；自其不變者而觀之，則物與我皆無盡也。（蘇軾：前赤壁賦）

此〈赤壁賦〉第四段之警句，讀之發人深省，耐人尋味。水月似變化而從未變化，人生雖短暫而生生不息，薪盡火傳，生之洪流，永無窮盡。江水依舊，明月萬古，由水、月、人，乃至於世間的萬事萬物，變的只是表面現象，本體與真理是永遠不變的！宇宙與人性的奧秘，真是令人感慨萬千！物與我的壽命雖然有盡——曾不能以一瞬，非常短暫，但是天地之間，日月運轉，四季變化，萬物榮枯，生生不息，代代無已。人類永遠是宇宙間生之洪流，薪火相傳，永無止境，卻是永遠不變的——物與我皆無盡也㉜。

此針對同一項主體——物與我，自兩種不同的角度而予以描述：一則「自其變者」而觀之，則天地曾不能以一瞬；一則「自其不變者」而觀之，則物與我皆無盡也。變與常，兩種觀察角度，結局迥然相異，形成強烈的對比。由於雙襯法的運用巧妙，不但使得語氣增強，意義明

顯，更流露了人性與宇宙內在的矛盾。至於「赤壁賦」第三段之「哀吾生之須臾，羨長江之無窮。」則為典型之對襯。雙襯描寫同一項人、事、物，對襯描寫兩種人、事、物。其中的差別，於此可見一斑。

4.那是最好的時代，

也是最壞的時代；

那是智慧的時代，

也是愚蠢的時代；

那是信仰的時代，

也是懷疑的時代；

那是光明的時季，

也是黑暗的時季；

那是有希望的春天，

也是絕望的冬天；

我們的前途有著一切，

我們的前途什麼也沒有；

我們大家一直走向天堂，

我們大家一直走向地獄。（狄更斯：雙城記）

此《雙城記》開端的名言，鏗鏘有力，發人深省。全世界的讀者都感覺竦人耳目，印象深刻。然而，其中的妙處何在？為何如此警策生動？那就頗堪玩味了。

略加分析，此段文字可分為七組，每組前一句是往好處論，後一句是往壞處論。觀點不同，角度相反，說法就大異其趣，恰成強烈的對比。從修辭學而言，狄更斯運用的技巧是「對同一個人或同一件事物，從兩種迥然不同的觀點予以形容描寫的『雙襯』法。」在唐代詩人陳綯的筆下，無定河邊的白骨與春閨夢裏的良人，是指同一個男主角。在英國小說家狄更斯的筆下，智慧的時代與愚蠢的時代，是同一個時代；光明的時季與黑暗的時季，是指同一個時季。從兩種不同的角度描述同一個人或同一件事物的雙襯法，除了對比強烈之外，其內在意蘊，頗值得深思。

5.美其名曰「大器晚成」，事實上只是「晚不成器」。美其名曰「老驥伏櫪」，事實上無非「馬齒徒增」。（余光中：迎七年之癢）

余光中用「大器晚成」、「老驥伏櫪」與「晚不成器」、「馬齒徒增」形容同一個人。描述的主角沒有兩樣，分從好壞的不同角度著眼，結果就適得其反。如此雙襯的警句，除了予人

深刻的印象之外，當然有耐人尋味之處，類似的辭例，在現代社會往往可見，如：

美其名曰「不計較」，其實是窩囊廢；美其名曰寬宏大量，事實上是姑息養奸！

美其名曰「勇敢果決」，實際上是「心狠手辣」。有若干自認機警能幹的人，其實祇不

過是狡猾之徒罷了。

與其說是「處變不驚」，不如說是面臨變局的「茫然無措」。

酒後往往吐真言，其實也常常是妄言！

6.我曾經對高密東北鄉極端熱愛，曾經對高密東北鄉極端仇恨。長大後，我終於領悟到

，高密東北鄉無疑是地球上最美麗最醜惡，最超脫最世俗，最聖潔最龌龊，最英雄好

漢最王八蛋，最能喝酒最能愛的地方！（莫言：紅高粱）

狄更斯連續用七個雙襯，莫言在此也是連續用五個雙襯，將他對故鄉的既愛又恨之情，表

達得淋漓盡致。雙襯的妙用，在於針對同一個人或同一件事物，觀察角度不同，結局迥異。有

時候善惡好壞，純繫乎一念之間，端視我們如何著眼。聯合報〈黑白集──衝擊〉（七十六年

二月廿六日）有一段妙喻：

　　一顆石頭，拋入一泓池水，引發了一陣衝擊，這情形可從各種不同的意義來看：

　　一是擾亂了清靜與安寧。

一是破壞了水池的如鏡景象。

一是驚嚇了池中之魚。

但是，也可以說——

一是注添了池中的氧氣。

一是激發了水池的生氣。

一是為池水之美增添了動態。

所以，外在衝擊之來，有破壞的力量，也有激濁揚清的作用；主要的是要看我們如何去迴應，去思考。

由此可以聯想到：當別人對我們有意見時，如果你認為是善意，不但可以化干戈為玉帛，更可以得到啟示與警省，得到助力與友誼；如果你認為是惡意，不但善意常轉為惡意，更可能遭致煩惱與怨尤，徒增阻力與敵意。

這個世界往往就是這樣，有人認為生命無限美好，生活中有永遠發掘不完的樂趣；有人認為生命無限痛苦，生活中有永遠驅除不了的煩惱。其實，美好與痛苦，樂趣與煩惱，只不過繫於我們自己心中的一念之間。

從孟子的「明察秋毫，不見輿薪」，蘇軾的「客亦知夫水與月」，到狄更斯的「光明與黑

暗」，乃至於莫言的「極端熱愛與極端仇恨」。種種雙襯的絕妙好辭，在警策生動的背後，往往含蘊宇宙人生的至理。這次第，怎一個「秀」字了得！

(三)反襯

針對某一事物，用恰恰與其現象或本質相反的詞語予以描寫，是為「反襯」。如…

1.

舉秀才，不知書；舉孝廉，父別居；寒素清白濁如泥；高第良將怯如黽。（古詩源・

古謠諺錄引後漢書逸文）

此描述東漢靈帝獻帝時，閹宦弄權，小人猖狂，危害忠良，國家選才失當。以「不知書」來形容秀才，以「父母別居」形容孝廉，以「濁如泥」形容清白，以「怯如黽（蛙）」形容良將。所用的詞語與被形容的人物理應具備的本質恰恰相反。如此反襯的運用，頗有警策與諷刺的效果。

2.

淵明作詩不多，然其詩質而實綺，癯而實腴，自曹、劉、鮑、謝、李、杜諸人，皆莫及也。（蘇軾：與蘇轍書）

蘇東坡對陶淵明的讚美，用「質而實綺」，「癯而實腴」。言陶詩表面讀起來樸質清癯，其實質卻是綺麗豐腴。「綺」與「質」的本質相反，「腴」與「癯」的本質相反。如此反襯的運用，更加彰顯出陶詩的特色。而「質而實綺，癯而實腴」，遂成為評陶之名言。

3. 蕭金鉉道：「今日對名花，聚良朋，不可無詩，我們即席分韻何如？」

杜慎卿笑道：「先生，這是而今詩社裏的故事。小弟看來，覺得雅得這樣俗，還是清談爲妙。」（吳敬梓：儒林外史廿九回）

4. 寶玉道：「我呢？你們也替我想一個。」

寶釵笑道：「你的是早有了，『無事忙』三字恰當得很！」（曹雪芹：紅樓夢卅七回）

寶玉說：「關了門罷！」

襲人笑道：「怪不得人說你無事忙，這會子關了門，人倒疑惑起來，索性再等一等。」（同上，六十三回）

「無事忙」是薛寶釵譏誚賈寶玉的話，給他套上這麼一個號。以「無事」形容「忙」；「雅得這樣俗」也語含諷刺，以「這樣俗」形容「雅」。都是用事物的現象或本質恰恰相反的詞語予以描寫。「無事忙」與「雅得這樣俗」不但是典型的「反襯」警語，且含有譏誚諷刺的意味。類似的辭例，如沙烏地國王費瑟被刺後，有人形容他執政是「開明的專制」。林海音〈書桌〉有一段話：「當這位倒楣的主人回家時，發現他的親切的雜亂，已被改為荒謬的條理了。」「開明的專制」、「親切的雜亂」、「荒謬的條理」，都是典型的「反襯」，適足以捕捉讀

者的注意力，發出會心的微笑。

5. 沙粒之中觀宇宙，

野花朵裏見天堂；

用手掌握無限，

剎那捉住永恆。（勃萊克：天真的微兆）

英國詩人勃萊克在此連用四句反襯語，頗耐人尋味。沙粒很細微，卻可以窺見宇宙之大；野花很平凡，卻可以發現天堂，區區小手竟能掌握無限；極短的片刻，卻能捕捉永恆。除了是無理而妙的警策語之外，其中的道理更值得我們深思。勃萊克的詩句，與我國的古語「胸中自有丘壑」、「尺幅千里」，以及佛家的「一剎那中千百劫」、「納須彌於芥子」，頗具異曲同工之妙。還有俞樾的詩：「花落春仍在，鳥鳴山更幽。」也與此同理。花落春殘，是正常的現象，鳥鳴適足以打破山間的寂靜，也屬理所當然。可是俞樾卻以「春仍在」形谷花落，以「山更幽」形容鳥鳴。他所運用的語詞與被描述的事物現象或本質恰恰相反，當然是典型的反襯。

6. 我達達的馬蹄是美麗的錯誤

我不是歸人，是個過客……（鄭愁予：錯誤）

7. 從此對思果這種「迷人的嘮叨」頗有戒心，不過既然迷人，也就防不勝防。……思果

「單身」的時候，旣是我家的常客，我家的四個女孩也認為「他嘮叨」，卻又忍不住要聽下去，且聽入了迷。嘮叨為什麼會迷人，確也費解。大概因為他娓娓而談的時候，面部表情不但複雜，而且總略帶誇張，話裏的意義乃大為加強，又常在上下兩句之間安上許多感嘆詞。總而言之，這是散文家隨風咳唾，筆下旣已如此，舌底也不會太走樣的。……（余光中：沙田七友記）

8.如今，世界各國的少年犯罪問題嚴重，其中的主要原因之一，是今天婦女大多不願留在家裏做母親，而在可能範圍內，儘量離開子女，到外面找一份「可以使人感到她更能幹」的職業，而忽視了做母親的神聖義務。所以，有人說，現在的孩子們，有許多是「父母俱全的孤兒」……（祝振華：向母親敬禮）

以上三段文字，各有一句竦人耳目的警策語，同時卻又令人感到納悶：①美麗的錯誤，②迷人的嘮叨，③父母雙全的孤兒。如此詭譎的文句，著實費思量，傷腦筋。錯誤應該是不好的，卻用「美麗」來形容；嘮叨原本惹人厭煩，卻用「迷人」來形容。真是豈有此理！父母俱全，怎會變成孤兒？表面上不通，其實卻是「不通之通，是謂大通」。因為他背後都蘊藏了深刻的意義，發人省思。從修辭學的角度而言，這都是「無理而妙」的「反襯」語，也就是劉勰在〈隱秀篇〉中「以卓絕為巧」的警策語。篇章秀句，裁可百二。難怪要竦人耳目，使讀者為之

精神振奮了。

二、示現

透過豐富的想像，運用形象化的語言，將某一個人或某件事物描繪得活靈活現，狀溢目前，讓讀者如身歷其境，親聞親見的修辭方法，是為「秀」的第二種方式「示現」。示現的對象，或追述，或預言，或懸想，不受時間空間的限制，可以將異時、遠方或實際上並不存在的事物播映到讀者面前㉝。如：

1.暮春三月，江南草長，雜花生樹，群鶯亂飛。見故國之旗鼓，感平生於疇日。撫弦登陴，豈不愴恨！所以廉公之思趙將，吳子之泣西河，人之情也！將軍獨無情哉？想早勵良規，自求多福。（丘遲：與陳伯之書）

此為千古勸降文之壓卷作，一封書信，兵不血刃，化干戈為玉帛，使陳伯之擁兵八千歸降梁朝。其所以幡然悔悟，棄暗投明，端賴丘遲之文章精采絕倫，足以打動對方的內心。這封書信膾炙人口，傳誦一千五百年，為人所津津樂道者，緣於其感染力足以竦動人心。喻之以理，不如動之以情。文中最為人所贊頌者，於利害相喻之時，忽然插入「暮春三月，江南草長，雜花生樹，群鶯亂飛，見故國之旗鼓，感平生於疇日。撫弦登陴，豈不愴恨！」一段警策文字，所以江南美景，動其鄉思，緩脅迫之勢，俾以情動之。「將軍獨無情哉？」此「秀」之典型範

例，掌握了人性之微妙處——情關，攻心為上，一舉破解了對方的心防。此文動人因素固多，

最精采的關鍵處，即為善用「示現」筆法，將江南美景與對方撫弦登陴的悵恨之情景描繪得狀

溢目前，躍然紙上。

2.八月秋高風怒號，卷我屋上三重茅。茅飛渡江灑江郊。高者掛罥長林梢，下者飄轉沈

塘坳。

南村群童欺我老無力，忍能對面為盜賊。公然抱茅入竹去，脣焦口燥呼不得。歸來倚

杖自嘆息。

俄頃風定雲墨色，秋天漠漠向昏黑。布衾多年冷似鐵，嬌兒惡臥踏裏裂，床床屋漏無

乾處，雨腳如麻未斷絕。自經喪亂少睡眠，長夜沾濕何由徹。

安得廣廈千萬間，大庇天下寒士俱歡顏，風雨不動安如山。嗚呼！何時眼前突兀見此

屋，吾廬獨破受凍死亦足！（杜甫：茅屋為秋風所破歌）

此詩之妙處，在推開自家，向大處作結，於極潦倒中頗有興會。不顧自己饑寒凍餒，而能

心念天下寒士。情懷何等深厚，襟期何等高遠！杜公身在困境，而能超脫困境為天下寒士設想

，這是他的過人處。要是以怨天尤人，感慨嗟歎的牢騷作結，就落之下乘了！

，就寫作技巧而言，通篇皆用「示現」的筆法，第一段描繪秋高風怒，茅飛屋破。第二段敍

天災人禍，惡少欺陵。第三段敍夜雨侵逼，長夜無眠。第四段敍忽發奇想，廣廈千萬。前三段

屬追述之示現，描繪低沈的悲情，他個人所遭遇的苦難躍然紙上，狀溢目前，宛如在讀者面前

發生。末段則為「懸想示現」。在極窮困潦倒的景象之中，跳出現場，以懸想廣廈庇寒士作結

。「安得廣廈千萬間，大庇天下寒士俱歡顏，風雨不動安如山！嗚呼！何時眼前突兀見此屋，

吾廬獨破受凍死亦足！」翻空立奇，將描寫的鏡頭由現場困境轉向理想的虛境。杜甫發揮豐富

的想像，訴諸形象化的生動文字，時間空間上騰挪變化，將虛幻的情景播映到讀者面前。我們

雖明知此為懸想之幻境，仍然深深感到狀溢目前，好像那些千萬間廣廈，那幅貧困書生歡天喜

地的景象就在面前。如此「懸想示現」的技巧，不僅將詩藝發揮到極致，更由於傳誦千古之警

句，充分流露了杜甫廣大的同情㉞。

3.六王畢，四海一。蜀山兀，阿房出。覆壓三百餘里，隔離天日。驪山北構而西折，

直走咸陽。二川溶溶，流入宮牆。五步一樓，十步一閣；廊腰縵回，簷牙高啄；各抱

地勢，鈎心鬥角。盤盤焉，囷囷焉，蜂房水渦，矗不知幾千萬落。長橋臥波，未雲何

龍？複道行空，不霽何虹？高低冥迷，不知西東。歌台暖響，春光融融；舞殿冷袖，

風雨淒淒。一日之內，一宮之間，而氣候不齊。（杜牧‧阿房宮賦）

阿房宮是中國歷史上最大的宮殿，為秦始皇所建，故址在今陝西長安西北。據說秦始皇滅

六國，圖畫了各國宮殿，在咸陽照樣建造。共有一百四十五處宮室，收藏宮女萬餘人。後來，項羽入關，火燒阿房宮，燒了三個月。杜牧作此文時，阿房宮早已化為灰燼。他根據史料再加上豐富的想像，用辭賦體寫下此傳誦千古的美文，借秦諷唐。基本筆法是追述性的「示現」，鋪采摛文，真是狀溢目前。以上所錄為第一段，分從外景、內景、氣象，將阿房宮的壯觀勝景播映到讀者面前。

從「六王畢」到「流入宮牆」，是描繪阿房宮的外貌。「三百餘里」，以見其綿長，「隔離天日」，以見其廣大。山則起伏不斷，水則滔滔不絕。煞是壯觀。

從「五步一樓」至「幾千萬落」，是刻畫阿房宮的內景。「五步一樓，十步一閣」亟言樓閣之密；「廊腰縵回」突顯曲線美；「鈎心鬥角」呈現結構美。「盤盤焉，囷囷焉，蜂房水渦」，描繪樓閣的種種形態。盤旋曲折，迂迴環繞，像邃密的蜂房，紆回的漩渦。

從「長橋臥波」到「氣候不齊」，則渲染阿房宮的氣象。縱筆馳騁，極盡鋪敍的能事。樓台矗峙，長橋橫卧；複道凌空，流丹飛閣；丰姿盛態，駁雜紛呈，令人目眩神迷，真是美不勝收。至於「歌台暖響，春光融融；舞殿冷袖，風雨淒淒。」台上歌聲充滿暖意，一片春光融融；殿中舞袖飄拂，帶來寒氣，恍如風雨交加一片淒冷㉟，如此追述性的「示現」筆法，極態盡妍，將讀者引領到切身實感的境域，誠如劉勰〈夸飾

篇〉所云：「壯辭可得喻其真。」此誠警策之「壯辭」。

4.先君子嘗言，鄉先輩左忠毅公視學京畿。一日，風雪嚴寒，從數騎出，微行，入古寺。廡下一生伏案臥，文方成草。公閱畢，即解貂覆生，為掩戶。叩之寺僧，則史公可法也。……

公辨其聲，而目不可開，乃奮臂以指撥眥，目光如炬。怒曰：「庸奴！此何地也，而汝來前！國家之事，糜爛至此，汝復輕身而昧大義，天下事誰可支拄者！不速去，無俟姦人構陷，吾今即撲殺汝。」（方苞：左忠毅公軼事）

方苞為文謹嚴雅潔，重視義法，世推為桐城派之祖。本文落筆即跳出前人窠臼。「公閱畢，即解貂覆生，為掩戶。」短短十一個字，將左光斗的知人之明與愛才之心，呈現出來，自然流露，不用虛飾，正所謂「不著一字，盡得風流」。試想，左光斗在京師近畿視導學政，偶然到古廟遇見史可法。乘史伏案小睡時看了他的文章，驚為當世奇才，隨即脫下名貴的貂皮大衣，蓋在史可法的身上，並且把門帶上，深怕他受到風寒。透過追述「示現」的筆法，將左光斗憐惜人才之愛心與觀文知人的眼光點現無遺。如此極精省的文字，極生動的描敍，予讀者極鮮明的印象，狀溢目前，深刻傳神㊱！

後段敍史可法探獄之情節，也是極佳的示現，敍左公之聲音盈盈在耳，動作歷歷在目，而

師生之情，忠義之心，均躍然紙上，足以感人肺腑。

5. 自此，嚴監生的病，一日重似一日，再不回頭。諸親六眷都來問候。五個姪子穿梭的過來陪郎中弄藥。到中秋以後，醫家都不下藥了。把管莊的家人都從鄉裏叫了上來。嚴監生喉嚨裏痰響得一進一出，一聲不倒一聲的，總不得斷氣；還把手從被單裏拿出來伸著兩個指頭。大姪子上前問道：「二叔，你莫不是還有兩個親人不曾見面？」他就把頭搖了兩三搖。二姪子走上前來問道：「二叔，莫不是還有兩筆銀子在那裏，不曾吩咐明白？」他把兩眼睜得溜圓，把頭又狠狠的搖了幾搖，越發指得緊了。奶媽抱著哥子插口道：「老爺想是因兩位舅爺不在跟前，故此記念。」他聽了這話，把眼閉著搖頭，那手只是指著不動。趙氏慌忙揩揩眼淚，走上前道：「爺，別人都說的不相干，只有我曉得你的心事。你是為那盞燈裏點的是兩莖燈草，不放心，恐費了油，我如今挑掉一莖就是了。」說罷，忙走去挑掉一莖。眾人看嚴監生時，點一點頭，把手垂下，登時就沒了氣。（吳敬梓：儒外史第五回嚴監生疾終正寢）

這一段文字，用「示現」的修辭法，敍嚴監生之死。將嚴監生這個守財奴吝嗇的個性描繪得淋漓盡致。《儒林外史》是中國最著名的諷刺小說，此處寓譏諷於詼諧之中，難免誇張其辭

，使情節頗具戲劇化的色彩。吳敬梓善用示現，將嚴監生的動作舉止，臨終前與家人的應對，寫得栩栩如生，宛在面前。臨要斷氣，念念不忘的，是油燈裏點著兩莖燈草，深恐費了油；直到由姨太太扶正的趙氏去挑掉一莖，這才安心瞑目而去，好像這個世界唯一最值得他關心的事就是省那麼一點點油錢，其他再也沒有什麼更重要的事了。如此繪聲繪影，形象具體生動，嚴監生的動作、神情、個性，一一浮現在我們面前，而絲毫不帶任何褒貶，使人由衷感覺，嚴監生真是天底下最吝嗇的守財奴了。

6.她又擦了一根，火柴燃起來了，發出亮光來了。亮光落在牆上，那兒忽然變得像薄紗那麼透明，她可以一直看到屋裏。桌上鋪著雪白的台布，擺著精緻的盤子和碗，肚子裏填滿了蘋果和梅子的烤鵝正冒著香氣。更妙的是，這只鵝從盤子裏跳下來，背上插著刀和叉，蹣跚地在地板上走著，一直向這個窮苦的小女孩走來。這時候，火柴滅了，她面前只有一堵又厚又冷的牆。（安徒生：賣火柴的小女孩）

〈賣火柴的小女孩〉是世界兒童文學大師安徒生的名作。小女孩又冷又餓，坐在一座房屋的牆角，她什麼也沒有，孤獨無依，求助無門，實在很可憐。她餓得頭腦發昏，兩眼發花。「桌上的烤鵝」，會向她走過來，是精神恍惚中的幻覺。安徒生用「懸想示現」的筆法，寫得十分逼真。正因為如此懸想示現，等到火柴滅了，回到冷酷的現實，她面前只有一堵又厚又冷的

牆。如此更適足顯示出賣火柴的小女孩的可憐、孤獨、無助，令讀者激發出無限的同情。

三、層遞

說話行文時，針對至少三種以上的事物，依大小輕重，本末先後等一定的比例，依序層層遞進的修辭方法，是為「秀」的第三種方式「層遞」。層遞由於上下句意義的規律化，具有一貫的秩序，易於了解記憶，且可重點突出，給予讀者強烈而深刻的印象[37]。如：

1. 摽有梅，其實七兮。求我庶士，迨其吉兮！
摽有梅，其實三兮。求我庶士，迨其今兮！
摽有梅，頃筐暨之，求我庶士，迨其謂之！（詩經・摽有梅）

此詩主角是一位尚未出嫁的姑娘，以第一人稱的口吻道出她渴望及時成婚的心聲，全詩分為三章，藉梅子的成熟黃落，喻青春早逝，年華老大。整首詩採取層遞的表達方式：

第一層即首章：梅子落啦，樹上的果實還剩七成。想起自己已到成婚之年，同輩的女伴們也有三分之一的人出嫁了。不禁要表示：有意追求我的男士們，請勿遲疑，要趕快選擇良辰吉日採取行動啊！

第二層即次章：海子落啦，樹上的果實還剩三成，想起自己年華老大，同輩的女伴們已經三分之二以上的人成婚了，不禁心底著急：有意追求我的男士們，不必猶豫，現在正是好時候

，切勿錯過良機！

第三層即末章：梅子落啦，樹上的果實全掉下來了，得拿個筐子來滿載而歸。想起自己婚
期延誤，同輩的女伴們一個個全都結婚生子，只剩下我孤伶伶的一個人，真是懊惱……有意追求
我的男士們，只要你開口，我馬上答應嫁給你！

如此由以上三層，層層遞進，越來越迫切，將女子渴望及時成家的焦灼之情，表達得十分
生動㊳。

2. 客有歌於郢中者，其始曰下里巴人，國中屬而和者數千人；其為陽阿薤露，國中屬而
和者數百人；其為陽春白雪，國中屬而和者不過數十人；引商刻羽，雜以流徵，國中
屬而和者，不過數人而已。是其曲彌高，其和彌寡。（宋玉：對楚王問）

此即「陽春白雪，曲高和寡」典故之來歷：有客到楚國的都城唱歌，最先唱下里、巴人之
類的俗曲，城裏頭跟著唱和的有好幾千人；按著唱陽阿、薤露之類稍高尚的曲子，跟著唱和的
也有數百人；再唱陽春、白雪之類的高雅曲調，跟著唱和的就只剩下幾十個人；最後演奏商調
羽調，配合著流徵，此時能跟著唱和的，不過寥寥數人而已。如此分四層，循序以進，表達得
十分生動，成為傳世警言。

3. 乃下令：「群臣吏民能面刺寡人之過者，受上賞；上書諫寡人者，受中賞；能謗譏於

市朝，聞寡人之耳者，受下賞。」令初下，群臣進諫，門庭若市；數月之後，時時而

間進；期年之後，雖欲言，無可進者。（戰國策・齊策・鄒忌諷齊威王納諫）

此段文字由兩組層遞所構成，分別各有三層。第一組是(1)群臣吏民，能面刺寡人之過者，

受上賞。(2)上書諫寡人者，受中賞。(3)能謗譏於市朝，聞寡人之耳者，受下賞。第二組是(1)令

初下，群臣進諫，門庭若市。(2)數月之後，時時而間進。(3)期年之後，雖欲言，無可進者。

此二組層遞均屬有因果關係的複式層遞。乙現象視甲現象的層遞，也自成層遞狀態，由面

刺到上書，及至於謗譏於市朝（甲現象），勸諫的程度，依一貫秩序而有輕重之異，因此有上

賞、中賞、下賞（乙現象）。由令初下到數月之後，乃至於期年（甲現象），時間依序增長，

而諫議從門庭若市、時時而間進，乃至無可進者（乙現象），依序遞減。均屬有因果關係之複

式層遞。其句法之露活生動，條理之層次清楚，意義之顯豁深刻，已將層遞之妙用，發揮得淋

漓盡致㊴。

類似的例子，如西洋T・摩爾的名言：

對長輩謙恭，是本份；

對平輩謙虛，是和善；

對晚輩謙遜，是高貴。

同樣是有因果關係的複式層遞。可見層遞之妙用，古今同轍，中外無異。

4.太上不辱先，其次不辱身，其次不辱理色，其次不辱辭令；其次詘體受辱，其次易服受辱，其次關木索被箠楚受辱，其次剔毛髮嬰金鐵受辱，其次毀肌膚斷肢體受辱，最下腐刑極矣！（司馬遷：報任少卿書）

司馬遷因李陵之禍，慘遭宮刑，此文對老友任安一吐胸中積憤，至情感人。以上所錄敘己身遭辱之慘痛。前四句「不辱」，是秩序遞降的層遞，將所強調的「不辱先」放在開端。後六句「受辱」，是秩序遞升的層遞，將最重大受辱「最下腐刑極矣」放在末端。遞降的「不辱」與遞升的「受辱」，分別循序漸進，層次井然，具有一貫的秩序。且接連使用，使語勢躍接，文氣健勁，適足以表達司馬遷遭受奇恥大辱的不平之情。

5.環滁皆山也。其西南諸峰，林壑尤美。望之蔚然而深秀者，琅邪也。山行六七里，漸聞水聲潺潺，而瀉出於兩峰之間者，讓泉也。峰回路轉，有亭翼然臨於泉上者，醉翁亭也。（歐陽脩：醉翁亭記）

此敘醉翁亭之位置，層層剝筍，由大而小，由外而內，循序以進，共分為五層：

第一層「環滁皆山也」。要言不繁，用一句話說明滁州四面都是山。

第二層「其西南諸峰，林壑尤美」。將描寫的鏡頭轉向林木、溪谷特美的西南諸峰。

第三層「望之蔚然而深秀者，琅邪也」。再由西南諸峰縮小到望過去一片青蔥，草木茂盛而景色幽深清麗的琅邪山。

第四層「山行六七里，漸聞水聲潺潺而瀉出於兩峰之間者，讓泉也」。前三層已將描寫的焦點由四周的群山逐步凝聚到琅邪山。此又幾經曲折，由外表景觀進入到琅邪山的內部，點出了讓泉。只有山而沒有水，總覺遺憾，此處既有靈山，又見秀水，庶幾不負「仁者樂山，智者樂水」之衷。

第五層「峰回路轉，有亭翼然臨於泉上者，醉翁亭也」。幾經轉彎抹角，醉翁亭終於呼之而出。有山又有水，仍然好像欠缺了什麼，直到看見一亭，頂簷如鳥之翅膀，展翼飛臨泉水之上，這才算功德圓滿。

歐陽脩寫醉翁亭的位置，不但層次井然，而且極盡迂迴曲折之妙。他不是靜態的說明醉翁亭的位置，而是採取空間壓縮，鏡頭移轉的方式，帶領讀者，依序層層遞進，來到醉翁亭。如此層遞法的運用，已進入不落痕跡的化境⑩。

6.少年聽雨歌樓上，紅燭昏羅帳，壯年聽雨客舟中，江闊雲低，斷雁叫西風。而今聽雨僧盧下，鬢已星星也。悲歡離合總無情，一任階前點滴到天明。（蔣捷：虞美人）

整闋詞採層遞的方式，時間上是三層，少年、壯年、晚年，循序漸進。心境上也是三層……

浪漫、飄泊、悽涼，層層遞進。而全闋詞僅以「聽雨」一事的時間與場景，即已概括了作者的一生，從少年的浪漫，到中年的飄泊天涯，乃至於最後的晚景淒涼。

依時間、心境的層遞表達的作品甚多，又如張潮《幽夢影》：

少年讀書，如隙中窺月；
中年讀書，如庭中望月；
老年讀書，如台上玩月；
皆以閱歷之淺深，為所得之淺深耳。

7. 曹元朗料想方鴻漸認識的德文跟自己差不多，並且是中國文學系學生，更不會高明——因為在大學裏，理科學生瞧不起文科學生，外國語文系學生瞧不起中國文學系學生，中國文學系學生瞧不起哲學系學生，哲學系學生瞧不起社會系學生，社會系學生瞧不起教育系學生，教育系學生沒有誰可以給他們瞧不起了，只能瞧不起本系的先生。

（錢鍾書：圍城）

這段文字描述抗戰時大學裏熱門科系與冷門科系的情況，從理科、文科、外文系、中文系、哲學系、社會系、教育系的學生，乃至於教育系的老師，有規律而帶著一貫性，依序層層遞進地瞧不起別人，於趣味之中，頗帶諷刺性。

用層遞的方式，諷刺俗世瞧不起人的情況，頗為常見。梁實秋《雅舍小品》裏有兩段頗絕

妙好辭，頗能使讀者為之傾倒：

客人常被分為若干流品，有能啟用平夙主人自己捨不得飲用的好茶者，有能享受主人自
己日常享受的中上茶品，有能大量取用茶滷沖開水者，饗以「玻璃」者是為未入流。至
於座處，自以直入主人的書房繡閨者為上賓，因為屋內零星物件必定甚多，而主人略無
防閒之意，於親密之中尚含有若干敬意，作客至此，毫無遺憾；次焉者廊前簷下隨處接
見，所謂班荆道故，了無痕跡；最下者則肅入客廳，屋內只有桌椅板凳，別無長物，主
人著長袍而出，寒喧就座，主客均客氣之至。在廚房後門佇立而談者是為未入流。（客

誤入仕途的人往往養成這一套本領。對下司道貌岸然，或是面部無表情，像一張白紙似
的，使你無從觀色，莫測高深。或是面皮繃得像一張皮鼓，臉拉得驢般長，使你在他面
前覺得矮好幾尺。但是他一旦見到上司，驢臉得立刻縮短，再往臉裏一縮，馬上變成柿
餅臉，堆下笑容，直線條全變成曲線條。如果遇見更高的上司，連笑容都凝結得堆不下
來，未開言嘴唇要抖上好大一陣子，臉上作出十足的誠惶誠恐之狀。簾子臉是傲下媚上
的主要工具，對於某一種人是少不得的。（臉譜）

梁實秋對世俗人情，洞察幽微。他描述主人以茶待客之道，分為四層：⑴啟用主人捨不得的好茶，⑵享用與主人同樣的上等茶，⑶取茶滷沖開水，⑷白開水。描述主人待客之座處，也分為四層：⑴書房繡闥，⑵廊前簷下，⑶肅入客廳，⑷後門佇立。此種差別的方式，出以層層遞進的表達方式，井然有序，有條不紊之中，令讀者發出會心的微笑。至於描述若干官場中人的臉譜，以對下屬、上司、更高的上司，三種人，三種態度，迥然不同，刻畫人性真是淋漓盡致，令人拍案稱絕。其所以能如此「狀溢目前」的緣故，除了世事洞明、人情練達、觀察入微之外，「層遞」之修辭法，功不可沒㊶。

四、頂針

後句的開端，與前句的結尾，運用同樣的字詞，使文章前後頂接，蟬聯而下，使得文章緊湊而有上遞下接的趣味的修辭方法，是為「秀」的第四種方式「頂針」。頂針包括段與段之間的頂針、句與句之間的頂針與句中頂針三種㊷，茲分別略予闡明：

㈠段與段之頂針（連環體）

段與段之間的頂針，又名「連環體」，是指文章上一段的末句，與下一段的開端，用同樣的句子或字詞，如：

1. **文王在上，於昭于天。周雖舊邦，其命維新。有周不顯，帝命不時。文王陟降，在帝**

左右。

（右第一章，言周受天命而興，而由文王之德以成之，文王之神明以佑之。）⑬

亹亹文王，令聞不已。陳錫哉周，侯文王孫子。文王孫子，本支百世。凡周之士，不顯亦世。

（右第二章，言文王勉力修德，善譽長播，凡周之士，皆大顯赫而永世不墜也。）

世之不顯，厥猶翼翼。思皇多士，生此王國。王國克生，維周之楨。濟濟多士，文王以寧。

（右第三章，言周傳世之必能大顯，以其猷謀能恭敬戒慎也。有此眾多美士，故文王賴以安寧）

穆穆文王，於緝熙敬止。假哉王命，有商孫子。商之孫子，其麗不億。上帝既命，侯于周服。

（右第四章，言文王能持續其光明而不已，故為眾所敬也。上帝既有天命，商之孫子維臣服於周矣。）

侯服于周，天命靡常。殷士膚敏，祼將于京。厥作祼將，常服黼冔。王之藎臣，無念爾祖！

（右第五章，言彼殷之臣服于周者，以天命之無定也。我之藎臣，能不念爾祖文王承天命之難而戒慎其事乎！）

無念爾祖，聿脩厥德。永言配命，自求多福。殷之未喪師，克配上帝。宜鑒於殷，駿命不易。

（右第六章，言能無念爾祖文王之德乎！當脩其德。宜以殷為鑒，知天命之難得，實應慎之也。）

命之不易，無遏爾躬。宣昭義問，有虞殷自天。上天之載，無聲無臭。儀刑文王，萬邦作孚。（詩經・大雅・文王）

（右第七章，言天命不易守，故必戒慎，無自絕天命於爾身，但效法文王，則萬邦信服，天命可永矣。）

此述文王之德，言天命之不易，告周之子孫，戒慎守成。全詩共分七章。除首章外，皆用頂針之「連環體」，前章之末與後章之首，字句相同，如二章以「不顯亦世」結，三章以「世之不顯」起；三章以「文王以寧」結，四章以「穆穆文王」起；四章以「侯于周服」結，五章以「侯服于周」起；五章以「無念爾祖」結，六章以「無念爾祖」起；六章以「駿命不易」結，七章以「命之不易」起。如此前章之末句，與後章之首句，疊用相同之字詞。有上遞下接的

趣味，而一路貫串而下。頂針的形式，與內涵上天命不易，再三叮嚀之意，有微妙的契合。詩經大雅，除以上〈文王〉之外，運用連環體筆法的，另有〈下武〉、〈既醉〉二篇，頗具異曲同工之妙。

2.謁帝承明廬，逝將返舊疆。清晨發皇邑，日夕過首陽。伊洛廣且深，欲濟川無梁。汎舟越洪濤，怨彼東路長。顧瞻戀城闕，引領情內傷。

（以上第一章，寫初離京師時的眷戀心情。）㊹

太谷何寥廓，山樹鬱蒼蒼。霖雨泥我塗，流潦浩縱橫。中逵絕無軌，改轍登高岡。修坂造雲日，我馬玄以黃。

（以上第二章，寫渡過伊、洛二水後，因霖雨不止，道路淤塞而登高涉險，人馬不堪其苦

玄黃猶能進，我思鬱以紆。鬱紆將何念？親愛在離居。本圖相與偕，中更不克俱。鴟梟鳴衡軛，豺狼當路衢。蒼蠅間白黑，讒巧令親疏。欲還絕無蹊，攬轡止踟躕。

（以上第三章，說明兄弟之所以不得相親，是由於小人從中離間。）

踟躕亦何留？相思無終極。秋風發微涼，寒蟬鳴我側。原野何蕭條，白日忽西匿。歸鳥赴喬林，翩翩厲羽翼。孤獸走索群，銜草不遑食。感物傷我懷，撫心長太息。

修辭方法析論　　　　　　　　　　　　　　　二一六

（以上第四章，寫秋原日暮淒涼景象和作者的離情別緒。）

太息將何爲？天命與我違。奈何念同生，一往形不歸。孤魂翔故城，靈柩寄京師。存者忽復過，亡沒身自衰。人生處一世，去若朝露晞。年在桑榆間，影響不能追。自顧非金石，咄嗟令心悲。

（以上第五章，由悲悼任城王的暴死而引起人生無常的哀歎。吳淇說，題是贈白馬，非弔任城也。於彼兄弟有生死之感，益於此兄弟有離合之悲。）

心悲動我神，棄置莫復陳。丈夫志四海，萬里猶比鄰。恩愛苟不虧，在遠分日親。何必同衾幬，然後展殷勤。憂思成疾疢，無乃兒女仁。倉卒骨肉情，能不懷苦辛？

（以上第六章，慰曹彪，亦自慰。對於分手離別猶可以萬里比鄰的豪語相勉勵，對於骨肉暴死則不能克制其悲辛。）

苦辛何慮思？天命信可疑。虛無求列仙，松子久吾欺。變故在斯須，百年誰能持？離別永無會，執手將何時？王其愛玉體，俱享黃髮期。收涙即長路，援筆從此辭。（曹植：贈白馬王彪）

（以上第七章，謂人生無常，後會無期。但望彼此保重，最後寫贈詩惜別的情意。）

曹丕、曹植兄弟不和，「本是同根生，相煎何太急？」曹丕即位為文帝後，對曹植之迫害

甚烈。這首詩作於黃初四年，曹植與同母弟任城王曹彰、異母弟白馬王曹彪同至京城朝見文帝曹丕。曹彰被曹丕下毒，暴斃京師。曹植想跟曹彪同路東歸封地，又為奸小所阻。曹植恨兄弟無情，曹彰已死，曹彪又不得相聚，既傷逝惜離，復又憂讒懼禍，憤激而作此詩。全詩共有七章，除了第一章之外，二至七章均用段與段之頂針「連環體」。二章以「我馬玄以黃」結，三章以「玄黃猶能進」起；三章以「踟躕」結，四章以「踟躕」起，五章以「太息」起；五章以「心悲」結，六章以「苦辛」結，七章以「苦辛」起。如此連環頂針，不但使得詩的章與章之間頂接緊湊，流露了激動的情緒，更顯現了愁腸曲折，悲情鬱結之情境與氣氛。梁章鉅《退庵隨筆・學詩六一》云：「曹子建贈白馬王彪詩、顏延之秋胡行，皆次章首句蟬聯上章之尾，此本大雅文王、下武、既醉三篇章法也。」而蔡中郎飲馬長城窟行，晉西洲曲，復施法於一章之中，纏綿委折，而節拍更緊，遂極文情之妙。」梁氏以為，曹植此詩章法，取法於詩經，自頂針而言，當然有明顯的軌跡可循。但無論如何，同樣具備了「文情之妙」，成為警策之文。

3.鼎湖當日棄人間，破敵收京下玉關。慟哭六軍俱縞素，衝冠一怒為紅顏。紅顏流落非吾戀，逆賊天亡自荒讌。電掃黃巾定黑山，哭罷君親再相見。

（以上第一段，揭示本詩主旨：衝冠一怒為紅顏）

論隱秀

相見初經田竇家，侯門歌舞出如花；許將戚里箜篌伎，等取將軍油壁車。

（以上第二段，敍吳三桂與陳圓圓結識之處。）

家本姑蘇浣花里，圓圓小字嬌羅綺。夢向夫差苑裏遊，宮娥擁入君王起。前身合是採

蓮人，門前一片橫塘水。

（以上第三段，敍陳圓圓之出身。）

橫塘雙槳去如飛，何處豪家強載歸？此際豈知非薄命，此時只有淚沾衣。薰天意氣連

宮掖，明眸皓齒無人惜。奪將永巷閉良家，教就新聲傾坐客。

（以上第四段，敍圓圓入侯門之遭遇。）

坐客飛觴紅日暮，一曲哀絃向誰訴？白皙通侯最少年，揀取花枝屢迴顧。早攜嬌鳥出

樊籠，待得銀河幾時渡？恨殺軍書抵死催，苦留後約將人誤。

（以上第五段，敍圓圓與三桂初識，兩情相悅。）

相約恩深相見難，一朝蟻賊滿長安。可憐思婦樓頭柳，誤作天邊粉絮看。徧索綠珠圍

內第，強呼絳樹出雕欄。若非壯士全師勝，爭得蛾眉匹馬還？

（以上第六段，敍圓圓為李自成所劫，吳三桂大怒而返師救美。）

蛾眉馬上傳呼進，雲鬟不整驚魂定。蠟炬迎來在戰場，啼妝滿面殘紅印。專征簫鼓向

二一九

秦川，金牛道上車千乘。斜谷雲深起畫樓，散關月落開妝鏡。（吳偉業：圓圓曲）

（以上第七段，敘圓圓與三桂團聚，隨軍西征。）

吳偉業〈圓圓曲〉為清初歌行體名篇。全詩共十一段，以上所錄為前七段。第一段到第三段採取倒敘的方式，從崇禎帝殉國回溯到吳三桂守山海關，再回溯到吳三桂與陳圓圓在周奎家見面，再回溯到陳圓圓的出身。第四段到第七段採取順敘的方式，敘陳圓圓離開姑蘇到北京，遇見吳三桂，吳三桂出征，李自成破北京，陳圓圓陷落賊手，幸得追回重聚。除二三段之間外，每段之間均採取連環頂針：首段與二段之間以「相見」重疊，三四段之間以「橫塘」重疊，四五段之間以「坐客」重疊，五六段之間以「約」相重疊，六七段之間以「蛾眉」相重疊。如此連環體之頂針，藉重複重要字詞以連繫的手法，不但秩序井然，且連貫之中頗見匠心巧思。

4.那榆蔭下的一潭，

不是清泉，是天上的虹；

揉碎在浮藻間，

沈澱著彩虹似的夢。

尋夢？撐一支長篙，

向青草更青處漫溯；

滿載一船星輝，

在星輝斑斕裏放歌。

但我不能放歌，

悄悄是別離的笙簫；

夏蟲也爲我沈默，

沈默是今晚的康橋！（徐志摩：再別康橋）

徐志摩的〈再別康橋〉為中國新詩名篇，其中流露了柔美的音律、秀麗的景色、依依的離情，以及作者瀟灑的襟懷，都令讀者陶醉而神往。全詩共有七章，以上所錄為其中的四五六三章。讀起來感覺特別和諧，就是因為善用頂針。第四章以「夢」結，第五章以「尋夢」起；第五章以「放歌」結，第六章以「放歌」起。如此連環體的頂針，頂接的字詞重疊，造成極佳的橋樑作用。將讀者眼前的景象，由康河的美景，推移到作者行事，再由作者的行事進入離情別緒之中。如此牽引了讀者的思緒，融進作者所塑造的情境和氣氛中。「頂針」在篇章中之效用，由此可見一斑。

其實，再別康橋，不只是章與章之間的頂針。各章之中的句與句的聯珠頂針，也頗具奇效。如第五章三句末尾與四句開端以「星輝」重疊，第六章三句末尾與四句開端以「沈默」重疊。不但具有前後轉接的橋樑作用，更能使語言和諧，誦讀起來，尤增情韻之美。如此連環體的各章之中，又分別兼用聯珠法的情況，也相當常見。即以前面所列舉三篇作品而論，《詩經·大雅·文王》第二章：「侯文王孫子，文王孫子。」……「贈白馬王彪」第三：「我思鬱以紆，鬱紓將何念？」〈圓圓曲〉第一章：「衝冠一怒為紅顏，紅顏流落非吾戀。」即不乏其例。

㈡句與句之頂針（聯珠格）

句與句間之頂針，又名「聯珠格」，是指前一句的結尾與後一句的開端，用同樣的字詞。

如：

1.〈燭之武〉見秦伯曰：「秦晉圍鄭，鄭既知亡矣。若亡鄭而有益於君，敢以煩執事。越國以鄙遠，君知其難也，焉用亡鄭以陪鄰？鄰之厚，君之薄也。若舍鄭以為東道主，行李之往來，共其乏困，君亦無所害。（左傳·燭之武退秦師）

〈燭之武退秦師〉為左傳中極精采的一段文字。燭之武憑三寸不爛之舌，說服秦穆公退兵，解除了鄭國的危機，堪稱「弱國有外交」的典範。他這一段外交辭令，剖陳利害，立論精闢

，使秦穆公怦然心動。在千古以來說客中獨占鰲頭。甚中相當重要的技巧，就是在關鍵字句處運用「頂針」——「秦晉圍『鄭』，『鄭』既知亡矣。」「焉用亡鄭以陪『鄰』，『鄰』之厚，君之薄也。」前一句的結尾，用作下一句的起頭。上下句首尾蟬聯，文句緊湊，增強了說服力。所以金聖嘆評云：「其文皆作連鎖不斷之句，一似讀之急不得斷者。」㊺

2.天下之佳人，莫若楚國；楚國之麗者，莫若臣里；臣里之美者，莫若臣東家之子。東家之子，增之一分則太長，減之一分則太短，著粉則太白，施朱則太赤，眉如翠羽，肌如白雪，腰如束素，齒如含貝，嫣然一笑，惑陽城，迷下蔡。然此女登牆闚臣三年，至今未許也。（宋玉：登徒子好色賦）

宋玉描述東家之子的美麗：先說天下之佳人，以楚國為最；再說楚國之麗者，以宋玉所居住之地區為尤；最後說宋玉所居住地區之美人，又以他隔壁東家之女獨占鰲頭。如此點出東家之子美冠天下。然後才形容其美貌，頗饒情味。從修辭角度分析，他所運用的是頂針兼層遞法，自第二句至七句，連續三處頂針。自天下、楚國、臣里、東家之子，層層遞進，共有四層。如此頂針兼層遞的句法，自然使得文章警策生動，竦人耳目。

3.秦王謂軻曰：「取舞陽所持地圖。」軻既取圖奏之。秦王發圖，圖窮而匕首見。因左手把秦王之袖，而右手持匕首揕之。未至身，秦王驚，自引而起，袖絕；拔劍，劍長

，操其室。時惶急，劍堅，故不可立拔。荊軻逐秦王，秦王環柱而走。……卒惶急，

不知所爲。左右乃曰：「王負劍！」負劍，遂拔以擊荊軻，斷其左股。荊軻廢，乃引

其匕首以擿秦王。不中，中銅柱。秦王復擊軻，軻被八創。（司馬遷：史記·刺客列

傳）

史記這段文字，根據戰國策燕策而來，文字略有刪節。但其中的頂針處，幾乎全同。讀起

來，使人頗具心理壓迫感，籠罩了一股緊張氣氛。如此緊湊的文字節奏，由頂針句法造成。用

「圖」字頂「圖」字，「劍」字頂「劍」字，「秦王」頂「秦王」，「負劍」頂「負劍」，「

中」字頂「中」字，「軻」字頂「軻」字。凡情勢緊張之中，六用連珠頂針，文句踵接，使得

劍及屨及的迫促情況，躍然紙上，狀溢目前，讓人心驚不已。如此頂針句法，使文章之形式技

巧與文章之內容情境，緊密契合，遂成傳誦千古之絕妙好辭。

4.青青河畔草，綿綿思遠道；遠道不可思，宿昔夢見之。夢見在我旁，忽覺在他鄉；他

鄉各異縣，展轉不相見。

枯桑知天風，海水知天寒。入門各自媚，誰肯相爲言！

客從遠方來，遺我雙鯉魚。呼兒烹鯉魚，中有尺素書。長跪讀素書，書中竟何如？上

言加餐食，下言長相思。（蔡邕：飲馬長城窟行）

蔡邕〈飲馬長城窟行〉是思婦懷人之辭。情思哀婉。首

敘因相思而入夢，中敘夢醒後想像更切，末敘得到遠方的來書。其中迭用連珠頂針：「綿綿思

遠道，遠道不可思」，「宿昔夢見之，夢見在我旁」的「夢見」，「忽覺在他鄉，

他鄉各異縣」的「他鄉」。如此字句上的聯珠頂針，表現了迴環相生，連綿不絕之美，與青草

綿綿引發的綿綿情思，形式與內容配合得十分巧妙，使思婦懷念遠人之情，纏綿宛轉，尤足動

人。又如末段「長跪讀素書，書中竟何如」的「書」字頂針，可見女主角奉書即欲速讀內容的

迫切之情。

5.河曲智叟笑而止之，曰：「甚矣，汝之不惠！以殘年餘力，曾不能毀山之一毛，其如

土石何？

北山愚公長息曰：「汝心之固，固不可徹；曾不若孀妻弱子！我雖死，有子存焉；子

又生孫，孫又生子；子又有子，子又有孫；子子孫孫，無窮匱也；而山不加增，何苦

而不平？」河曲智叟無以應。（列子：愚公移山）

這是馳名的〈愚公移山〉寓言故事，愚公反駁智叟的話，理直氣壯，直指對方見識固陋，

不通事理。「汝心之固，固不可徹」的「固」字頂針，使得文辭更加緊湊有力。「子又生『孫

』，『孫』又生『子』，『子』又有『子』，『子』又有『孫』。」一句緊扣一句，句句頂接，環

環緊扣，除了顯示子子孫孫，綿延無窮外；另有一股銳不可當之氣勢，適足以顯示愚公移山的決心與信心，不可搖撼。

6.車轔轔，馬蕭蕭，行人弓箭各在腰。耶孃妻子走相送，塵埃不見咸陽橋。牽衣頓足攔道哭，哭聲直上干雲霄。

道旁過者問行人，行人但云點行頻。或從十五北防河，便至四十西營田。去時里正與裹頭，歸來頭白還戍邊。邊庭流血成海水，武皇開邊意未已。君不聞漢家山東二百州，千村萬落生荊杞。縱有健婦把鋤犁，禾生隴畝無東西。況復秦兵耐苦戰，被驅不異犬與雞。

長者雖有問，役夫敢伸恨？且如今年冬，未休關西卒。縣官急索租，租稅從何出？信知生男惡，反是生女好；生女猶得嫁比鄰，生男埋沒隨百草。君不見青海頭，古來白骨無人收。新鬼煩冤舊鬼哭，天陰雨溼聲啾啾！（杜甫‧兵車行）

杜甫此詩敍窮兵黷武帶給民眾的困苦。全詩分為三段：首段敍送別征夫難分難舍之情。末二句「牽衣頓足攔道哭，哭聲直上干雲霄。」以「哭」字頂針，彷彿使天地之間充滿哭聲。場面十分悽慘。

中段敍夫連年在外征戰，農村殘破之情。「道旁過者問行人，行人但云點行頻。」「行人

頂針，適足以表達行人回答過者之惶急匆促情況。「歸來頭白還戍邊，邊庭流血成海水。」

「邊」字頂針，文句緊湊，表現行人對玄宗開邊之不滿。

末段敍催租之急，生男不如生女。「縣官急索租，租稅從何出？」「反是生女好；生女猶得嫁比鄰。」所用來頂針的字詞「租」、「生女」均屬篇中重要關鍵處，適足以顯示役夫之內心怨痛，一幅民不聊生的慘狀圖，狀溢目前。

全詩共有五處聯珠頂針，散見首中尾三端。蕭滌非〈學習人民語言的詩人——杜甫〉評此詩云：「共五處使用了接字的辦法，使讀者真有『纍纍如貫珠』之感，覺得非常順溜，非常動聽，從而也就加強了詩的感染力。」㊻蕭氏所謂「接字」，即「頂針」。杜甫之為詩聖，頂針之運用，已出神入化。

杜詩除近體外，頂針頗為常見，即以三吏三別而言，如：

> 府吏昨夜下，次選「中男」行；「中男」絕短小，何以守王城？（新安吏）
>
> 室中更無人，惟有乳下「孫」；「孫」有母未去，出入無完裙。（石壕吏）
>
> 自嗟貧家女，久致「羅襦」裳；「羅襦」不復施，對君洗紅妝。（新婚別）

如此頂針，均能顯示詩中主角的激越緊迫之情，讀之令人心酸。

7. 自余為僇人，居是州，恆惴慄。其隟也，則施施而行，漫漫而游。日與其徒，上高山

論隱秀

二二七

，入深林，窮迴溪，幽泉怪石，無遠不到。到則披草而坐，傾壺而醉，醉則更相枕以臥。臥而夢，意有所極，夢亦同趣。覺而起，起而歸。以為凡是州之山水有異態者，皆我有也，而未始知西山之怪特。（柳宗元：始得西山宴游記。）

〈始得西山宴游記〉為柳宗元《永州八記》之第一篇，以上所錄係其文之第一段，其中送用「到」、「醉」、「臥」、「起」四處連珠頂針，黃慶萱〈始得西山宴游記析評〉評此云：「簡短的句法與登山時短促的呼吸相配合，頂針的句法與登山時緊湊的步伐相配合。」[47]將文章所用形式與所寫內容之微妙契合處，闡析得鞭辟入裏，真是體貼入微。如果再仔細思量，則如此緊湊句法，也適足以表現柳宗元之率性即興之情。

8.惟欲就簡之術，非皆下筆自成，實由錘鍊而致。如作記事之文。初藁但求盡賅事實，而後視全篇有無可刪之章，每章有無可節之句，每句有無可省之字；必使篇無閒章，章無贅句，句無冗字；乃極簡鍊之能事。（劉師培：漢魏六朝專家文研究·學文四忌·文章最忌繁冗）

劉師培論文章歛繁就簡之術，兩度運用「章，章」「句，句」之聯珠頂針句法，使得上下句頭尾蟬聯，文章緊湊，文氣貫串，自然能加強說服力。至於從篇、章、句、字，循一貫次序，層層遞進，則又是頂針兼層遞。如此用法，其實在劉勰《文心雕龍》書中，已屢見不鮮，如

〈章句篇〉首段云：「夫人之立言，因字而生句，積句而為章，積章而成篇。篇之彪炳，章無疵也；章之明靡，句無玷也；句之清英，字不妄也；振本而末從，知一而萬畢矣。」同樣是運用「句，句」「章，章」之頂針句法，且由字、句列章、篇，同時兼用層遞。

在口語中，頂針兼層遞，也不乏其例，如：

沒有功勞有苦勞，沒有苦勞有疲勞！

頭髮由黑而灰，灰而白，白而疏，疏而無！

頂針在形式上以同一詞語貫串上下句，層遞卻以數句意義的關聯為主。前者著重的是比例與因果。兩者都講究秩序與層次。因此，頂針與層遞，有同有異。同時兼用的情況也頗為常見48。

(三)句中頂針

句中頂針，是指文句中片語與片語之間用同一字來頂接，貌似疊字，其實字疊而語析，如：

1. 出門採紅蓮，採蓮南塘秋，蓮花過人頭，低頭弄蓮子，蓮子青如水。置蓮懷袖中，蓮心徹底紅。憶郎郎不至，仰首望飛鴻。飛鴻滿西洲，望郎上青樓；樓高人不見，盡日闌干頭；闌干十二曲，垂手明如玉。（沈約：西洲曲）

此詩迭用聯珠頂針，共有有六處：「採紅蓮、採蓮」「頭、低頭」「蓮子、蓮子」「飛鴻、飛鴻」「青樓、樓」「闌干頭、闌干」。如此一路貫串而下，恰似一串珍珠，頗有上遞下接的趣味。但是，在此我們要注意的是其中「憶郎郎不至」，此句實屬句中頂針，在「憶郎」與「郎不至」兩個片語中，以「郎」字頂接，顯示了急切的思念之情。此詩包括了句中頂針與聯珠頂針，尤增情趣。黃永武〈說詩的強度〉列舉杜牧的〈湖州正初招李郢秀才詩〉：「行樂及時時已晚，對酒當歌歌不成！」與楚石的詩：「遣愁愁不去，認愁愁不真，誰知遣愁者，正是自愁身！」以為將兩個愁字頂接在一起，節拍更見迫促，如此激動的語氣，可以增加詩的強度49。同樣的道理，「憶郎郎不至」，以兩個「郎」字頂接在同一句中，在語氣上、情感上均顯示了女主角的激越之情。

2.棄我去者昨日之日不可留，亂我心者今日之日多煩憂！長風萬里送秋雁，對此可以酣高樓！

蓬萊文章建安骨，中間小謝又清發。俱懷逸興壯思飛，欲上青天覽明月。

抽刀斷水水更流，舉杯消愁愁更愁。人生在世不稱意，明朝散髮弄扁舟。（李白：宣州謝朓樓餞別校書叔雲）

此詩可分三段，首段餞別起興，歲月如流，煩憂不斷。中段懷古思今，賓主惺惺相惜。末

段送別抒感。其中最動人的警句是末段的「抽刀斷水水更流，舉盃消愁愁更愁。」此二句意興

遄飛，膾炙人口，以水更流的「水」字頂接抽刀斷水，以愁更愁的「愁」字頂接舉杯消愁，是

為句中頂針的典範。不但文句緊湊有力，而且當句翻疊，情致清新，鋒發韵流，傳誦古今。類

似的句中頂針，頗不乏其例：

有意栽花花不發，無心插柳柳成蔭。

春風吹花花怒開，春風吹人人老矣。

酒不醉人人自醉！

只有天才才能善用譬喻！

3.即遣花開深造次，便教鶯語太丁寧。（杜甫：絕句漫興九之一）

眼看客愁愁不醒，無賴春色到江亭。

杜甫此詩寫江邊春色，花開鶯語，一片春光燦爛。起句以「愁不醒」頂接「眼看客愁」，

將旅況愁苦因而惱春之情，生動地表出，頗稱奇警。杜甫詩中，句中頂針，往往可見⑩：

安得萬丈梯，為君上上頭。（鳳凰台）

誰重斷蛇劍，致君君未聽。（奉酬薛十二丈判官見贈）

湖城城東一開眼，駐馬偶識雲卿面（湖城過孟雲卿）

浣花溪水水西頭，主人為卜林塘幽。（卜居）

楚公畫鷹鷹戴角，殺氣森森到幽朔。（姜楚公畫角鷹歌）

冬至至後日初長，遠在劍南思洛陽。（至後）

陰山驕子汗血馬，長驅東胡胡走藏。……至今上猶撥亂，勞心焦思補四方。（憶昔二之一）

其中如以「水」字連貫「浣花溪水水西頭」的上下片語，而帶出「主人為卜林塘幽」。以「鷹」字連貫「楚公畫鷹鷹戴角」的上下片語，而帶出「殺氣森森到幽朔」。不但有上遞下接的趣味，且與林塘的幽景、畫鷹之威武，情境上微妙契合，頗饒情韻。

4.「庭院深深深幾許？楊柳堆煙，簾幕無重數。玉勒雕鞍遊冶處，樓高不見章台路。　雨橫風狂三月暮，門掩黃昏，無計留春住。淚眼問花花不語，亂紅飛過秋千去。（歐陽脩：蝶戀花）

此屬惜春之作，感傷春暮，追懷舊遊，由殘春之景興起寂寥虛空之情。首末均用句中頂針。「庭院深深」與「深幾許」兩個片語用「深」頂接，充分顯示庭院的幽寂，引出春深似海的感覺與無限幽邃的想像。「淚眼問花」與「花不語」兩個片語用「花」頂接，適足以表達情景交融，一片渾然之境。如此句中頂針，一個深字，一個花字，為全詞憑添了幾許情韻！相似的

修辭方法析論

二三二

句中頂針，在詞中頗為常見，如：

昨夜夜半，枕上分明夢見。（韋莊：女冠子）

幾許傷春春復暮，楊柳清陰，偏礙游絲度。（賀鑄：蝶戀花）

庭院深深深幾許，雲牕霧閣常扃。（李清照：臨江仙）

惜春春去，幾點催花雨。（李清照：點絳唇）

夢裏尋秋秋不見，秋在平蕪遠渚。（劉過：賀新郎）

年年躍馬長安市，客舍似家家似寄。（劉克莊：玉樓春）

如此句中頂針，迭用夜、春、深、秋、家，可見詞中的傷感之情。

五、秀在傳統修辭之分類

篇章之秀句傑出，鋒發韵流，往往膾炙人口，傳誦廣遠，津津樂道。「秀」，相當於警策，說得通俗些，即佳句。謝榛《四溟詩話》云[51]：「凡作近體，誦要好，聽要好，觀要好，講要好。誦之行雲流水，聽之金聲玉振，觀之明霞散綺，講之獨繭抽絲。此詩家四關。使一關未過，則非佳句矣。」此謂秀句須文字清暢，鏗鏘悅耳，色彩明麗，饒有韻味。從文章外在的聲色之美到內在的情性之美，均須卓絕獨秀。

在古典詩詞中，「秀」之佳句特多，艾治平《古典詩詞藝術探幽》將「佳句」之表現，歸

納為四方面⑤②：

一曰：體物入微，寫出特點。寫山光水色，花鳥蟲魚的作品，在古典詩詞裏很多，佳句也比比皆是。如「江流天地外，山色有無中。」（王維〈漢江臨眺〉）人們稱其佳，主要是指後句。這兩句是說漢水浩渺，似從天外而來。；眺望江上山色，明滅閃現，似有似無。一句寫水，一句寫山：水則烟波浩渺，山則若有若無，一顯一現，映帶成趣，更見出漢水「郡邑浮前浦，波瀾動遠空」的氣勢，充分表達出漢江之勝概。王維的「山色有無中」，向被稱為佳句，是和上句「江流天地外」搭配得好，而又與全詩珠聯璧合分不開的。

二曰：情景交融。「情景名為二，而實不可離。神於詩者，巧合無垠。巧者則情中景，景中情。」（《薑齋詩話》）比如「柳塘春水漫，花塢夕陽近。」（嚴維〈酬劉員外見寄〉）綠柳成蔭，垂拂岸畔，春水搖漾，瀰漫池塘；花塢向晚，霞暉掩映，這時連夕陽也遲遲而不願下落！「留連光景惜朱顏」。作者的「春之戀」，情溢紙面，景中含情，不見痕跡。杜荀鶴〈春宮怨〉：「風暖鳥聲碎，日高花影重。」據《苕溪漁隱叢話》引諺語稱：「杜詩三百首，惟在一聯中：『風暖鳥聲碎，日高花影重』是也。」風暖，則鳥聲細碎而多；日當亭午，花影交映重疊。這位宮女對鳥聲花影體會如此入微，可見其心境之無聊。「碎」、「重」不僅用字工切，情景融洽，而且人的心聲可聞。「含風鴨綠鄰鄰起，弄日鵝黃裊裊垂。」（王安石〈南浦

）一寫春水之綠，一寫春柳之黃。鵝黃嫩綠，物華撩人，以景傳情，詩人對南浦是滿懷喜悅的。「映階碧草自春色，隔葉黃鸝空好音。」清聲悅耳。但「入一『自』字『空』字，便悽清之極，二語是但見祠堂而無丞相也。」（金聖嘆語）即景成章，而杜甫對諸葛亮的眷念之情，深寓其中。這些都可堪稱為情景交融的佳句。

三曰：借景自況。謝榛說：「韋蘇州曰：『窗裏人將老，門前樹已秋。』白樂天曰：『樹初黃葉日，人欲白頭時。』司空曙曰：『雨中黃葉樹，燈下白頭人。』三詩同一機杼，司空為優：善狀目前之景，無限淒感，見乎言表。」《四溟詩話》司空曙〈喜外弟盧綸見宿〉有「雨中黃葉樹，燈下白頭人」句。夜雨敲窗，黃葉飄墜，這是室外景；孤燈照壁，白頭相對，這是室內景。室外室內，情景和諧。而這雨中的黃葉樹，不正是孤燈之下的白頭人的象徵麼！此外，如「竹憐新雨後，山愛夕陽時」（錢起〈谷口書齋寄楊補闕〉），「野曠天低樹，江清月近人」（孟浩然〈宿建德江〉），「岸花飛送客，檣燕語留人」（杜甫〈發潭州〉），「蕭蕭遠樹疏林外，一半秋山帶夕陽」（寇準〈書河上亭壁〉），「綠蔭不減來時路，添得黃鸝四五聲」（曾幾〈三衢道中〉），等等。

四曰：警闢意深。如：「朱門酒肉臭，路有凍死骨」（杜甫〈自京赴奉先詠懷五百字〉），「是歲江南岸，衢州人食人」（白居易〈輕肥〉），深刻地揭露了社會現實；「王師北定中

原曰，家祭毋忘告乃翁」（陸游〈示兒〉），「人生自古誰無死，留取丹心照汗青」（文天祥〈過零丁洋〉），表現了詩人對國家的忠誠與關心；「新松恨不高千尺，惡竹應須斷萬竿」（杜甫〈將赴成都草堂途中而作〉），「斬除元惡還車駕，不同登壇萬戶侯」（岳飛〈題新塗古寺壁〉），表現出愛憎分明與純潔無私的強烈感情，這種言淺意深的佳句，銘刻在人們的心頭。

艾氏所論，頗能言之成理。他在歸納四類「秀」之佳句之餘，同時強調，詩人在煉字、煉句的同時，也應該注意煉意。「句清意新，斯為上矣。而藝術的魅力也會更大。」一詩句之佳，主要看其能否真實生動地表達出特定的詩旨和意境。」其實，無論詩、文，乃至於其他各種文學作品，莫不皆然。

六、秀在篇章修辭之運用

本節所論「秀」之修辭方法，往往從古今名作中擷取傑出片段為證，然而，文章之「卓絕為巧」，固不僅於映襯、示現、層遞、頂針之有形方法；且篇中之獨拔者，佳妙之關鍵，端視在整篇文章中產生之效用。茲再舉蔡邕〈郭有道碑〉、范仲淹〈岳陽樓記〉二文為例，以窺秀在整篇修辭之運用。

(一)〈郭有道碑〉勁氣警策，文采卓絕

蔡邕〈郭有道碑〉為古人碑銘之壓卷作。劉師培《漢魏六朝專家文研究》以為勁氣貫中，風骨自顯⑬：

凡文章有勁氣，能貫串，有警策而文采傑出（即文心雕龍隱秀篇之所謂「秀」）者乃能生動。否則為死。蓋文有勁氣，猶花有條幹（即陸士衡文賦所謂「理扶質以立幹，文垂條而結繁」）條幹既立，則枝葉扶疏；勁氣貫中，則風骨自顯。如無勁氣貫串全文，則文章散漫，猶如落樹之花，縱有佳句，亦不足為此篇出色也。蔡中郎文無論韵的有無皆有勁氣。

綜觀〈郭有道碑〉之所以膾炙人口為讀者所津津樂道者，乃在勁氣貫串，獨軼群倫。而勁氣者，即劉勰所云：「秀也者，篇中之獨拔者也，秀以卓絕為巧。」亦即陸機所云：「立片言而居要，乃一篇之警策。」文句之精采外揚，要言破的，使全文生氣活現，風骨自顯，是為警策。〈郭有道碑〉言簡意賅，篇無閒章，章無贅句，句無冗字，極簡鍊之能事，固無論矣。尤貴在每段均有警策，以氣舉詞，光彩和雅。試分別略加闡析：

〈郭有道碑〉首段敍郭泰之為人，分從資質、德行、胸襟多端著筆，而以「貞固足以幹事，隱括足以矯時。收文武之將墜，拯微言之未絕。貞固足以幹事，隱括足以矯時」總括其人。使文章神情氣勢為之一振。敍郭泰之為學，以「收文武之將墜，

俾芳烈奮乎百世，令聞顯於無窮。

拯微言之未絕」作結。意象鮮明，斬釘截鐵地予以定評。使郭泰之學行呼之即出，且就文章之轉折而言，有馳驟、有頓挫、有生氣，見精采，足見郭泰誕膺天衷，學行高遠。

于時纓緌之徒，紳佩之士，望形表而影附，聆嘉聲而響和者，猶百川之歸巨海，鱗介之宗龜龍也。

第二段敍郭泰之風範，受萬眾崇仰，如影附形，如響斯應。以極靈動之文字，譬喻形容，狀溢目前。使讀者為之眉飛色舞，心嚮神往。而錘鍊字句，清新平易，出之以形象化的語言，活潑潑如生鐵鑄就。讀之齒頰留馨，傳芳千古，蔡邕文章迥非時人所及，豈其偶然哉？

將蹈鴻涯之遐迹，紹巢許之絕軌，翔區外以舒翼，超天衢以高峙。

第三段敍郭泰之潛隱，以黃帝時的仙人鴻涯，唐堯時的隱士巢父，許由相比，狀其天子不得臣，諸侯不得友，寧靜淡泊的自得之情。再以鴻飛冥冥，翱翔世外，述其峙立天路之氣概。旁人都是用兩條腿走路，郭泰卻是長著翅膀飛的，豈只是「振衣千仞岡，濯足萬里流」而已？

簡直是不受塵埃半點侵。此描繪郭泰物外天全，為其生命史上最光輝燦爛之巔峰，也是本文最精采的高潮。宋葉夢弼《草堂詩話》：「文章無警策，則不足以傳世，蓋不能竦動世人。」此為警策中之警策，足以竦動讀者，使經綸世務者為之清心。

第四段敘郭泰之後事。以整齊典雅之偶句作結，頗見淵穆之光。文采彬蔚，寓意深長。其實，非僅郭泰「緣盡情未了」，風範絕響，永垂不朽；蔡邕此文，也同樣鋒發韵流，傳誦千古。

全文頭緒雖繁，事蹟自明，轉折自具；奇偶相生，清詞巧義，層出不窮；鎔鑄經誥，淵懿靜穆，文氣貫串；意節和雅，清濁通流，唇吻調利；文簡意賅，虛實並用，有華有質。不僅為碑銘之壓卷作，且有風格有生氣兼有辭采，在敘事體中，堪稱高華之極致！

(二)〈岳陽樓記〉先憂後樂，警策絕倫

先天下之憂而憂，後天下之樂而樂！

范仲淹的〈岳陽樓記〉，不但文章高妙，興會獨絕，更由於人文精神的投射，神遊物外，心與景接，使巴陵勝景增色生輝，千古名勝與一代奇文相得益彰，竝垂不朽。不但襟期高遠，胸懷天下，更由於人格精神的感召，警句傳世，竦動人心，為知識分子奠立典範，昔賢雖歿而芳烈令聞鋒發韵流，風範長存！

〈岳陽樓記〉末段轉為議論，抒發先憂後樂，心念天下的懷抱。中部雨悲晴喜兩大段雖然精采動人，只不過借來翻出後文憂樂耳。真正彰顯文章主旨，真正使文章傳世不朽的卻是末端的警語：

先天下之憂而憂，
後天下之樂而樂！

陸機文賦云：「立片言而居要，乃一篇之警策。」此即本篇之警策。范公〈岳陽樓記〉中部所敍「感極而悲」，「其喜洋洋者」，無非常人行徑，末段翻轉新意。「古仁人之心，或異二者之為」。就其消極方面而言，是「不以物喜，不以己悲」。不以外物環境美適而喜悅，不以個人處境困窮而悲傷。就其積極方面而言，是「先天下之憂而憂，後天下之樂而樂。」無論窮通進退，其心常懷天下。在衆人尚未發現災禍之前，要洞燭機先，遠慮未來，消弭憂患於無形；在天下百姓都能安居樂業之後，自己才真正能心安理得，感覺精神舒坦心情愉快。

這種大胸襟，大情懷，表面上指的是「古仁人之心」，實際上卻是范仲淹的「夫子自道」。

李扶九編選・黄繚麟書後《古文筆法百篇》⑭云：

君子之所以異於人者，以其存心也。心可即隨境而存，心不可隨境而變。其所存於中者大，斯其所遇於外者小也。文正此記，前半爲岳陽樓寫景繪情，經營慘淡，已到十分。故末以憂樂二字，易悲喜二字，而其中或悲或喜，處處隱對子京，即處處從謫守著想。出憂其民，處憂其君，歸到仁人身上，見得境雖變心不與之俱變，心所存道即與之俱存。通幅不矜才，不使氣，使自己胸襟顯得磊磊落落，仁人之心，自有其所以異者在也。

正大而光明，非其存於中者大而果能若是乎！

黃氏以為，范公胸襟光明磊落，其存於中者大而果能若是。可見「先憂後樂」不僅為范公夫子自道，且誠於衷形於外者。歐陽脩〈范文正公神道碑銘〉云：「慨然有志於天下，常自頌曰：『士當先天下之憂而憂，後天下之樂而樂。』」年譜謂「蓋允蹈之言也。」考諸《范文正公文集》，類此之語，亦頗為常見：

文以鼓天下之動，學以達天下之志。（上張右丞書）

慨然有志天下之心，垂千古之志。（同上）

不以一心之戚，而忘天下之憂。（上執政書）

凡此足證「先天下之憂而憂，後天下之樂而樂」，乃范公平素蘊積於胸臆，且能躬行允蹈之理想。藉〈岳陽樓記〉以抒發，乃自然流露，噴薄脫口而出，非矜矯使氣，故意構榜口號。

至其用心，固不僅與滕子京共同勉勵，且進而期盼天下同道共此存心。

從內容意境上探究，「先天下之憂而憂，後天下之樂而樂」，不躕踖於悲喜之常，而放懷於天地之大，是人類最高境界的精神昇華。雨悲晴雨，固人情之常，范公由此超脫出來，在精神上有所突破與提昇，不以物喜，不以己悲，而胸懷天下。其立意高遠，器量弘深，姿度廣大，何其峻偉！此乃范公整個精神人格之投射凝聚。與歐陽脩「人知從太守遊而樂，不知太守之

樂其樂也。」張載：「為天地立心，為生民立命；為往聖繼絕學，為萬世開太平！」同為士人所宗，而范公之警句最為響亮，傳誦最廣！

「先天下之憂而憂，後天下之樂而樂！」上接古仁人之心，下啟後來者之志。為中國知識分子樹立最佳典範，足以恢弘志士之氣，千載之後讀之，仍令人精神振奮，意志提昇！使我們從個人的利害得失中跳脫而出，不再斤斤計較眼前的處境順逆，而超然豁達，意念泱泱！先憂後樂，心懷高遠，如此豪情壯志，如此寬廣胸襟，正是所有讀書人所心嚮神往的高境。文學的意義並不只是反映社會人生而已，更可貴的是在於描繪人性所能達到的高貴境界。范公雖逝，精神感召，千古不朽！

從形式技巧上探究，「先天下之憂而憂，後天下之樂而樂」，是典型的「豹尾」。喬夢符論套曲作法有言：「曰鳳頭、豬肚、豹尾是也。」〈岳陽樓記〉首部美麗，中部浩蕩，固無論矣。以先憂後樂之語作結，精警有力，足以提振全文之精神氣勢，實乃一篇之警策。

綜觀〈岳陽樓記〉全文，其所以膾炙人口為讀者所津津樂道者，因素固不在一端。然而關鍵處卻在於結語警策卓絕，獨軼群倫。劉勰《文心雕龍‧隱秀篇》云：「秀也者，篇中之獨拔者也。……秀以卓絕為巧。」秀謂篇章中之突出精語，警策動人。以語句之裁詞卓異，絕響非凡為極致。「先天下之憂而憂，後天下之樂而樂。」此二句精采外揚，要言

破的，不但使「岳陽樓記」生氣活現，風骨自顯；更使范公人格活現，風範長存，謂之為千古文章警策之壓卷，也不為過甚。

范公「嘗求古仁人之心」，「先天下之憂而憂，後天下之樂而樂」，並非純然獨造，而是自古仁人心中而來，典出於《孟子‧梁惠王下》：

齊宣王見孟子於雪宮。王曰：『賢者亦有此樂乎？』孟子對曰：『有。人不得，則非其上矣。不得而非其上者，非也；為民上而不與民同樂者，亦非也。樂民之樂者，民亦樂其樂；憂民之憂者，民亦憂其憂。樂以天下，憂以天下，然而不王者，未之有也。』

由此可見，范仲淹將孟子「樂以天下，憂以天下」八字，引申擴充為「先天下之憂而憂，後天下之樂而樂」十四字。他擷取孟子原意，善加改造。使得意義更加顯豁深入，語調上更加響亮有力，成功地塑造了傳誦千古警句名作。兩者相比較，其用心相近，可是在文章效果上，就大不相同。孟子的「樂以天下，憂以天下」，當然也很不錯，但是視范仲淹「先天下之憂而憂，後天下之樂而樂」的警策絕倫，始終不如。

范仲淹〈岳陽樓記〉，乃應滕子京所請為岳陽樓而作，同時慰勉知己於遷謫之中。但其所以警策卓絕，獨高千古者，實由於自抒胸懷天下之襟期；尤有勝者，在鼓勵天下同道共此先憂後樂之存心，故以古仁人心地聖賢學問發為才子文章。哲人雖逝，風範長存，其奇文警句與湖

山勝景競輝，竝垂不朽。范公先憂後樂的精神感召，足以恢宏志士之氣，與中華民族泱泱之風，長相左右，永存於世！

肆、隱秀之原則

隱謂文章之情理內蘊，伏采潛發，餘韻無窮；秀謂文章之精采外揚，絕響非凡，探驪得珠。隱以複意為工，文外重旨，情在詞外，蘊藉而幽深，令讀者密詠恬吟，翫味不盡；然或失之晦塞，雖奧非隱。秀以卓絕為巧，篇中獨拔，狀溢目前，片言而居要，令讀者神往情移，警策竦世；然或失之雕削，雖美非秀。至若其運用之原則，則劉勰在〈隱秀篇〉末段已有明言：

「或有晦塞為深，雖奧非隱；雕削取巧，雖美非秀矣！故自然會妙，譬卉木之耀英華；潤色取美，譬繪帛之染朱綠。朱綠染繒，深而繁鮮；英華耀樹，淺而煒燁。隱秀之所以照文苑，蓋以此也。」

此論隱秀之要。首先從消極方面指陳隱秀失當之弊病——「或有晦塞為深，雖奧非隱；雕削取巧，雖美非秀矣！」或有以文句晦澀生硬為內涵深奧，表面上文章深奧，其實卻非真正的「隱」。或有以雕琢刻削為形式巧妙，表面上文辭美麗，其實卻非真正的「秀」。

其次從積極方面揭櫫隱秀得當之準則——「故自然會妙，譬卉木之耀英華；潤色取美，譬

繪帛之染朱綠。」文章本天成，妙手偶得之。創作自然而巧會天機者，譬如草木之顯耀奇葩異

采；文章潤飾而修辭美妙者，好比絲綢之渲染朱紅碧綠。

劉勰在此論隱秀之弊病與隱秀之原則，最關鍵的觀念，乃自然合度，使「情在詞外，狀溢目前。

三段所謂「思合而自逢，非研慮之所課。」文章當然要追求隱秀，也正是〈隱秀篇〉第

」可是刻意強求，遺神取貌，徒傷真美，絕非隱秀之旨。劉永濟《文心雕龍校釋》⑤於此頗有

闡發：

隱秀之義，張戒《歲寒堂詩話》所引二語，最爲明晰：「情在詞外曰隱，狀溢目前曰秀

。」與梅聖俞所謂「含不盡之意見於言外，狀難寫之景如在目前」，語意相合。然言外

之意，必由言得，目前之景，乃憑情顯；言失其當，則意浮漂而不定；情喪其用，則景

虛設而無功。言當者，作者之情懷雖未盡宣，而讀者之心思已足領會，此中蓋有自然之

軌度：太過則傷淺，不及則犯晦，至如何而後合此軌度，又視人之造詣而定。故雖元白

之詩，東坡以爲淺露，義山之作，遺山病其晦澀；元白好盡言，義山喜追琢也。

至狀物之功，首在善感，感入精微，心生眼處，自能擷其菁英，棄其瑕穢，故能物象昭

晰，光景如新。然則深造者得表情之極軌，善感者操寫象之玄機，斯二者即隱秀之所由

成也。惟是深造非一蹴而至，善感豈頃刻所能，胥有待乎學養。學養之功旣至，操翰之

際，自然靈妙。故曰「思合自逢，非由研慮」。若不明此旨，謂率爾為天籟，誷鹵莽為自然，則失之毫釐，謬以千里矣。

劉氏以為，隱秀有自然之軌度，又視人之造詣而定。所謂「深造者得表情之極軌，善感者操寫象之玄機，斯二者即隱秀之所由成也。」洵屬切中肯綮之論。他強調學養，「學養之功既至，操翰之際，自然靈妙」。平素如能多讀書、多觀察、多體驗、有會於心，所謂「資之深，則取之左右逢其原」，則隱秀之境，不難有津逮可循。

據劉勰〈隱秀篇〉所論，隱秀之基本原則，約可歸納為「自然會美與晦塞為深」、「動心驚耳與雕削取巧」二端。茲分別予以闡論。

一、自然會美與晦塞為深

「隱」——含蓄美，為中國文學之傳統特色，在劉勰之前，早已屢見闡論。《易經・繫辭下》云：「其旨遠，其辭文，其言曲而中，其事肆而隱。」所論雖非專指文學，但要求「旨遠」、「事隱」，其言曲而中，即婉曲含蓄之意。《孟子・盡心下》：「言近指遠，善言也；守約而施博者，善道也。」所謂：「言近指遠」，即語言含蓄。《史記・太史公自序》：「夫詩書之隱約者，欲遂其志之思也。」「隱約」當然與含蓄相通。

然而，唯有劉勰善防流弊，特別指出「晦塞為深，雖奧非隱」。隱之運用，言貴得當，正

劉永濟所謂「太過則傷淺，不及則犯晦。」必須求其恰到好處，無過與不及。以下分三點予以

析論：

(一)宜於含蓄而不宜晦澀

「隱」貴在蘊蓄幽深，而丰神獨遠。語意模稜，晦澀難懂的作品，不能視為含蓄；造語生

硬，故弄玄虛，尤非隱的本旨。吳曾祺《涵芬樓文談·含蓄》⑤⑥云：

文有不肯一說而盡，而詘然輒止，使人自得其意於語言之外者，則以含蓄為妙。然語盡

於此而意見於彼，凡使人思索而不得者，非善含蓄也。

含蓄與隱晦迥異，「思索而不得」，有流於晦澀之嫌。但是也須「因其所言，會其所未言

」。假如讀者學養淺薄，不了解作品的語言和典故，不肯深入熟翫，細心體會，畏難裹足，誣

含蓄為晦澀，使得「深廢淺售」，並非中肯之論。

(二)宜於蘊藉而不宜淺露

「隱」既不能流於晦澀，又不能流於淺露。「凡使人思索而不得者」固非善含蓄，相對而

言，「使人不待思索而即得者」亦非善含蓄。沈謙《填詞雜說》⑤⑦云：

詞要不亢不卑，不觸不悖，驀然而來，悠然而逝。立意貴新，設色貴雅，構局貴變，言

情貴含蓄，如驕馬弄銜而欲行，粲女窺簾而未出，得之矣。

「隱」貴在呼之欲出而未出，只聞樓梯響，不見人下來。蘊藉深厚，以有限蘊無限，意在筆先，神餘言外。正陳廷焯《白雨齋詞話》所謂「必若隱若現，欲露不露，反復纏綿，終不許一語道破。」陳氏又嘗舉例以證⑱：「飛卿詞如『懶起畫蛾眉，弄妝梳洗遲。』無限傷心，溢於言表。又『春芳正關情，鏡中蟬鬢輕。』淒涼哀怨，真有欲言難言之苦。又『花落子規啼，綠窗殘夢迷。』又『鸞鏡與花枝，此情誰得知？』皆含深意。」即「不許一語道破」，若弄衒而行，窺簾此所謂「驕馬弄衒而欲行，粲女窺簾而未出。」即「不許一語道破」，若弄衒而行，窺簾而出，直接説破，難免流於淺露。

（三）宜於委婉而不宜直陳

文似看山不喜平，往往是高手過招，點到為止。中國民族性溫柔教厚，論事往往語意婉轉，不喜尖刻傷人。如此言外存旨，頗見功效。劉向《新序》有一段故事：

魏文侯與士大夫坐，問曰：「寡人何如君也？」群臣皆曰：「君，仁君也。」次至翟黃，曰：「君非仁君也。」曰：「子何以言之？」對曰：「君伐中山，不以封君之弟，而以封君之長子。以此知君非仁君。」魏文侯怒而逐翟黃，翟黃起而出。次至任座，對曰：「君，仁君也。」曰：「子何以言之？」對曰：「臣聞之：其君仁者，其臣直。向翟黃之言直，臣以是知君仁君也。」文侯曰：「善！」復召翟黃入，拜爲上卿。

在專制時代，臣下應對國君，必須委婉，直言指斥，不但不易奏效，甚且惹禍上身。翟黃直言魏文侯非仁君，任座卻婉言魏文侯仁君。其實翟黃、任座均為魏國之忠臣、假若任座直言翟黃乃直臣，不當見逐，必易遭文侯之反感。改以婉曲的方式，只說「其君仁者，其臣直」，委曲陳詞，魏文侯怒氣頓消。如今民主時代，應對委婉，仍有其必要，庶可避免尖刻傷人，促進人類關係之和諧。

劉勰〈隱秀篇〉贊云：「文隱深蔚，餘味曲包。」文辭含蓄而多采，言外之意餘韻無窮，不但耐人尋味，而且言近指遠。誠如葉燮《原詩》所云：「妙在含蓄無垠，思致微渺，其寄托在可言不可言之間，其指歸在可解不可解之會。」59無論作文說話，善用之奧妙無窮。

二、動心驚耳與雕削取巧

「秀」─警策美，在劉勰之前，陸機〈文賦〉即已明言：「立片言而居要，乃一篇之警策。」駕車馳騁千里，馬意困倦，必須振長策以御之。同樣的道理，文章雖浮藻聯翩，讀者目眩神迷，必須藉片言以居要，提振文氣。世所謂畫龍點睛，絕妙好辭、詩眼、文中通篇結穴處，均與警策相通。

然而，唯有劉勰善防流弊，特別指出「雕削取巧，雖美非秀。」秀之運用，言貴得當，並非刻意雕琢所得。〈明詩篇〉嘗言：「儷采百字之偶，爭價一句之奇；情必極貌以寫物，辭必

窮力而追新，此近世之所競也。」對於雕削取巧，頗有非議之意。所以他在〈隱秀篇〉提出「

並思合而自逢，非研慮之所課。」「秀」之所成，依王夢鷗《古典文學的奧秘—文心雕龍》的

闡述⑩：是由思緒的推展，觸發了靈機而構成的。警策的語句—當是整段或整篇文章的眼目，

亦為使人興奮的語句，但它之所以成為『警策』，並非突然冒出，必須前扶後擁，使語勢突出

，而成為最惹眼的詩句。又繆俊杰《文心雕龍美學》以為⑪，小說中的「奇峰突起」，戲劇中

的「高潮」，詩歌中的「警句」，均屬一篇之警策。

「秀」的原則，可分三點予以探討：

(一)畫龍點睛，絕妙好辭

警策須竦動世人，驚心動目，精警奇絕，探驪得珠。《世說新語》有絕妙好辭的軼事，張

彥遠《歷代名畫記》卷七更有畫龍點睛的故事：「（梁）武帝崇飾佛寺，多令（張）僧繇畫之

……金陵安樂寺四白龍不點眼睛，每云『點睛即飛去』。人以為妄誕，固請點之。須臾雷電破

壁，兩龍乘之騰去上天，二龍未點睛者見在。」如此畫龍點睛，破壁而飛的神奇軼事，自不必

盡信，但以之喻詩眼、文眼等文章之關鍵處，卻相當傳神。洪邁《容齋隨筆》嘗列舉如此畫龍

點睛之筆，一字得力，通篇光彩：

范文正公守桐廬，始於釣台建嚴先生祠堂，自為記。其歌詞云：「雲山蒼蒼，江水泱泱

「先生之德，山高水長。」既成，以示南豐李泰伯。泰伯讀之，三嘆味不已，起而言曰：「公之文一出，必將名世，某妄意輒易一字，以成盛美。」公瞿然握手扣之，答曰：「雲山江水之語，於義甚大，於詞甚溥，而『德』承之，乃似趦趄，擬作『風』字如何？」公凝坐領首，殆欲下拜。

王荊公絕句云：「京口瓜州一水間，鍾山祇隔數重山；春風又綠江南岸，明月何時照我還？」吳中士人家藏其草，初云「又到江南岸」，圈去「到」字，注曰「不好」，改爲「過」字，復圈去「過」字而改爲「入」，旋改爲「滿」，凡如是十餘字，始定爲「綠」。

「先生之風，山高水長。」「春風又綠江南岸。」皆傳誦千古之警策名句。以「風」易德，是改死爲活；又「綠」使江南岸生氣盎然，色彩鮮明。此皆一字傳神，通篇響亮，誠點鐵成金之絕妙好辭。又王國維《人間詞話》云：「『紅杏枝頭春意鬧』，著一『鬧』字而境界全出；『雲破月來花弄影』，著一『弄』字而境界全出矣。」一筆點睛，則破壁而飛，動心驚耳，頓成警策。

至若陶淵明〈飲酒詩〉：「採菊東籬下，悠然見南山。」用「見」字，天機自然，境與意會，妙絕古今。白居易仿作「時傾一壺酒，坐望東南山。」一個「望」字，雕削取巧，則改活

為死，神氣索然。

（二）秀句傑出，鋒發韻流

杜甫〈江上值水如海勢聊短述〉詩云：「為人性僻耽佳句，語不驚人死不休。」文章警策，苟能一言而巨細咸該，片語而洪纖靡漏，往往造成傳世名言。嘉言懿訓，要旨精意；識見深闊，出人頭地；秀句傑出，鋒發韻流。傅庚生《中國文學欣賞舉隅‧警策與夸飾》嘗列舉李璟、張先二辭例，可見一斑。

元宗樂府辭云：「小樓吹徹玉笙寒」，馮延巳有「風乍起，吹皺一池春水」之句，皆為警策。元宗嘗戲延巳曰：「吹皺一池春水，干卿何事？」延巳曰：「未如陛下『小樓吹徹玉笙寒』。」（南唐書‧馮延巳傳）

有客謂子野曰：「人皆謂公張三中，即心中事，眼中淚，意中人也。」公曰：「何不目之為張三影？」客不曉。公曰：「雲破月來花弄影，嬌柔懶起，簾壓捲花影，柳徑無人，墮風絮無影；此余平生所得意也。」

「小樓吹徹玉笙寒」、「雲破月來花弄影」、「簾壓捲花影」、「墮風絮無影」，此皆詞中之警策佳句，警切動人，不同凡響。又林逋之「疏影橫斜水清淺，暗香浮動月黃昏。」詠梅佳句，則膾炙人口，卓絕不可及。至若駱賓王〈為徐敬業討武曌檄〉，則秀句佳出，尤稱精警

班聲動而北風起，劍氣沖而南斗平。喑嗚則山岳崩頹，叱咤則風雲變色。此以制敵，何敵不摧？以此圖功，何功不克？

駱文氣壯山河，威攝人心，足以竦世驚俗。難怪武后讀之動容，曰：「宰相之過也。」人有如此才，而使之流落不遇乎！」又此文末句：「請看今日之域中，竟是誰家之天下！」與石達開〈討胡檄文〉：「忍令上國衣冠，淪為夷狄，相率中原豪傑，還我河山！」同樣警策絕世。

(三)警策絕倫，提振全文

警策之用，片言可以明旨義。陸機所謂「立片言而居要，乃一篇之警策。」由於片言明義，可以彰顯對主題的理解；由於居要中肯，可以竦人耳目，突出主題。往往警策絕倫，足以提振全文。劉師培《漢魏六朝專家文·論文章有生死之別》云：

文章有生死之別，不可不知。有活躍之氣者爲生，無活躍之氣爲死。……凡文章有勁氣，能貫串，有警策而文采傑出（即文心雕龍隱秀篇之所謂「秀」）者乃能生動。否則爲死。蓋文有勁氣，猶花有條幹（即陸士衡文賦所謂「理扶質以立幹，文垂條而結繁」）。條幹既立，則枝葉扶疏；勁氣貫中，則風骨自顯。如無勁氣貫串全篇，則文章散漫，猶如落樹之花，縱有佳句，亦不足爲此篇出色也。蔡中郎文無論有韻無韻皆有勁氣。陸

士衡文則每篇皆有數句警策,將精神提起,使一篇之板者皆活。如圍棋然,方其布子,全局若滯,而一著得氣,通盤皆活。

警策絕倫,提振全文之範例,以范仲淹〈岳陽樓記〉之「先天下之憂而憂,後天下之樂而樂」,顯豁響亮高絕古今。又歐陽脩〈醉翁亭記〉中之通篇結穴處‥「醉翁之意不在酒,在乎山水之間也。」「人知從太守遊而樂,不知太守之樂其樂也。」韻味久長,流露藹然仁者胸懷,皆蔚為千古警句與千古奇文。又秦觀〈鵲橋仙〉‥

纖雲弄巧,飛星傳恨,銀漢迢迢暗度。金風玉露一相逢,便勝卻人間無數。 柔情似水,佳期如夢,忍顧鵲橋歸路?兩情若是久長時,又豈在朝朝暮暮!

牛郎織女一年一度相會,別多聚少,秦觀卻謂但待朝朝暮暮,意奇句秀,自拓新境,化腐朽為神奇,堪稱警策之最⑥!

尤可貴者,范公、歐公、秦公之警策絕俗,提振全文,皆偶值天機,妙手偶得,動心驚耳,絕響非凡,使人讀之眉飛色舞,絕非雕削取巧所及。

【附註】

①詳見拙著《文心雕龍之文學理論與批評‧第四章創作理論‧第一節創作之準備》。(華正書局)

②見范文瀾《文心雕龍註・隱秀第四十》注㈠。（明倫出版社）

③見黃侃《文心雕龍札記・隱秀第四十》。（香港新亞書院）

④見劉永濟《文心雕龍校釋・隱秀第四十》釋義。（華正書局）

⑤見黃侃《文心雕龍札記・隱秀第四十》。前有數行文字，申明作此補文之緣由云：「夫隱秀之義，詮明極難。彥和既立專篇，可知於文苑為最要。但篇簡俄空，微言遂闋。是用仰窺劉旨，旁緝舊聞，作此一篇，以備搴採。然褚生續史，或見哂於通人，束皙補詩，聊存思於舊制。」

⑥見劉永濟《文心雕龍校釋・隱秀第四十》釋義。

⑦見李日剛《文心雕龍斠詮・隱秀篇》題述。（國立編譯館中華叢書編審委員會）

⑧黃海章〈劉勰的創作論和批評論〉載《中國文學批評研究論文集──文心雕龍研究專集。》（中國語文學社編）

⑨見黃慶萱《修辭學・第十章婉曲》概說。（三民書局）

⑩參考黃永武《字句鍛鍊法・㈠怎樣使文句靈動》…5.曲折、6.微辭、7.吞吐、8.含蓄。（洪範書局）

⑪杜甫〈月夜〉與李商隱〈夜雨寄北〉兩詩的分析，參考周振甫《詩詞例話・婉轉》。（南琪

出版社）。拙著《神話‧愛情‧詩——中國古典詩比較評析。從『雙照淚痕乾』到『共翦西窗燭』〕。（尚友出版社）

⑫參考拙作〈燭之武退秦師評析〉。（《明道文藝》月刊九十二期）

⑬參見拙作〈哀而不怨的古典情詩——析行行重行行〉，載《神話‧愛情‧詩》書中。

⑭葉嘉瑩〈從義山嫦娥詩談起〉。《文學雜誌》三卷四期）

⑮見董季棠《修辭析論‧第十九章曲繞》。（益智書局）

⑯見李裕德《新編實用修辭‧第四章選擇修辭法》。（北京出版社）

⑰詳見周振甫《詩詞例話‧婉轉》。（南琪出版社）

⑱詳見張夢機《近體詩發凡‧第二章論含蓄》。（中華書局）

⑲見吳宏一《史傳散文‧秦晉殽之戰》。（桂冠圖書公司）

⑳見傅庚生《中國文學欣賞舉隅‧警策與夸飾》。（地平線出版社）

㉑見傅隸樸《中文修辭學‧第四章取勁》。（星加坡友聯出版社）

㉒見黃海章〈劉勰的創作論和批評論〉，載《中國文學批評研究論文集——文心雕龍研究專集》書中。

㉓見陳望道《修辭學發凡‧第五篇五映襯》。（學生出版社）

㉔見黃永武《字句鍛鍊法‧怎樣使文句華美‧三映襯》。（洪範書店）

㉕見黃民裕《辭格匯編‧五對比》。

㉖見黃慶萱《修辭學‧第十五章映襯》

㉗參見拙作〈出師表評析〉，載《案頭山水之勝境》書中。（尚友出版社）

㉘參見拙作〈振衣千仞岡的聯想〉。（台灣日報副刊，七十一年五月十五日）

㉙參考孫昌武〈滕王閣序評析〉，見吳功正主編《古文鑑賞辭典》。（江蘇文藝出版社）

㉚見羅大經《鶴林玉露》卷八。（源流出版社）

㉛見黃永武《中國詩學‧設計篇‧詩的時空設計‧時空的溶合》。（巨流圖書公司）

㉜詳見拙作〈赤壁賦評析〉，載《案頭山水之勝境》書中。（尚友出版社）

㉝示現的界說參考黃慶萱《修辭學‧第十九章示現》黃民裕《辭格匯編‧二八示現》。（湖南人民出版社）

㉞詳見拙作〈中國文學的呈現語態〉，載《期待批評時代的來臨》書中。（時報文化出版公司
）

㉟參考吳文〈阿房宮評析〉，見吳功正主編《古文鑑賞辭典》書中。

㊱詳見拙作〈左忠毅公軼事評析〉，載《案頭山水之勝境》書中。（尚友出版社）

㊲參考黃慶萱《修辭學·第二十五章層遞》，程希嵐《修辭學新編·第五章辭格·五層遞》（吉林人民出版社）

㊳詳見拙作〈詩經中的層遞藝術〉。（中央日報副刊，七十三年二月八日）

㊴詳見拙作〈鄒忌諷齊王納諫評析〉。（明道文藝九十六期，民國七十三年三月）

㊵詳見拙作〈兩幅案頭山水之勝境—從寫景、意境比較評析岳陽樓記與醉翁亭記〉，第三屆全國古典文學會議論文，載《古典文學》第四集。（學生書局）

㊶詳見拙作〈雅舍小品的修辭藝術〉，原載中央日報副刊（民國七十三年一月二十四日—二十五日），收入《七十三年文學批評選》書中。（爾雅出版社）

㊷頂針之界說，參考黃永武《字句鍛鍊法》、黃慶萱《修辭學》、程希嵐《修辭學新編》。（吉林人民出版社）

㊸每章大義，據王靜芝《詩經通釋》。（輔仁大學文學院）

㊹每章大義，據北京大學中國語言文學系中國文學史教研室主編《魏晉南北朝文學史參考資料》。（泰順書局）

㊺見金聖嘆《才子古文讀本·左傳》。（老古出版社）

㊻蕭滌非〈學習人民語言的詩人—杜甫〉，載人民出版編輯部編《唐詩研究論文集》。（新華

47 黃慶萱〈始得西山宴游記析評〉，見黃慶萱、許家鸞合著《中國文學鑑賞舉隅》書中。（東大圖書公司）

48 參考黃慶萱《修辭學・第二十六章頂真》概說。

49 詳見黃永武《中國詩學・設計篇・談詩的強度》。（巨流圖書公司）

50 林春蘭《杜詩修辭藝術之探究》對杜甫各體詩中之頂針句法，曾詳作歸納探討。（高雄師院國文研究所七十四年碩士論文）

51 見謝榛《四溟詩話》卷一。收在丁仲祜訂《續歷代詩話》第五冊。（藝文印書館）

52 見艾治平《古典詩詞藝術探幽・為人性僻耽佳句》。（學海出版社）

53 見劉師培《漢魏六朝專家文研究・七論文章有生死之別》。（中華書局）

54 見李扶九編選・黃紱麟書後《古文筆法百篇・小中見大》。（文津出版社）

55 見劉永濟《文心雕龍校釋・隱秀》。（華正書局）

56 見吳曾祺《涵芬樓文談・隱秀》。（商務印書館）

57 清沈謙《填詞雜記》，載唐圭璋編《詞話叢編》第二冊。（廣文書局）

58 詳見傅庚生《中國文學欣賞舉隅・二十剪裁與含蓄》。（地平線出版社）

論隱秀

⑤⑨見葉燮《原詩》，載丁仲祐編《清詩話》（藝文印書館）

⑥⓪詳見王夢鷗《古典文學的奧秘——文心雕龍》（時報出版公司）

⑥①見繆俊杰《文心雕龍美學．文之英蕤，有隱有秀》（新華書店北京發行所）

⑥②詳見拙作〈兩情若是久長時，又豈在朝朝暮暮——從牛郎織女神話論秦少游的「鵲橋仙」〉，原刊中國時報人間副刊（七十年八月六日），收在《神話．愛情．詩——中國古典詩比較評析》書中。（尚友出版社）

論　夸　飾

夸飾，相當於英文中的Hyperbole，是一種具有強烈表達效果同時也易遭爭議的修辭方法。

夸飾意謂「語文中夸張鋪飾，遠超過客觀事實，使其所表達之形象情意鮮明突出，藉以加強讀者或聽眾的印象。」

夸飾作為一種修辭方法，最早見於劉勰《文心雕龍・夸飾篇》，現代研究修辭學的人雖然偶有運用不同的名稱，如陳望道《修辭學發凡》、徐芹庭《修辭學發微》用「鋪張」，楊樹達《中國修辭學》用「形容」，陳介白《修辭學講話》用「誇張」，但仍以「夸飾」最精當也最常見。同時，審視各項文學理論與修辭學資料，對於「夸飾」之闡論，仍以劉勰之說最為精闢。本文即以文心雕龍之理論為基礎，探討夸飾此一修辭方法之產生、得失、方式與原則。

壹、夸飾之產生

夸飾之產生因素有二①：主觀因素是「語不驚人死不休」（杜甫：江上值水如海勢聊短述

），作者想要「出語驚人」。客觀因素是「愛奇者聞詭而驚聽」《文心雕龍·知音》，「俗人好奇，不奇，言不用也」（王充：論衡·藝增），讀者的好奇心理。無論「出語驚人」或「好奇心理」，均為人類之天性，自有人類以來，即為普遍而不可變之人性。因此劉勰在文心雕龍夸飾篇一開端，即指出夸飾與天地具生，其來有自②：

夫形而上者謂之道，形而下者謂之器。神道難摹，精言不能追其極；形器易寫，壯辭可得喻其真。才非短長，理自難易耳。故自天地以降，豫入聲貌，文辭所被，夸飾恆存。

此言自有天地以來，萬事萬物，原本具備聲音形貌，創作文辭，夸張鋪飾，即經常使用，不可或缺。此所謂「自天地以降，夸飾恆存。」直探本心，一語道破了夸飾乃出乎自然，本乎天性，自有創作，即有夸飾。

劉勰論「夸飾恆存」，在此之前，古人即屢次言及。如：

1.莊子〈人間世〉：

兩喜必多溢美之言，兩怒必多溢惡之言。

2.王充《論衡·藝增》：

世俗所患，患言事增其實；著文垂辭，辭出溢其真。稱美過其善，進惡沒其罪。何則？俗人好奇：不奇，言不用也。故譽人不增其美，則聞者不快其意；毀人不益其惡，則聽

者不愜於心。閩一增以為十，見百益以為千，使夫純樸之事，十剖百判；審然之語，千反萬畔。墨子哭於練絲，楊子哭於歧道。蓋傷失本，悲離其實也。

3.摯虞《文章流別論》：

夫假象過大，則與類相違；逸辭過壯，則與事相違；辯言過理，則與義相失；麗靡過美，則與情相悖。此四過者，所以背大體而害政教，是以司馬遷割相如之浮說，揚雄疾辭人之賦麗以淫。

莊子指陳夸飾之現象——溢美、溢惡，王充則明言夸飾之產生由於俗人好奇，並對經藝諸子的言過其實，大加撻伐。摯虞則認為夸飾「背大體而害政教」。大略言之，在劉勰以前，論及夸飾者多持反對之態度，且欠缺完整周密之闡論。劉勰則以為「壯辭可得喻其真」，從正面積極性地肯定夸飾之價值與地位。劉綬松〈文心雕龍初探〉③以為：「夸張的問題，在劉勰以前老早就有人談過的，但很正確地理解這個問題的，劉勰實在是第一個。」換言之，站在文學創作與修辭的立場，以客觀公正的態度深入論「夸飾」，劉勰是中國文學史上的第一人。

劉勰在文心雕龍夸飾篇中，抱持與前人不同的見解，除了正面肯定夸飾之意義與價值外，為取信起見，特舉詩書之例，證明夸飾雖言過其實，卻於義無損：

雖詩書雅言，風格訓世，事必宜廣，文亦過焉。是以言峻則嵩高極天，論狹則河不容

韌，說多則子孫千億，稱少則民靡子遺；襄陵舉滔天之目，倒戈立漂杵之論。辭雖已甚，其義無害也。且夫鴟音之醜，豈有泮林而變好；茶味之苦，寧以周原而成飴；並意深褒讚，故義成矯飾，大聖所錄，以垂憲章。孟軻所云「說詩者不以文害辭，不以辭害意也。」

他在此列舉了詩經、尚書中運用夸飾的八個例證：

1. 嵩高極天：語出詩經大雅崧高：「崧高維嶽，駿極於天。」形容高山的陡險，高聳到了雲霄。

2. 河不容舠：語出詩經衞風河廣：「誰謂河廣，曾不容刀。」形容河水的狹窄，浮泛不了小船。

3. 子孫千億：語出詩經大雅假樂：「千祿百福，子孫千億。」形容子孫衆多，後人千千萬萬。

4. 民靡子遺：語出詩經大雅雲漢：「周餘黎民，靡有孑遺。」形容村落的荒涼，人民死亡殆盡。

5. 襄陵舉滔天之目：典出書經堯典：「帝曰：咨，四岳，湯湯洪水方割，蕩蕩懷山襄陵，浩浩滔天。」描敍洪水漲上山陵，水漫了蒼天。

6.倒戈立漂杵之論：典出書經偽武成：「罔有敵于我師，前徒倒戈，攻于後以北，血流漂杵。」描敘敵人的敗退，死傷慘重，説是血流漂杵。

7.鴞音之醜，豈有泮林而變好：典出詩經魯頌泮水：「翩彼飛鴞，集於泮林；食我桑黮，懷我好音。」貓頭鷹叫聲難聽，難道牠吃了學宮旁的桑葚，聲音就變得好聽了？這是夸飾學宮的感化力量。

8.茶味之苦，寧以周原而成飴：典出詩經大雅綿：「周原膴膴，堇茶如飴。」茶菜的味道很苦，怎麼會因為生長在歧山的原野就化作甜菜呢？這是夸飾周朝前人恩澤的浩大④。

劉勰在此列舉八項實例，印證夸飾之不可廢，值得我們注意的有兩點：

第一，劉勰的論文主張以原道、徵聖、宗經為一貫宗旨，宗經篇明言後世文章，原出五經。此八個實例中，六例出於詩經，二例出於書經。正與劉勰文心雕龍全書之理論基礎相契合。

第二，引此八例，旨在印證「辭雖已甚，其義無害」，正面肯定夸飾之意義與價值。所謂「大聖所錄，以垂憲章」，謂孔子刪訂詩、書，作為典章法則而流傳後世。又引述孟子的「説詩者不以文害辭，不以辭害意」，強調只要讀者態度正確，必不致誤會詩的辭意與作者的精神。以孔、孟之言行為證，更加強了夸飾的理論基礎。

貳、夸飾之得失

劉勰雖然從正面肯定夸飾之意義與價值，一方面從文學發展與人性的角度指出「自天地以降，夸飾恆存」；一方面從實際的作用指出「辭雖已甚，其義無害」。然而，在體大思精的文心雕龍中，並非對夸飾的手法毫無保留地贊同，而是從正反兩面，闡論其得失。夸飾篇中段即以兩漢賦家用夸飾之例，論濫用之失與善用之得。茲分別予以探討：

一、濫用之失—虛用濫形，事義睽刺

劉勰身處形式主義盛行之梁朝，對於「辭人愛奇，言貴浮詭」的訛濫之風，深為不滿，夸飾失度，走火入魔的現象，尤不敢苟同。在情采篇中即曾明言「諸子之徒，心非鬱陶，苟馳夸飾，鬻聲釣世，此為文而造情也。」又抨擊「為文者淫麗而煩濫」。夸飾篇則具體指陳其中的缺失：

自宋玉景差，夸飾始盛。相如憑風，詭濫愈盛。故上林之館，奔星與宛虹入軒；從禽之盛，飛廉與焦明俱獲。及揚雄甘泉，酌其餘波，語瓌奇則假珍於玉樹，言峻極則顛墜於鬼神。至東都之比目，西京之海若，驗理則理無可驗，窮飾則飾猶未窮矣。又子雲羽獵，鞭宓妃以饟屈原；張衡羽獵，困玄冥於朔野。變彼洛神，既非魍魅；惟此水師，亦非魍魎；而虛用濫形，不其疏乎！此欲夸飾其威，而忘其事義睽刺也。

此從辭賦發展上考察夸飾之偏風，自戰國時楚國的宋玉、景差開始，到漢代的司馬相如，越來越詭濫。再加上揚雄、張衡等，也都是夸飾失節，虛用濫形，走火入魔。此段文字並提出六個具體的實例：

1. 司馬相如上林賦——「故上林之館，奔星與宛虹入軒；從禽之盛，飛廉與焦明並獲。」〈上林賦〉：「於是乎離宮別館，彌山跨谷……奔星更於閨闥，宛虹拖於楯軒。」「椎蜚廉……捎焦明。」描述上林館閣之高，說飛奔的流星和弓形的彩虹投入軒窗；描述獵取的飛禽之多，包括傳說中的神鳥蜚廉和焦明。

2. 揚雄甘泉賦——「語璝奇，則假珍於玉樹；言峻極，則顛墜於鬼神。」〈甘泉賦〉：「翠玉樹之青蔥兮，璧馬犀之瞵珬。」「鬼魅不能自逮兮，半長途而下顛。」形容苑囿的瑰麗珍奇，假借神奇的玉樹，形容臺觀的險峻，連鬼神都不能攀登，半途跌倒。

3. 班固西都賦——「東都之比目。」〈西都賦〉：「揄文竿，出比目。」敍東都之盛，感嘆比目魚之出行⑤。

4. 張衡西京賦——「西京之海若。」〈西京賦〉：「海若游於玄渚。」敍西京之盛，言海神出遊到此。

5. 揚雄校獵賦——「鞭宓妃以饟屈原。」〈校獵賦〉：「鞭洛水之宓妃，餉屈原與彭胥。」

」夸張校獵之盛，驅使洛神宓妃來款待屈原。

6.張衡羽獵賦——「困玄冥於朔野。」⑥夸張羽獵之盛，將水官玄冥圍困於朔北之原野。

以上六例，劉勰以為夸飾失節之明證，毫不客氣地指責司馬相如「詭濫」，駁斥揚雄、班固、張衡等「虛用濫形，不亦疏乎」！他在此屢言「驗理則理無可驗，窮飾則飾猶未窮矣。」「此欲夸飾其威，而忘其事義睽刺也。」認為如此夸飾過甚，若果徵驗於事理，則絕無此理，憑空失實之過分形容，其事類與義理相乖違，絕非創作之正途。

二、善用之得——成狀得奇，披瞽駭聾

劉勰文心雕龍的理論，往往從正反兩面立言。夸飾篇在指斥濫用之失後，緊接著申論善用之得，藉以啟示創作之法門。其言曰：

至如氣貌山海，體勢宮殿，嵯峨揭業，熠燿焜煌之狀，光采煒煒而欲然，聲貌岌岌其將動矣。莫不因夸以成狀，沿飾而得奇也。於是後進之才，獎氣挾聲，軒翥而欲奮飛，騰擲而羞跼步。辭入煒燁，春藻不能稱其艷；言在萎絕，寒谷未足成其凋；談歡則字與笑並，論慼則聲共泣偕；信可以發蘊而飛滯，披瞽而駭聾矣。

㈠極態盡妍，凸顯聲貌

此言夸飾之效用。約有二端：

此所謂「氣貌山海，體勢宮殿，嵯峨揭業，熠燿焜煌之狀」，言運用夸飾手法，描繪山海之氣象狀貌，宮殿之體態形勢，以嵯峨、揭業形容險峻，以熠燿、焜煌形容瑰麗，極態盡妍，凸顯聲貌，足以使人感覺光采鮮明，宛如火在燃燒，聲貌危聳，勢將走動。善用夸飾，文字靈動，形象躍然。劉勰雖未具體舉證，然前人作品中不難列舉其例：

張衡〈西京賦〉：「嵯峨嶵嶪。」

王延壽〈魯靈光殿賦〉：「瞻彼靈光之為狀也，則嵯峨嶵嵬。」「飛陛揭孽，緣雲上征。」

何晏〈景福殿賦〉：「光明熠爚，文采璘班。」

張綽〈望海賦〉：「瑪瑁熠爍以泳游。」

傅毅〈舞賦〉：「鋪首炳以焜煌。」

劉勰在此以「因夸以成狀，沿飾而得奇」，正面肯定夸飾之效用。正與通變篇之論創作「望今制奇」，知音篇之論批評「四觀奇正」，理論相契合，全書一貫。

（二）聲動情感，加強印象

此所謂「辭人煒燁，春藻不能程其艷；言在萎絕，寒谷未足成其凋；談歡則字與笑並，論感則聲共泣偕。」言文辭之善用夸飾，刻畫鮮艷，春天的花朵不能與之較量華麗；描摩摧傷，

冰谷的落葉不足比況其凋殘。甚至談到歡欣則每個字裏都含著笑意，論及悲戚則每個音節都帶著哭聲。足以聲動感情，加強印象，創造新奇燦爛的效果。在作者的生花妙筆之下，狀溢目前，使目盲耳聾之人感覺如見其形如聞其聲。劉勰在此雖未具體舉證，但實例卻往往可見……

劉峻〈廣絕交論〉：「敘溫郁則寒谷成暄，論嚴苦則春叢零葉。」

駱賓王〈為徐敬業討武曌檄〉：「班聲動而北風起，劍氣沖而南斗平。暗嗚則山岳崩頹，叱咤則風雲變色。」

孫文〈黃花崗烈士事略序〉：「然是役也，碧血橫飛，浩氣四塞；草木為之含悲，風雲因而變色。……則斯役之價值，直可驚天地、泣鬼神，與武昌之役並壽。」

劉勰以「發蘊而飛滯，披瞽而駭聾」強調夸飾效用，此二句本身即為善用夸飾之典型範例。

參、夸飾之方式

以上歸納劉勰論夸飾之效用，細思之下，仍有可進一步闡論者，第一項「極態盡妍，凸顯聲貌」，主要指描繪外界的景物。第二項「聲動情感，加強印象」，同時指表現主觀的感情，藉夸飾的文辭塑造心象，展現光輝燦爛的境界。比較而言，後者較前者更具奇效。

劉勰在夸飾篇中，並未明言夸飾之種類及方式。從「夸飾」一詞的字面意義而言，夸為誇

張虛誕，飾為增飾華美。李曰剛《文心雕龍斠詮》謂：「本文以夸飾名篇者，實兼有夸張與增飾二義焉。」⑦王夢鷗《古典文學的奧秘——文心雕龍》謂：「『夸』與『飾』……二者的作用又有消極與積極的差別。大抵『夸』是積極的，如同『比』的放大，亦可說是過分的譬喻；而『飾』則是消極的，只顧說得熱鬧動聽，以湊成夸大的效果。」⑧從現代修辭學的角度而言，則夸飾合為一詞，不必分為二。且考諸文心雕龍其他篇，如「麗辭」、「事類」等以及劉勰夸飾篇本文，則夸飾之為一種修辭方法，殆無疑義。

現代論夸飾修辭法之種類與方式，要以陳望道《修辭學發凡》為發端，陳氏分為「普通鋪張辭」與「超前鋪張辭」二類。而以黃慶萱《修辭學》最為完備，黃氏將夸飾分為四類：1.空間的夸飾，2.時間的夸飾，3.物象的夸飾。4.人情的夸飾。黃氏之論，以夸飾之題材對象為著眼點，若以夸飾之表達方式而言，則夸飾有放大與縮小兩種方式⑨。以下且分別舉例略言之：

一、空間的夸飾

空間之夸飾，放大者呝言其高度之長、面積之廣、體積之大；縮小者呝言其高度之短、面積之窄、體積之小。如：

1. 孔明廟前有古柏，柯如青銅根如石。
   霜皮溜雨四十圍，黛色參天二千尺。（杜甫……古柏行）

2.安得大裘長萬丈，與君都蓋洛陽城。（白居易：新製綾襖成感有詠）

3.其爲書，處則充棟宇，出則汗牛馬。（柳宗元：陸文通墓表）

4.古亭國小圖畫課，規定畫媽媽，有小朋友對老師說：「我媽媽太胖了，這張紙畫不下！」

5.柔嘉雖然比不上法國劇人貝恩哈脫，腰身纖細得一粒奎寧九吞到肚子裏就像懷孕，但瘦削是不能否認的。（錢鍾書：圍城）

6.客人：「再來一客牛排，另外給我一個鎮紙。」

侍者：「請問你要鎮紙做什麼？」

客人：「你剛才端來的那盤牛排被風吹走了！」

以上前四例屬放大的夸飾，後二例屬縮小的夸飾。

二、時間的夸飾

時間之夸飾，放大者呕言時間之快、動作之速，縮小者呕言時間之慢、動作之緩。如：

1.人生天地間，若白駒之過隙，忽然而已。（莊子：知北遊）

2.朝辭白帝彩雲間，千里江陵一日還。

兩岸猿聲啼不住，輕舟已過萬重山。（李白：早發白帝城）

3.「叫一聲請，一齊舉箸，卻如風捲殘雲一般，早去了一半。」（吳敬梓：儒林外史）

4.電動玩具在全球各地風行的速度，比跳躍的雷射光更快。自從電視機問世以來，沒有一種東西像電動玩具這樣的徹底征服大眾文化。（包可華：毀死這些小行星）

5.朝發黃牛，暮宿黃牛；三朝三暮，黃牛如故。（酈道元：水經江水注）

6.等在大門口的三個直嘆氣，說他是：「老虎追來了，還得回頭看看是公的還是母的。

」真沉得住氣。（琦君：我的另一半）

以上前四例屬放大的夸飾，後二例屬縮小的夸飾。

三、**物象的夸飾**

物象之夸飾，放大者極言其性質之強壯，縮小者極言其性質之微弱。如：

1.虎嘯而谷風至，龍舉而景雲屬。（淮南子·天文訓）

2.兵盡矢窮，人無尺鐵，猶復徒手奮呼，爭為先登。當此時也，天地為陵震怒，戰士為陵飲血。（李陵：答蘇武書）

3.萬國盡征戍，烽火被岡巒。積屍草木腥，流血川原丹。（杜甫：垂老別）

4.八月湖水平，涵虛混太清。氣蒸雲夢澤，波撼岳陽城。（孟浩然：臨洞庭上張丞相）

5.義大利的麵包倒不黑，可是硬得像鞋底。有些父母喜歡在飯桌上教訓兒女，在義大利

惡。如：

1. 詞源倒流三峽水，筆陣獨掃千人軍。（杜甫：醉歌行別從姪勤落第歸）

2. 巴爾札克描寫一個人物老蒿朗臺，此人看到金子以後「連眼睛都是黃澄澄的，染上了金子的光采。」（張放：寧吃鮮桃一口）

3. 活受罪！隔壁紹興戲唱完了，你就打軒，好屬害！屋頂沒給你鼻子吹掉就算運氣了。（錢鍾書：圍城）我到天亮才睡熟的。（錢鍾書：圍城）

4. 每天吃魚，吃到最後，不但倒胃，連肚子裏都感覺有魚兒在遊來遊去。（趙寧：趙寧遊美記）

5. 曹操指山下顏良排的陣勢，謂關公曰：「河北人馬如此雄壯！」關公曰：「以吾觀之，如土鶏瓦狗耳。……吾觀顏良，如插標賣首耳」（羅貫中：三國演義）

6. 美國是紙老虎，一戳就破。

可不妥當。萬一愈說愈氣，非把小嫩肉打出血來不可。（鍾梅音：生活與生存）

以上前四例屬放大之夸飾，後二例屬縮小之夸飾。

四、人情的夸飾

人情之夸飾，放大者恒言其能力之強，情感之喜好，縮小者恒言其能力之弱，情感之厭

6.看你瘦得皮包骨，好似衣索匹亞的難民，腿比兩根火柴還細，只要我吹一口氣就斷了。

以上前四例屬放大之夸飾，後二例屬縮小夸飾。

五、數量的夸飾

數量之夸飾，放大者呸言其數量之多，縮小者呸言其數量之少。如：

1.經年至茅屋，妻子衣百結。慟哭松聲迴，悲泉共幽咽。（杜甫：北征）

2.千呼萬喚始出來，猶抱琵琶半遮面。（白居易：琵琶行）

3.千山鳥飛絕，萬徑人踪滅。孤舟蓑笠翁，獨釣寒江雪。（柳宗元：江雪）

4.胡老爺方才這個嘴巴打得親切，少頃范老爺洗臉，還要洗下半盆豬油來。（吳敬梓：儒林外史）

5.及明皇御曆，文雅大盛，學者如牛毛，成者如麟角。（李延壽：北史·文苑傳）

6.無一瓦之覆，一壠之植，以庇而爲生。（歐陽脩：瀧岡阡表）

以上前四例屬放大之夸飾，後二例屬縮小之夸飾。

關於夸飾之分類，在此有三項問題予以闡明：

第一、夸飾之分類，並無定式。以上就夸飾之對象題材而言，分為空間的、時間的、物象

的、人情的、數量的五類。就夸飾之表達方式分為放大與縮小兩類。此就其大類而言，且其中亦有可兩存並取者，如李白之「白髮三千丈」，既是空間的長度的夸飾，也可說是數量的夸飾。

第二、夸飾之表達方式，可分放大與縮小兩項。往往有行文中同時兼用兩式，如：

1.人固有一死，死有重於泰山，或輕於鴻毛。用之所異也。（班固：漢書・司馬遷傳）

2.握手出肺肝相示，指天日涕泣，誓生死不相背負，真若可信。一旦臨小利害，僅如毛髮比，反眼若不相識。（韓愈：柳子厚墓誌銘）

如此放大與縮小之夸飾，同時在一段文字中出現，兩相對襯，更加強了文章的聲動力量。

第三、夸飾之文句，往往兼用其他修辭方法。即本文所引諸例而言，「學者如牛毛，成者如麟角」兼用「對襯」與「明喻」。「兵盡矢窮，人無尺鐵」兼用「借代」，「連眼睛都黃澄澄的，染上了金子的色彩」，兼用「擬物」……。運用之妙，存乎一心。

肆、夸飾之原則

任何一種修辭方法，均具有其特殊效果，同時也有其侷限。「夸飾法」自不例外。茲分「主觀感覺與客觀真實」與「夸過其理與飾而不誣」兩端略論之。

一、主觀感覺與客觀眞實

亞里斯多德強調「藝術摹擬自然」，摹擬的對象包括自然現象與社會現象，也就是文心雕龍原道篇所謂道之呈現的「天文、地文、人文」。然而，文學藝術之摹擬自然，乃是作者透過主觀觀照將客觀世界重現在藝術品或文學作品上。因此作者運用夸飾的手法，描繪情景，乃是出乎自然的事。在此我們要考量兩個問題：

第一個問題是夸飾與「修辭立其誠」是否相悖。

「修辭」一詞，在中國最早見於周易乾文言：「子曰：君子進德修業。忠信，所以進德也；修辭立其誠，所以居業也。」從此「修辭立其誠」不但是中國人說話寫文章的金科玉律，在修辭學的理論上也是一切的根基。過去有人反對夸飾，就是因為夸飾不得法，以文害意。因此，我們今天可以說：

「夸飾就是吹牛，但是要有意無意間讓讀者與聽眾知道你是在吹牛，而不致流為欺騙。」

作者為了出語驚人，遣詞造句夸張鋪飾，遠超過客觀事實，藉以滿足讀者的好奇心理。此乃人之常情。而且所謂「情欲信，詞欲巧」。文學講究「真善美」中的「真」並非專指客觀事實的真，也可以兼指主觀感覺的真。且以梁實秋《雅舍小品・男人》一文為例：

1.有些男人，西裝褲儘管挺直，他的耳後頦根，土壤肥沃，常常宜於種麥！

論夸飾

二七七

2. 幾天不吃肉，他就喊「嘴裏要淡出鳥兒來！」若真個三月不知肉味，怕不要淡出毒蛇猛獸來？有一個人半年沒有吃雞，看見雞毛帚就流涎三尺。

這兩段都是夸飾的語言追求的絕妙好辭。前者描繪男人之髒，入木三分。文學的語言與科學的語言迥然不同，科學的語言追求真實，貴在精確；文學的語言講究美妙，貴在動人。此為典型的文學語言。我們只要感覺到那人耳後頸根很不乾淨，污垢極厚就夠了。至於是否肥沃到可以種麥，大可不必太認真追究。果真有人鑽牛角尖，硬說此語不通、情理難容，那只有徒貽「欠缺文學細胞」之譏了。

後者描繪男人之嘴饞，傳神之至。嘴巴裏會淡出毒蛇猛獸嗎？就客觀事實而言，當然絕無此事，然而非如此「辭溢其真」，實不足以形容貪饞之狀。正是劉勰所謂「辭雖已甚，其義無害也」。文學訴諸主觀的感覺，講究的是情理的真，而非客觀事實的真。進而言之，這才是劉勰所謂的「壯辭可得喻其真」，唯有透過夸飾的極度形容，使語言生動，才能凸顯出情理的真。

劉師培〈美術與徵實之學不同論〉說得好：「蓋美術以靈性為主，而實學以考覈為憑。若於美術之微，而必欲責其徵實，則于美術之學，返去之遠矣。」[10]可見夸飾與「修辭立其誠」表象似相悖，實則於理無違。

第二個問題是夸飾與劉勰的文學理論是否相契合。

此一問題，衡諸文心雕龍全書，如〈辨騷篇〉云：「酌奇而不失其真，翫華而不墜其實。」〈定勢篇〉云：「執正以馭奇」。可見劉勰對「夸飾」之奇是持有保留的肯定的。近代研究文心雕龍的學者對此屢有闡論，而以黃海章〈劉勰的創作論和批評論〉⑪最為中肯：

劉勰雖然反對辭賦派浮濫的作風，但在夸飾篇中，則以為夸張的手法，不妨采用；這並不是自相矛盾，而是由於藝術上的所謂夸張，和鋪陳事物的表象，有所不同。它是深入事物的本質，集中地、突出地、生動地把它表現出來，增加感染人們的力量。它不惟不會歪曲現實，而且加強了人們對於現實的體會。

黃氏之論，一則明確地指出劉勰的夸飾與其反浮濫並不矛盾，一則將劉勰的「壯辭喻其真」，更加引申發揮，認為夸飾適足以「加強了人們對於現實的體會」。由此可見，夸飾在文心雕龍的文學理論中是整體而一貫的。

二、夸過其理與飾而不誣

基本立場上，劉勰對於夸飾雖然持積極的肯定態度，但卻是有所保留的。在論夸飾之失時，他極力駁斥夸飾之詭濫，夸飾篇末尾又揭示夸飾之原則：

然飾窮其要，則心聲鋒起；夸過其理，則名實兩乖。若能酌詩書之曠旨，翦揚馬之甚

泰，使夸而有節，飾而不誣，亦可謂之懿也。

此論夸飾之要，美文固須夸張聲貌，增飾丹采以動人，但須有其節度。「夸過其理，則名實兩乖」，是要避免夸飾之失。「酌詩書之曠旨，翦揚馬之甚泰」是列舉夸飾成敗之典範與偏失之警惕。至於真正揭舉夸飾之運用原則。則為「夸而有節，飾而不誣」八個字，茲據此予以申論：

(一)夸而有節

夸而有節，謂夸飾之運用須得當。擴而充之，即夸飾篇所言「壯辭可得喻其真」，「因夸以成狀，沿飾而得奇」。陳望道《修辭學發凡》論鋪張辭的原則有二條：

1.主觀方面須出於情意之自然的流露。如古文苑裏名為宋玉作的大言賦、小言賦，完全出於造作，可說毫無意義。

2.客觀方面須不致誤為事實，如「白髮三千丈」，倘不說「三千丈」而說「三尺」，那便容易使人誤認為事實。如被誤認為事實，那便不是修辭上的鋪張，只是實際上的說謊。

陳氏所言第一項，即「夸而有節」的申論，如果更進一步，則「夸而有節」即為夸飾得當。如何方能夸飾得當？不但要出之於情意的自然流露，更要「為情而造文」，充分發揮夸飾之效用，彰顯作者所要表達的真情實感，藉以打動讀者的心坎，領略作者的真意。達到「傳難

言之意，摹難傳之狀，得言外之情」[12]的境界。

（二）飾而不誣

飾而不誣，謂夸飾不可使人誤會，流於欺騙。即夸飾篇本文所謂「事義睽剌」，「夸過其理」、「曠而不溢，奢而無玷。」陳望道所論夸飾的第二創原則，乃由此而來。飾而不誣最主要的不可流於欺騙。如現代的房屋廣告：

清晨，從鳥鳴聲中醒來！

孟母到此，再也不會搬家了！

此語頗有矇混欺詐之嫌。誤信廣告辭，買了房子，發現上當，再去找房屋公司理論，他們會回答說：「沒有鳥鳴聲，在陽臺上掛個鳥籠不就結了！」至於孟母到此會不會搬家，那更是死無對證！

如何方能不流於欺騙呢？最簡單的道理就是有意無意間讓讀者知道這段文辭是夸飾。鄭子瑜《中國修辭學史稿》論夸飾說得好：「既然用了夸張辭，便應夸張到底，不必再顧到合於邏輯與否，如果夸張得不夠，讀者不知其在用夸張的修辭法，反會發生誤解哩。」[13]陳介白《修辭學講話》論夸飾的三個要點：「第一、須使感情豐富顯著。第二、須使人不起疑惑之感。第三、須有適當之音調以保持情感。」[14]其第二項亦與「飾而不誣」同旨。簡言之，「飾而不誣

〕須極意形容，愈荒唐不合常理愈不致使人誤會而流於欺騙。這也正是本文開端為「夸飾」立界說時強調「夸張鋪飾，遠超過客觀事實」的理由。

【附註】

①參見黃慶萱《修辭學・第十一章夸飾》。(三民書局)。

②文心雕龍原文據王利器《文心雕龍校證》。(明文書局)，以下皆同。

③劉綬松〈文心雕龍初探〉載《文心雕龍研究論文集》。(香港匯文閣書店)

④以上八個例證的釋義參考郭晉稀《文心雕龍譯註十八篇》。(香港建文書局)

⑤「東都之比目」為「西都」之誤，或係劉勰筆誤，或係因應下文「西京之海若」以為對偶而改。

⑥張衡〈羽獵賦〉亡佚，嚴可均輯《全後漢文》中殘文無此事。

⑦見李曰剛《文心雕龍斠詮》夸飾第三十九「題述」。(中華叢書)

⑧見王夢鷗《古典文學的奧秘——文心雕龍・六雕龍之術》。(時報出版公司)

⑨黃春貴《文心雕龍之創作論》(文史哲出版社)論夸飾：「夸飾之方式無窮，要而言之，不外放大與縮小兩大類，各依時間、動作、性質、數量，又可分為四種。」

⑩范文瀾《文心雕龍註》(明倫出版社)夸飾篇附錄引自《劉申叔先生遺書》。

⑪黃海章〈劉勰的創作論和批評論〉載《中國文學批評研究論文集──文心雕龍研究專集》。（中國語文學社編）

⑫黃侃《文心雕龍札記》（香港新亞書院）夸飾篇：「文有飾詞，可以傳難言之意；文有飾詞，可以摹難傳之狀；文有飾詞，可以省不急之文；文有飾詞，可以得言外之情。」

⑬鄭子瑜《中國修辭學史‧第四篇中國修辭學的發展期‧五談論辭格》。（文史哲出版社）

⑭陳介白《修辭學講話‧第八章化成法諸辭格‧第六節誇張法》。（啟明書局）

論偏義複詞

世界各民族的語文，既有共同相通的修辭方式，如譬喻、雙關、夸飾、映襯、擬人、反諷等，也有獨具特有的修辭方式，如漢語中的鑲嵌、藏詞、對偶、析字、回文、頂針等。漢語在語言分類上，屬單音節的「孤立語」，一字一形體，一字一音節，一字一本義，兼具音符、形符、義符的作用，較之歐西的拼音文字，不可同日而語。因此，漢語的語言文辭之美與各種辭格之豐美多姿，堪稱舉世無雙。本文針對「配字──偏義複詞」，闡論其義界、運用及其中所含蘊的文化意義。

壹、偏義複詞的界義

用兩個相反意義的單詞合組成一個複詞，其中一個詞素的本來意義成為這個複詞的意義，另一個詞素只是作為陪襯，這種複詞稱作「偏義複詞」。

在修辭學上，偏義複詞就是「鑲嵌」格中的「配字」。依黃慶萱《修辭學》的分類①，鑲嵌有四種：

1. 鑲字：以無關緊要的虛字或數目字，插在有意義的實詞中間，拉長音節使語氣完足的修辭方式，是為「鑲字」。

2. 嵌字：故意用特定字詞嵌入語句中，詞涉雙關，暗藏巧義的修辭方式，是為「嵌字」。

3. 增字：同義字的重複並列，藉以加強語氣的修辭方式，是為「增字」。

4. 配字：異義字的重複排列，僅偏取其中一字的意義修辭方式，是為「配字」②。

「偏義複詞——配字」在各家修辭學專著中，名稱並不一致：

1. 楊樹達《中國修辭學》稱「連及」③，楊氏舉了若干辭例：

《史記・吳王濞傳》：「擅兵而別，多他利害。」按：利害，害也。

《通鑑》云：「虞翻作表示呂岱，為愛憎所白。」按：愛憎，憎也。

2. 傅隸樸《中文修辭學》稱「滕詞」④：古時諸侯嫁女必以娣姪或同姓之女為滕，滕者主婦之陪伴也，無地位身分可言，故今以為連類相及之詞之名焉。此類詞本與題不生關係，只因其與題所關涉之主要詞語常相連成辭，有助足語氣之功用，故常以之為伴詞，不取其義也。

傅氏所舉辭例如：

陸機〈弔魏武帝文序〉：「日食由於交分，山崩起於杇壤。」按：日月相交則食，分則不食也，分字蓋賸詞也。

3.黃永武《字句鍛鍊法》稱「配字」⑤：配字在句中並沒有實際的意義，但由於中國古來語言的習慣，單單一字不能成詞，必須用一配字，語氣方才完整。

黃氏所舉辭例如：

《舊唐書‧裴知古傳》：「知古能聽婚夕環佩之聲，知其夫妻終始。」既是「婚夕」，是終始二字意義側重在「終」字。

4.黃慶萱《修辭學》稱「配字」：在語句中，用一個平列而異義的字作陪襯，只取其聲以舒緩語氣，而不用其義，叫作「配字」。

黃氏所舉辭例如：

中央日報社論〈隱憂重重的塞島問題〉：「土希兩國，恩怨已深，累有衝突。」案：「恩怨」之「恩」是配字。

黃氏又明言「配字」之稱，創自黃季剛所云：「古人文多配字，如出師表：『危急存亡之秋』，存字係配字⋯⋯游俠傳序：『緩急人所時有』，緩字係配字。」綜而之論，修辭學上的配字，即「偏義複詞」，顧名思義，偏義複詞的名稱及界義也比較明白易曉。

論偏義複詞

二八七

「偏義複詞」的產生，緣於修辭上的「配字」，原本要表達的詞義往往是負面的，用平列的異義詞作陪襯，旨在增加音節以舒緩語氣，同時可以減輕負面詞的不良感覺，使心理上平衡一些。等到構成習以為常的複詞之後，就成為僅僅偏取負面詞義的「偏義複詞」。在漢語語法中，屬於「聯合式合義複詞」的變例；在言辭與文辭的傳播上，尤具獨特的意義與作用。

貳、偏義複詞的運用

「偏義複詞——配字」雖然淵源甚早⑥，但一直到明代末年顧炎武才在《日知錄》中歷舉古書中的辭例，予以闡論⑦：

虞翻作表示呂岱，「為愛憎所白。」（語出吳書）註曰：「讒佞之人有愛有憎而無公是公非，故謂之愛憎人不能無生得失。」利害，害也。史記吳王濞傳：「擅兵而別，多他利害。」緩急，急也。史記蒼公傳：「緩急無可使者。」成敗，敗也。後漢書何進傳：「先帝嘗與太后不快，幾至成敗。」同異，異也。吳志孫皓傳注：「蕩異同如反掌。」贏縮，縮也。吳志諸葛恪傳：「一朝贏晉書王彬傳：「江州當人強盛時，能立異同。」縮，人情萬端。」禍福，禍也。晉歐陽建臨終詩：「潛圖密已構，成此禍福端。」皆此類。

顧氏不但列舉古代史書中的許多辭例，且指明配字的原因——古人之辭寬緩不迫故也。清俞樾《古書疑義舉例》也曾引以為「因此以及彼例」[8]。楊樹達稱作「連及」，當本於顧氏、俞氏之說。

「偏義複詞——配字」為漢語中所特有，淵源甚早，流傳廣遠，且先從古書中舉例：

1. 死生契闊，與子成說。

執子之手，與子偕老。（詩經·邶風·擊鼓）

契闊，契也。契，合；闊，離。偏取契義，以形容永不離別，闊為配字，無取其義。這是戰士離家時對妻子的誓約，早已發誓相約，無論生死永不分開；握著對方的手，一定要白頭偕老。

2. 苟利社稷，生死以之。（左傳·昭公四年）

生死，死也。偏取死義，生為配字，無取其義。意謂：只要有利於國家，必全力以赴，雖死不足惜。

3. 外內薆塞，可以成敗。（管子·禁藏篇）

成敗，敗也。偏取敗義，成為配字，無取其義。

4. 鳳凰上擊九千里，絕雲霓，負蒼天，翺翔乎杳冥之上，夫藩籬之鷃豈能與之料天地之

高哉？（宋玉：對楚王問）

天地，天也，地不能言高。天與地相對，偏取天之義，地係配字，無取其義。

5.養老幼於東序。（禮記・文王世子）

老幼，老也。偏取老義，幼為配字。東序係養老之所，非育幼之處。

6.罵其妻曰：「生子不生男，有緩急，非有益也。」（司馬遷：史記・文帝紀）

緩急，急也，緩係配字，無取其義。又〈游俠傳〉：「緩急，人之所時有也。」

7.嗟！我人民生各有有壽命，死生何須復道前後？（漢樂府・烏生篇）

死生，死也。意謂：夭壽全屬天命，死亡遲早不足計較。

8.越陌度阡，枉用相存。

契闊談讌，心念舊恩。（曹操：短歌行）

契闊，契也。契是投合，闊是疏遠，此偏用契字的意思。曹操此四句想像賢才遠道來歸的喜不自勝之情。契闊談讌，謂兩情契合，歡宴談心。

9.劉公雄才蓋世，據有荊土，莫不歸德，天人去就，已可知矣。（諸葛亮：與劉巴書）

去就，就也。偏用就義，去為配字。既言歸德，當然指「就」的意思。

10.先帝創業未半，而中道崩殂！今天下三分，益州疲弊，此誠危急存亡之秋也。

宮中府中，俱為一體；陟罰臧否，不宜異同。若有作姦犯科及為忠善者，宜付有司論其刑賞，以昭陛下平明之治；不宜偏私，使內外異法也。（諸葛亮：前出師表）

危急存亡之秋，存亡，亡也，存係配字。不宜異同，同係配字。存、同無取其義，只取其聲以舒緩語氣，淡化語意。如不用配字，將句子改成「危急覆亡之秋」「不宜有異」，就欠委婉了。尤其是臣下對君主說話，必須委婉，不便直言指斥，故配字之運用，實有其必要。

11.奉事循公姥，進止敢自專？
畫夜勤作息，伶俜縈苦辛。（無名氏：孔雀東南飛）
作息，作也。作，勞動；息，休息。此謂勤奮工作，那有勤於休息的？此顯然是偏取「作」的意思，息是配字。

12.王子敬病篤駕，道家上章應首過；問子敬由來有何異同得失？子敬云：「不覺有餘事，唯憶與郗家離婚。」
異同，異也：得失，失也。偏取異字、失字的意思。同字、得字係配字。

13.金籠共惜好毛羽，紅嘴莫教多是非。（羅鄴：詠鸚鵡）
是非，非也。諺云：「是非只為多開口。」勸人不要惹事生非。

14.華絲衣裳，甘香飲食，汝來受此，無少無多。（李商隱：祭小姪女寄文）

無少無多，無少也。意謂衣食不曾匱乏。由此例可見配字也有不僅二字者，又如「三長兩

短」，意在兩短，三長係配字。

15.多少恨！昨夜夢魂中。還似舊時遊上苑，車如流水馬如龍，花月正春風。（李煜：望

江南）

多少，多也。意謂有許多恨。李後主另一闋〈虞美人〉詞云：「春花秋月何時了，往事知

多少。」意謂往事許多，與此用法相同，少係配字。

16.你往那裏去了？這早晚纔來？（曹雪芹：紅樓夢第四十三回）

早晚，晚也，意謂這麼晚。

接著再看現代語文中的辭例：

1.大凡憂之所從來，不外兩端：一曰憂成敗，一曰憂得失。（梁啟超：為學與做人）

成敗，敗也：得失，失也。成、得係配字，無取其義。所憂者在敗與失，倘使有所成、有

所得，尚何憂之有？

2.天到多早晚了？還跟著去遊魂！（朱西寧：狼）

早晚，晚也。偏取晚義，早是配字。用「早晚」要比直接說「天到多『晚』了」，語氣上

更加深刻。

3．幾番得失，我已失去一切。（林懷民：變形虹）

得失，失也，得係配字，無取其義。但是若直言「幾番失」，則音節不暢適，語氣欠完足。；若逕言「失敗」，則語言太尖銳，有欠委婉。若有所得，下文就不會說「失去一切了」。

4．五十年前吧，文化界有一很著名的官司。就是現在還在台灣已八十歲的梁實秋先生與左派自封自命的大宗師魯迅打筆仗。在筆仗中，梁先生說了一句：「把某一件事褒貶得一文也不值。」

魯迅抓住辮子不放，用像匕首一樣鋒利的詞句閃電似的向梁先生劈過來：

「你梁實秋，究竟是在說「褒」，還是說「貶」？褒是褒，貶是貶，什麼叫做褒貶得一文不值？」梁先生竟然無詞以對，只解釋說：北京城裏大家所說的褒貶，都是貶的意思，並沒有褒的意味。（陳之藩：褒貶與恩仇——民國七十年八月中國時報人間副刊）

陳之藩這篇文章，由於看到魯迅的詩句「相逢一笑泯恩仇」而哈哈大笑，特別申明是替梁先生笑的。原來魯迅自己不知不覺的也有梁實秋類似的用法，泯「恩仇」者，泯的當然是「仇」，「恩」有什麼好泯的呢？恩仇者，仇也；正如同褒貶者，貶也。陳之藩的一笑不但替梁先

生報了一箭之仇，而且是「以其人之道還治其人之身」，非常有趣。然而，真正的的問題癥結

並未徹底解開：為何「褒貶」只有「貶」的意思，「恩仇」就沒有「仇」的意味呢？

意義的角度予以考量，理應可以獲得兩項認知：

從梁實秋、魯迅，到陳之藩等文壇名家都感迷惑的問題，在修辭學的觀點來看，可謂茅塞

頓開，渙然冰釋，那就是「鑲嵌」中的「配字」，褒、恩，是配字，無取其義。若從表達方式

上而言，則是「偏義複詞」──並列相反的異義字，只偏取其中一義。

參、偏義複詞的文化意義

釐清偏義複詞的義界，考察偏義複詞在古今語文中運用的情況之後，再從現代漢語和文化

意義的角度予以考量，理應可以獲得兩項認知：

第一，偏義複詞仍然活躍在現代漢語社會

「偏義複詞」雖然漢語裏特有的表達方式，但並非獨特的偶然現象，而是淵源甚早，流傳

廣遠。不但古書中常見，現代語文中也不乏其例，在現代漢語社會裏仍然十分活躍。日常生活

中，隨時可以接觸到，如：

1. 我們應該互通有無！

2. 你真是不識好歹，不知輕重！

3.騎機車不戴安全帽，萬一有個什麼好歹，叫家裏的妻小怎麼辦？

4.老爺飛機還是少搭爲妙，萬一有什麼三長兩短，可不是鬧著玩的！

5.當面批評，才是真誠的朋友，請勿在背後說長道短，搬弄是非！

6.凡事豈能盡如人意？但求當下心安，只要做得有意義，毀譽在所不惜，又何必計較得失？

7.西線無戰事，戰場上一點動靜也沒有！

有，其義偏在無；好歹、長短、是非，其義偏在歹、短、非；毀譽，其義偏在毀；得失，其義偏在失。甘苦是苦的意思；動靜，是動的意思。如此偏義複詞的運用，不但是約定俗成，自然產生，而且使現代漢語更加豐富盈美，多采多姿，鮮活而耐人尋味。

第二，偏義複詞流露了溫柔敦厚的民族性

中國自古以來，一直以溫柔敦厚的詩教自詡自豪，然而，溫柔敦厚的民族性不僅顯現在詩教中，中國語文既是表情達意的最佳傳播工具，又含蘊了豐盈的文化精神內涵。偏義複詞藉異義字的並列，在表達功能上可以使語氣舒緩，語意委婉⑨。如諸葛亮〈出師表〉的「此誠危急存亡之秋也」，「宮中府中，具為一體，陟罰臧否，不宜異同」，以「存」配「亡」，以「同」配「異」，可使語意蘊藉委婉，較適合大臣對君王的身分語氣，堪稱分寸拿捏至佳，也是智

慧的流露。

　然而，從文化背景的角度考察偏義複詞的運用，則不僅為漢語特有的表達方式，表情達意巧妙得體而已，尤其難能可貴的是反映了中華民族溫柔敦厚的特性。中國的民族性中正和平，行事不愛走極端，說話不喜太直率。往往是「高手過招，點到為止」，倖免尖刻傷人。運用「偏義複詞」，可使語氣舒緩，語意委婉，留下迴旋的餘地。說話保留彈性，至少在字面上不會太刺耳，以免觸霉頭。再如「生死」和「存亡」，更避免了「死」「亡」的不祥預兆。由此也可領悟到，「偏義複詞」多偏取負面詞的緣由：作者真正要表達的原本就是負面字的意思，並列的異義字僅係「配字」，藉使語氣舒緩，語意委婉而已。「偏義複詞」的運用，其實含蘊了不少耐人尋味的至理。

【附註】

①見黃慶萱《修辭學‧第二十一章鑲嵌》。(台北三民書局，一九七五年)

②詳見沈謙《修辭學‧第十五章鑲嵌》。(台北空中大學，一九九一年)

③見楊樹達《中國修辭學‧第十四連及》。(台北啟明書局，一九六一年)

④見傅隸樸《中文修辭學‧第五章足氣》。(新加坡友聯出版社，一九六四年)

⑤見黃永武《字句鍛鍊法・運字法・以配字成詞》。（台北洪範書局，一九八六年增訂版）。

⑥如三國時魏人王肅《左傳昭公十三年注》，宋人陳騤《文則・卷上乙第四條》，即曾提及配字。

⑦見顧炎武《日知錄・卷廿八・通鑑注》。（台北明倫出版社，一九七○年）

⑧見俞樾《古書疑義舉例・卷二・三十六因此及彼例》。（台北泰順書局，一九七一年）

⑨黃慶萱《修辭學・第二十章・鑲嵌》論配字的原則：「配字必須藉正反的詞義構成委婉的語意。」

從譬喻論古詩十九首的藝術技巧

《昭明文選》載《古詩十九首》，其評價可以列舉三家為代表：

(一)劉勰《文心雕龍・明詩篇》：「觀其結體散文，直而不野，婉轉附物，怊悵切情，實五言之冠冕也。」

(二)鍾嶸《詩品》卷上：「文溫以麗，意悲而遠，驚心動魄，可謂幾乎一字千金。……人代冥滅而清音獨遠。」

(三)沈德潛《古詩源》：「十九首大率逐臣棄妻，朋友闊絕，死生新故之感。中間或遇言，或顯言，反覆低徊，抑揚不盡，使讀者悲感無端，油然善入。此國風之遺也。」

古詩十九首為中國文學史上評價最高的五言古詩，就其作者而言，出自文人的創製，作者大概是東漢末期的一群無名作家。就其形式而言，為整齊規律的五言，最短八句，最長二十句，為最早的五言詩（成熟期）代表作。就其內容而言，全係真率的抒情，主要是詠歎羈旅愁懷

的遊子漂泊之歌，與表達哀而不怨的思婦懷人之詞①。就其藝術特徵而言，運用自然的語言，顯現樸質的風格，句平意遠，格高調古，令讀者感覺平易親切而詩情濃溢，耐人尋味而餘韻無窮。

古詩十九首的作者，運用最簡約精鍊的語言，表達了豐富深刻的內涵。乍讀之下，雖然感覺明朗單純，細加品味，卻是含蓄蘊藉，意致深婉。有關古詩十九首的研究資料，民國以前的以考證、箋注、彙解為主，多收入隋樹森編的《古詩十九首集釋》②書中。民國以後的則有朱自清《古詩十九首釋》③、馬茂元《古詩十九首探索》、廖蔚卿〈論古詩十九首的藝術技巧〉④等，對於詩境的闡發、技巧的探究，頗具成效。本文乃專注於譬喻的角度，闡論古詩十九首的藝術技巧。

譬喻是一種最常見的修辭方法，簡言之，即「借彼喻此」，俗稱「打比方」。亞里斯多德論修辭的三大原則是：用譬喻、用對比、要生動⑤。劉勰《文心雕龍‧比興篇》云：「夫比之為義，取類不常：或喻於聲，或方於貌，或擬於心，或譬於事。……故比類雖繁，以切至為貴，若刻鵠類鶩，則無所取焉。」宋陳騤《文則》，將譬類分為十類：一曰直喻，二曰隱喻，三曰類喻，四曰詰喻，五曰對喻，六曰博喻，七曰簡喻，八曰詳喻，九曰引喻，十曰虛喻。西方甚至有修辭學家將譬喻予以瑣細的分類，在氣魄龐大的表格上可有二百五十種之多⑥，再歸併

修辭方法析論

三〇

譬喻修辭法，是由「喻體」、「喻依」、「喻詞」三者配合而成。凡「喻體」──想要說明的事物主體、喻詞──聯接喻體與喻依的語詞（像、如、似、若等）、喻依──藉以比方說明喻體的另一事物，三者具備，形式完整的譬喻」，是譬喻形式中的第一類「明喻」。古詩十九首中運用明喻法的有六首。

(一)青青陵上柏第三：

青青陵上柏，磊磊澗中石。

人生天地間，忽如遠行客。

此詩從人生短促之感寫到行樂的願望。「人生天地間（喻體）、忽如（喻詞）遠行客（喻依）」。言人生在世時光短暫，猶如遠行作客，匆匆走過。前兩句「青青陵上柏，磊磊澗中石」在篇首托物起興，同時與後二句的明喻形成強烈的對比。以陵上柏樹常青青，澗中泉石常磊磊對襯人世的短暫，益增生命匆促，人不如物之感慨。

於兩個或三個範疇。最簡明扼要的分類，要算黃慶萱《修辭學》依譬喻的形式分為四類：明喻、隱喻、略喻、借喻⑦。本文即以黃著作為探討的主要依據。

(二)今日良宴會第四：

人生寄一世，奄忽若飆塵。

此詩從聽曲感心，發抒議論，人生短暫，不必長守貧賤，枉受苦辛。作者以「飆塵」（喻依）譬喻「人生」（喻體），具有兩層意思，一層是飆風旋起旋落，非常短促；一層是捲地狂風裏的塵土，旋聚旋散，一會兒就無影無蹤。這個明喻充分顯現了人生之短暫與空虛，比前面的「忽如遠行客」用得更貼切，意義更深刻⑧。

(三)明月皎夜光第七：

不念攜手好，棄我如遺跡。

此詩為秋夜即興之作，由悲秋引發世態炎涼，友情澆薄的怨憤。以「遺跡」（喻依）譬喻主角「我」（喻體）的被棄。如遺跡，就像行路人遺棄足跡一樣。《國語・楚語》下：「靈王不顧於民，一國棄之，如遺跡焉。」又蘇軾〈和子由澠池懷舊詩〉：「人生到處知何似？應似飛鴻踏雪泥。泥上偶然留指爪，鴻飛那復計東西。」「棄我如遺跡」，顯示朋友之絕情，毫不顧念，與「棄之如敝屣」有異曲同工之妙。

(四)迢迢牽牛星第十：

終日不成章，泣涕零如雨。

此詩描繪織女望牽牛的心情，借牛郎織女的神話故事表露夫婦的離別之情。以「零如雨」

（喻依）形容「泣涕」（喻體），涕淚縱橫的樣子，狀溢目前。《詩經·邶風·燕燕》::「瞻

望弗及，泣涕如雨。」可見這個譬喻是因襲前人而來。在詩篇的章法上，前五句::「迢迢牽牛

星，皎皎河漢女，纖纖擢素手，扎扎弄機杼。終日不成章，」客觀地描寫織女，她坐在織布機

前眼望牽牛，以至於工作無成果。到第六句「泣涕零如雨」，筆鋒一轉，鏡頭的焦點趨向織女

的表情::星眼雖晶瑩，可望而不可即，悲傷難以自遣，不覺淚下如雨，顯示了無限思念之情⑨

。「零如雨」，一方面喻其流淚之多，一方面喻其流淚不止之狀。在漫長的時日中，一雙有情

人分隔兩處，唯有無語相視，情何以堪？前五句一直是不動聲色，強自壓抑，到這裏終於忍不

住滿腔的衷情，隨不盡的淚水如雨落般奪眶而出了。「泣涕如雨」這個譬喻，不但出現得正是

時候，而且讓讀者透過外在形象的描繪，進窺織女的心象，緊接著開啟以下的四句::「河漢清

且淺，相去復幾許？盈盈一水間，脈脈不得語。」寫出了織女的心聲。又全詩篇首連續四句以

疊字開頭，篇末連續二句以疊字開頭，狀聲狀貌，頗為傳神。

㈤東城高且長第十二::

　　燕趙多佳人，美者顏如玉。

此以「玉」（喻依）形容佳人之「顏」（喻體）。如玉，言膚色之潔白潤澤。《詩經·召

南・野有死麕〉：「白毛純束，有女如玉。」這個譬喻也是因襲前人而來。「謙謙君子，溫潤

如玉。」以「玉」來譬喻佳人，有多層美好的意義：一謂皮膚之潔白如玉，二謂皮膚之潤澤如

玉，三謂佳人之美德如玉之溫潤。「顏如玉」已成為中國社會中普遍的成詞。

㈥驅車上東門第十三：

人生忽如寄，壽無金石固。

浩浩陰陽移，年命如朝露。

此詩敍說人生如寄，壽命短暫，聖賢同歸一死，不如圖求眼前快意享受。反映了亂世的若干

頹廢思想。作者用「朝露」（喻依）譬喻「年命」（喻體），以「寄」（喻依）譬喻「人生」

（喻體）。前者謂人的壽命像早晨的露水一般短暫，太陽一晒就乾。這個譬喻也是常見習用的

，樂府〈薤露歌〉：「薤上露，何易晞！露晞明朝更復落，人死一去何時歸！」秦嘉〈留郡贈

婦詩〉：「人生譬朝露，居世多屯蹇。憂艱常早至，歡會常苦晚。」曹操〈短歌行〉：「對酒

當歌，人生幾何？譬如朝露，去日苦多。」此句「年命如朝露」與上句「浩浩陰陽移」的四時

運行，無邊無際相映襯，上言歲月無窮，下言生命短促，形成強烈的對比，使詩意更加顯明深

刻。

後者謂人生在世，時光匆促，好像暫時寄居。《尸子》：「人生於天地之間，寄也。」這

種生命無常的感慨，是大多數人的共同心聲。這個譬喻與前面第一例的「人生天地間，忽如遠行客」第二例的「人生寄一世，奄忽如飆塵」如同一轍，只不過語句稍作調整，將兩句併作一句罷了。「人生忽如寄」與下句的「壽無金石固」仍然是形成強烈的對比，以金石之歷久不變，映襯人生之短暫無常。益發令人感慨。

貳、古詩十九首中的借喻

借喻的形式，是將喻體與喻詞省略，只有喻依。真正要描述的主體，不在字面上，而是意在言外，讓讀者「因其所言，會其所未言」，由喻依想見作者所要表達的真意。古詩十九首中的借喻，運用極為巧妙。且看下列四首：

(一)行行重行行第一：

　　胡馬依北風，越鳥巢南枝。

　　相去日已遠，衣帶日已緩。

　　浮雲蔽白日，遊子不顧返。

此六句言遊子在外漂泊不歸，女主角因相思而消瘦。作者有兩處用借喻法。「胡馬依北風，越鳥巢南枝。」借喻遊子（喻體）當如胡馬、越鳥（喻依）一般眷戀故土。「胡馬」，產自，越鳥巢南枝。」借喻遊子（喻體）當如胡馬、越鳥（喻依）一般眷戀故土。「胡馬」，產自

北地，「越鳥」生於南方，「依北風」、「巢南枝」乃自然而發的一種戀鄉情懷，本性使然。

意謂：胡馬到南方後仍依戀北風，越鳥到北方仍築巢向南，禽獸尚且依戀眷顧故土，何況人乎

！此二句是有所本的：

李善《文選注》引《韓詩外傳》……「詩曰：『代馬依北風，飛鳥棲故巢。』皆不忘本之

謂也。」

《鹽鐵論•未通篇》：「故代馬依北風而立，飛鳥翔故巢，莫不哀其生。」

《吳越春秋》：「胡馬依北風而立，越鳥望海日而熙，同類相親之義也。」

從不忘本，哀其生到同類相親，都是借「胡馬」、「越鳥」表達懷鄉思家的戀舊之情。足

見「胡馬」、「越鳥」乃習用之譬喻。就技巧而言，本詩實為其中翹楚。朱自清《古詩十九首

釋》評云：「『海日』對『北風』，自然比『故巢』工切很多。本詩引用這一套譬喻，又變用

『南枝』對『北風』，卻更見工切了。」馬茂元《古詩十九首探索》評云：「這樣的一個設想

，有力地帶動了下文，為下文的思潮起伏掀起無限波瀾，成為全詩的紐帶。」分別自辭的工切

與詩篇章法著眼，讚譽「胡馬依北風，越鳥朝南枝」二句，均能言之成理。後世詩人，運用

類此的譬喻，也屢見不鮮，如：「雲涓戀山海，禽馬懷燕越。」（張說）「老馬終望雲，南雁

意在北。」（杜甫）「駥驤思北省，鷗鵠願南飛。」（孟郊）

「浮雲蔽白日，遊子不顧返。」以「浮雲蔽白日」為喻體，喻依為何？作者沒有明説，因

此有兩種不同的説法。

一説喻「讒邪害公正」，所以「遊子不顧返」。李善《文選注》：「浮雲之蔽白日，比喻邪佞之毀忠良，故遊子之行不顧反也。」《文子》曰：「日月欲明，浮雲蓋之。」陸賈《新語》曰：「邪臣之蔽賢，猶浮雲之鄣日月。」〈古楊柳行〉曰：「讒邪害公正，浮雲蔽白日。」

朱自清《古詩十九首釋》云：

「浮雲蔽白日」這個比喻，李善註引了三證，都只是「讒邪害公正」一個意思。本詩與所引三證時代相去不遠，該還用這個意思。不過也有兩種可能：一是那遊子也許在鄉里被「讒邪」所「害」，遠走高飛，不想回家。二是也許是鄉里中「讒邪害公正」，是非黑白不分明，所以遊子不想回家。前者是專指，後者是泛謂。我不説那遊子是「忠良」或「賢臣」；因為樂府裏這類詩的主人，大概都是鄉里的凡民，沒有朝廷的達官的緣故。

一説遊子在外「另結新歡，心有所惑」，所以「遊子不顧返」。馬茂元《古詩十九首探索》則與上述朱自清看法不同：

朱氏認為以「白日」比遊子，只「顧到當篇當句的文義背景」，而沒有「顧到比喻本身

從譬喻論古詩十九首的藝術技巧

的背景」，只有這樣解釋，「才能得著它的確切的意旨」（古詩十九首釋）。其實這種看法是錯誤的：第一，引用成語，當然以原義為基礎，但在用法上往往是有著引申和變化的。以「白日」比遊子，在用法上是以類相從，與原義並無抵觸，不過略有變化罷了。朱氏所謂没有「顧到比喻本身的背景」，不知何指。第二，分析作品必須從作品的本身出發，這兩種説法，完全脱離了作品，顯然是主觀臆測，毫無根據的。

馬氏又舉陸雲擬本詩的〈為顧彦先贈婦〉、劉鑠擬本詩的用意，均為「另結新歡，心有所惑」的意思。

「浮雲蔽日」在中國古典詩文中，為流行常見之譬喻。往往以白日借喻君王，意謂讒臣蔽賢。故朱自清釋「浮雲蔽白日」：「以喻邪佞之毀忠良，故遊子之行不顧反也。」馬茂元則解為「設想他另有新歡，心有所惑。」雖然彼此各執一辭，其實就詩之多義性而言，可以兩存並取⑩。

(二)今日良宴會第四：

何不策高足，先據要路津？

無為守貧賤，轗軻長苦辛。

此四句以憤慨之語氣道出了詩人內心的不平：為什麼不趕快鑽營富貴，先占據政壇上的重

要位置呢？又何必甘守貧賤，辛辛苦苦地長久失意呢？「要路津」（喻依），本意是重要的路口渡口，借喻「顯要職位」（喻體），「轗軻」（喻依），本義是車行不利，借喻「人生之途不順，不得意」（喻體）。「要路津」也是習見的借喻。《孟子·公孫丑上》：「夫子當路於齊。」當路，猶言執政。與此要路津類同。路，就路行而言；津，就水行而言，義同。「何不策高足，先據要路津？」與「無為守貧賤，轗軻長苦辛」形成強烈的對比，益增憤恨不平之氣。

這四句頗有憤世嫉俗，感慨自諷之意。張玉穀《古詩賞析》：「感憤自嘲，不嫌過直。」王國維《人間詞話》：「『昔為倡家女，今為蕩子婦；蕩子行不歸，空床難獨守。』『何不策高足，先據要路津？無為守貧賤，轗軻長苦辛。』可謂淫鄙之尤，然無視為淫詞鄙詞者，以其真也。」表面上是鄙詞，其實是詭譎的諷譎之詞。廖蔚卿〈論古詩十九首的藝術技巧〉說得好：

自甘寂寞者，雖含意萬端，卻都沈默不能伸其意。而作者還要裝出莊嚴的神態去歎息人生短暫，說是應該捷足先據要路津，不要一輩子窮愁潦倒才好。從人生一轉，索性冷諷地說下去。於是，這詩就將嫉憤世俗的心在諷譎中隱示出來，那效果，就如同短劍的作用一樣，笑聲中有著刺痛。

在修辭技巧上，「何不策高足，先據要路津？」又屬「設問」中的「激問」，為激發本意

而問，答案就在問題的反面。如此的表達方式，要比敍事句引人注意，更耐人尋味，從諷諭的

句意中，可以體會作者複雜的心情，那又是另一種「正言若反」的修辭方法——「倒反」了。

(三)明月皎夜光第七：

秋蟬鳴樹間，玄鳥逝安適？

昔我同門友，高舉振六翮。

不念攜手好，棄我如遺跡。

南箕北有斗，牽牛不負軛。

此言世態炎涼，朋友不肯相助之怨憤。連續用了四組譬喻。

「秋蟬鳴樹間，玄鳥逝安適？」上句謂得志者（朋友）如秋蟬高處，下句謂失意者（我）

如燕子無所依適。作者用借喻與對比的手法，顯示人世浮沈，人情疏遠之狀況，意象顯明而深

刻。一說兩句均借喻作者本身。何焯《義門讀書記》：「自比如秋蟬之悲吟也。」

「昔我同門友，高舉振六翮。」借「鳥之振翅高飛」（喻依）喻「朋友之得志高昇」（喻

體）。六翮，謂大鳥之翅膀。《韓詩外傳》：「夫鴻鵠一舉千里，所恃者，六翮耳。」「振六

翮」用借喻、擬物的技巧，使得詩句靈動有致。

「不念攜手好、棄我如遺跡。」採明喻的方式，本文前已論及，在此不再贅言。

「南箕北有斗，牽牛不負軛。」借「南箕」之不能簸米（喻依），「北斗」之不能酌酒（喻依），「牽牛」之不能拉車（喻依），喻「朋友徒具朋友之名而無相助之實」（喻體）。此二句從《詩經》中脫化而出。《小雅・大東》：「維南有箕，不可以簸揚；維北有斗，不可以挹酒漿。」「皖彼牽牛，不以服箱。」箕、斗、牽牛均為天上的星名，與人間的事物相聯繫，可是箕的形狀雖然像簸箕，卻不能用來揚米去糠；斗的形狀雖然像酒器，卻不能用來酌酒；牽牛雖有牛名，卻不能負軛拉車。此三者都是有名無實，譬喻同門友空有其名，卻不能互相援引扶持，毫無同門友之情誼。

（四）客從遠方來第十八：

客從遠方來，遺我一端綺。

相去萬餘里，故人心尚爾。

文采雙鴛鴦，裁為合歡被。

著以長相思，緣以結不解。

以膠投漆中，誰能別離此。

此詩寫女主角接到丈夫托友人帶來的禮物，以裁綺為被的細節，顯現了愛的喜悅。篇末「

以膠投漆中」（喻依），借喻「兩情的牢固纏綿，難分難捨。」（喻體）猶言：我們彼此的情

感好像具有強烈黏性的膠、漆，牢牢地結合在一起，再也分不開了。

自整首詩的內涵而言，男主角的禮物一端綺（半匹花綢子）的文彩是一雙鴛鴦，女主角將

它做成合歡被，裝進絲綿，四邊用連環不斷的結做裝飾。在在都顯示了愛情的投射。最後二句

「以膠投漆中」用借喻的方式，以具體的膠漆相黏顯示抽象的愛情，再用「誰能別離此」直訴

衷腸。在一路直線上揚的激情之巔峰，戛然而止。留下了一片愛的痴迷，真情可感。

本詩除了借喻之外，運用多種修辭技巧。「文彩雙鴛鴦」「裁為合歡被」均象徵了夫婦相

聚的願望。「緣以結不解」雙關因緣綴結不解。「著以長相思」，以「長相思」借代被子中間

的絲綿。設想頗為巧妙。

參、古詩十九首中的略喻

略喻的形式，是喻體與喻依之間，省略了喻詞，以一根無形的線，連繫了喻體與喻依，以

取代明喻中的如、像之類的喻詞。古詩十九首中的略喻比較少，只有第八首〈冉冉孤生竹〉：

冉冉孤生竹，結根泰山阿；與君為新婚，兔絲附女蘿。兔絲生有時，夫婦會有宜。千里

遠結婚，悠悠隔山陂。思君令人老，軒車來何遲！傷彼蕙蘭花，含英揚光輝。過時而不

采，將隨秋草萎。君亮執高節，賤妾亦何爲！

此詩寫女子新婚遠別的怨情，全詩以三組譬喻組織而成。

(一)「冉冉孤生竹，結根泰山阿；與君爲新婚，兔絲附女蘿。」是就夫婦之結合而言的略喻。李善《文選注》：「竹結根於山阿，喻婦人託身於君子也。」喻辭省略，喻體只有一個「與君爲新婚」，喻依卻有兩個：

「冉冉孤生竹，結根泰山阿」女主角以「孤生竹」自比，以「泰山阿」比丈夫。猶言：我好比一支柔弱的細竹，你好比泰山之曲處，彼此結合，有如孤竹托根於泰山。

「兔絲附女蘿」女主角以「兔絲」自比，以「女蘿」比丈夫。猶言，女主角與丈夫之結合，有如兔絲與女蘿互相依附而生。

作者在此以孤生竹之結根泰山阿，以及兔絲附女蘿，形容夫婦之結合，這樣的譬喻非常妥貼。同時，孤竹結根，有貞節不移之意；兔絲與女蘿皆爲蔓生植物，有纏結之意。「孤生竹」又與「泰山阿」相互對襯，形成強烈的對比。

(二)「兔絲生有時，夫婦會有宜。」也是就夫婦之結合而言的略喻。喻詞省略，以「兔絲生有時」（喻依）形容「夫婦會有宜」（喻體）。猶言，夫婦當及時相聚，有如兔絲及時而生。暗示人生有少壯衰老，猶如草木有繁盛枯萎，當珍惜青春時光。

朱自清《古詩十九首釋》：「『兔絲生有時』，為什麼單提兔絲，不說女蘿呢？兔絲有花，女蘿沒有；花及時而開，夫婦該及時而會。『夫婦會有宜』，宜，得其所也；得其所也就是得其時。這裏的兔絲雖然就是上句的兔絲——蟬聯而下，也是接字的一格——，可是不取它的『附女蘿』為喻，而取它的『生有時』為喻，意旨便各別了。」兔絲是柔弱的蔓生植物，屬旋花科。莖細長，略黃。夏季開淡紅小花。女蘿，地衣類植物。全體為無數細枝，狀如線，長數尺。

以上兩組略喻，在後世的詩文中常有類同的用法。

曹叡〈種瓜篇〉：「願託不肖軀，有如倚大山。」

李白〈古意〉：「君為女蘿草，妾作兔絲花。」

杜甫〈新婚別〉：「兔絲附蓬麻，引蔓故不長。」

(三)「傷彼蕙蘭花，含英揚光輝。過時而不采，將隨秋草萎。」仍然是以花喻人，和以上兩組譬喻不同的有兩點：

第一，描述的對象係專就女主角而言。

第二，譬喻的形式是只有喻依的借喻。

此四句借蕙蘭自比，喻盛顏易逝。猶言：蕙蘭花煥發著鮮艷光輝與芳香，過時不采就和秋

草一起枯萎了。而人的青春也正是如此，在離別相思中白白老去，真令人感傷。馬茂元《古詩十九首探索》：「『含英揚光輝』，是花的顏色，也是人的丰采，是花的『時』。『過時而不采』指『軒車來何遲』，『將隨秋草萎』就是『思君令人老』的感覺。這套譬喻，不但形象鮮明，而且在憂愁幽思中不可遏止地發散出一種強烈的青春的生活氣息，這就豐富了詩的情感內容，使它顯得更飽滿更生動了。」又廖蔚卿〈論古詩十九首的藝術技巧〉：「下四句中，是悲怨之悲的低徊，傷痛老之將至，別之長久，見蕙蘭之光燦，使人對之傷感無已；感念時光將去，物色亦將變化；光陰催人，悲苦損人，秋草萎敗，與人生又有何差別？轉折至此，全詩主句才突現：『過時而不采，將隨秋草萎。』」均屬精闢之闡論。

綜觀「冉冉孤生竹」全詩，幾乎全由譬喻組織成篇。兩組略喻，一組借喻，作者借物喻人，形象具體顯明，語言鮮活生動，使女主角之怨情，洋溢紙上。

肆、結語

古詩十九首的藝術技巧，以運用譬喻修辭法最為普遍，設想巧妙，收效奇佳。從以上的考察，至少可以得到下列四項認識。

第一、就譬喻的類別與形式而言。古詩十九首中未見隱喻，略喻也只有一首，比較常見的

從譬喻論古詩十九首的藝術技巧

是明喻和借喻。通常譬喻的構成形式，是用一個喻依形容一個喻體的，如「行行重行行」詩中，以「胡馬依北風」、「越鳥巢南枝」兩個喻依借喻「遊子當眷戀故土」（喻體）。「冉冉孤生竹」詩中，以「冉冉孤生竹，結根泰山阿」、「兔絲附女蘿」兩個喻依形容「與君為新婚」（喻體）。又如「明月皎夜光」詩中，以「南箕」、「北斗」、「牽牛不負軛」三個喻依借喻「朋友徒具朋友之名而無相助之實」（喻體），用兩個以上的喻依形容同一個喻體，有加強語氣與印象的作用，如果將譬喻的種類再作細分，可以列為「博喻」一類。

　第二，就譬喻的技巧與效果而言，古詩十九首中運用譬喻的成果，約有四點特色。

㈠以具體的事物顯現抽象的情理。譬喻的基本原則是以易知說明難知，以具體形容抽象。古詩十九首中如「人生寄一世，奄忽若飆塵。」以飆塵之旋起旋落，旋聚旋散，形容人生的短暫與空虛。如「生命如朝露」，以早晨的露水形容人生壽命的短暫。如「先據要路津」，以先占取重要的路口渡口，借喻要趕快占據政壇上的顯要職位等，都是以具體的事物顯現抽象的情理。

　譬喻又基於心理學上的類化作用，喻體與喻依在本質上迥異，但其中卻有若干維妙維肖的類似點。古詩十九首中，如「胡馬依北風，越鳥巢南枝」借禽獸之眷顧故土喻人情，「南箕北

有斗，牽牛不負軛」借星辰之徒具虛名喻朋友澆薄。喻體——丈夫與喻依——胡馬、越鳥，喻

體——朋友與喻依——南箕、北斗、牽牛之間，其實風馬牛不相及，卻因為作者掌握了其間微

妙的相同點——眷戀故土、徒具虛名，就創造了精采的譬喻，使得詩意婉轉，耐人尋味。

㈡以適切的意象呈現豐富的內涵。上等的譬喻，須富於聯想，切合情境，並且以少字含多

意，增益文字的稠密度。古詩十九首中如「燕趙多佳人，美者顏如玉。」以玉形容美人，除了

顯示美人皮膚如玉之潔白與光澤兩層具體的特色之外，還可以使人聯想到美人如玉之溫潤之抽

象的美德。又如「浮雲蔽白日，遊子不顧返」以浮雲蔽日的意象，借喻的意義也有三層：1.泛

指鄉里中讒邪害公正，君子道消，小人道長。2.專指遊子在鄉里被讒邪所害，遠走高飛。3.指

遊子在外另結新歡，心有所惑。都是以適切的意象呈現豐富的內涵。

至如切合情境者，如「傷彼蕙蘭花，含英揚光輝，過時而不采，將隨秋草萎」，借花喻人

，從蕙蘭的煥發鮮艷光輝芬芳，聯想到女主角的青春美貌手采；從花的凋謝聯想到人的盛顏易

逝，使讀者融進到作者的情境與氣氛中去，黯然神傷。

㈢從詩句的靈動到篇章的組織。古詩十九首中的譬喻，除了譬喻本身精妙，使得詩句靈動

之外，往往在篇章的組織中產生效用。從整首詩來看某些詩句所用的譬喻，更有意義。如〈冉

冉孤生竹〉整首詩由三組譬喻組織而成，構成了詩的形象的整體。從「冉冉孤生竹，結根泰山

阿，與君為新婚，兔絲附女蘿」、「兔絲生有時，夫婦會有宜」，到「傷彼蕙蘭花，含英揚光輝。過時而不采，將隨秋草萎。」前後聯絡照應，意象生動，狀溢目前，而女主角的怨情也一層層地映現到紙面上。又如〈客從遠方來〉，在詩意的發展脈絡上，故人從遠方帶來一端綺，從雙鴛鴦的文采，到女主角的裁成合歡被，裝進絲綿，四邊用連環結做裝飾，洋溢著一陣陣愛情的喜悅。到最後出現「以膠投漆中」這個譬喻，顯示愛情的牢固，可謂三呼而出，來得正是時候。

（四）兼用其他修辭方法。古詩十九首中的譬喻，往往同時兼用其他技巧，使藝術效果更加美妙。如「胡馬依北風，越鳥朝南枝」是借喻兼對偶，「秋蟬鳴高樹，玄鳥逝安適」是借喻兼對襯，「冉冉孤生竹，結根泰山阿」、「與君為新婚，兔絲附女蘿」前兩句是略喻兼對襯，同時由「竹」的有節顯現了女子的貞節。「何不策高足，先據要路津？」是據問激問……等。

第三，就文學史的傳承而言，古詩十九首中的譬喻，有許多是因襲前人者。如：

（一）「棄我如遺跡」出自《國語》：「靈王不顧於民，一國棄之，如遺跡焉。」

（二）「泣涕零如雨」出自《詩經》：「瞻望弗及，泣涕如雨。」

（三）「美者顏如玉」出自《詩經》：「白茅純束，有女如玉。」

（四）「胡馬依北風，越鳥巢南枝」出自〈鹽鐵論〉：「故代馬依北風，飛鳥翔故巢。」

修辭方法析論　　三一八

㈤「南箕北有斗，牽牛不負軛。」出自《詩經》：「維南有箕，不可以簸揚；維北有斗，不可以挹酒漿。」「睆彼牽牛，不以服箱。」

古詩十九首中的譬喻，往往因襲前賢而又開啟後來者，一方面擷取傳統的精華，同時又為文學傳統增添了若干財富。（後世襲用古詩十九首者，已分見上文中）

第四，就整體的藝術技巧而言，古詩十九首除了最普遍的譬喻法外之，尚運用其他多種修辭方法。例如：

㈠「行行重行行」詩中，「與君生別離」用「藏頭法」，藏去「悲莫悲兮」四字，而意在言外。「相去日已遠，衣帶日已緩」用「借代法」，以衣帶寬鬆的結果代原因——因相思而消瘦。

㈡「青青河畔草」詩中，「青青河畔草，鬱鬱園中柳，盈盈樓上女，皎皎當窗牖。」用「層遞法」，描寫的鏡頭由河畔、園中、樓上，空間漸次縮小，距離由遠而近，有秩序地層層遞進，逼出人物。同時「園中柳」也是女主角的象徵。

僅以古詩中十九首的首二詩為例，即可見一斑。至於詳細的情況，將再另行撰文探究。

【附註】

①馬茂元《古詩十九首探索》（河洛出版社）前言：「在十九首裏，表現這種羈旅愁懷的不是

遊子之歌，便是思婦之詞。」

②隋樹森《古詩十九首集釋》，載《古詩集釋等四種》。（世界書局）

③朱自清《古詩十九首釋》，載《朱自清古典文學專集續編》。（源流出版社）

④廖蔚卿〈論古詩十九首的藝術技巧〉，見《文學雜誌》三卷一期。

⑤見亞里斯多德《修辭學》，此處轉引自黃維樑《清通與多姿——中文語法修辭論集》（香港文化公司）書中〈文學的四大技巧〉。

⑥見韋勒克·華侖著，王夢鷗·許國衡譯《文學論》第十五章（志文出版社），王夢鷗《文學概論》第十四章。（帕米爾出版社）

⑦黃慶萱《修辭學·第十二章譬喻》（三民書局），黃著原列有「假喻」，在此不取。

⑧此詩之闡析可參閱周尚德〈論十九首今日良宴會詩〉，《文學雜誌》七卷一期。

⑨參閱拙作〈迢迢牽牛星——神話、愛情與詩的交融〉，見《神話、愛情、詩——中國古典詩比較評析》書中。（尚友出版社）

⑩參閱拙作〈哀而不怨的古典情詩——析『行行重行行』〉，見《神話、愛情、詩——中國古典詩比較評析》書中。

嫦娥奔月的象徵意義

神話是民族的夢！

自其表象而觀之，神話是荒誕無稽的；自其實質而探究，神話卻涵蘊了積極的意義。神話故事雖然出自想像虛構，且多集體創作，但是卻反映了先民對於大自然的解釋、想像與心底的願望，流露了民族的心聲！

神話是文學藝術創作的泉源！

神話透過口耳相傳，在民間傳誦廣遠，膾炙人口，歷世常新。不但為大眾所津津樂道，同時更為後世詩人、畫家、雕塑、刺繡、剪紙等各種藝術，提供了創作的靈感與啟發。神話不但是藝術家汲取創作靈泉的寶庫，文學家與藝術家在創作時也賦予神話更豐富的內涵。

在中國古代的神話與傳說中，由觀察日月星辰而產生的美麗神話，而又反映了現實社會人們的生活和想望的，不勝枚舉，其中最富有象徵意義的就是「嫦娥奔月」。本文擬從：嫦娥奔

月故事的演變、原始象徵、後起象徵三端，予以探討。

壹、嫦娥奔月故事的演變

在龐雜眾多的神話材料中，有關自然界的神話，範圍最廣，數量最多，且含蘊了許多美麗的想像與高貴的理想。前人曾將解釋一切自然現象的神話概分為三類：

1. 關於日月星辰風雷山川等自然現象的。
2. 關於禽獸草木的。
3. 關於特種自然界的原始信仰①。

第一類中有關月亮的神話，譚達先《中國神話研究》曾列舉了三則比較具代表性的材料：

1. 大荒之中，有山，名曰日月山，天樞也。……有女子方浴月。帝俊妻常羲生月十有二，此始浴之。（山海經・大荒西經）

2. 高辛氏次妃常羲生而能言，髮迨（列也）其踵，是歸高辛，生太子夋及月十二。（路史）

3. 羿請不死之藥於西王母，姮娥（嫦娥，羿妻）竊以奔月（淮南子・覽冥訓）②。

以上三段神話，雖然同樣是講月神，但內容卻頗有歧異：第一段的「常羲」，即「嫦

娥」，此言日月山上有帝俊妻嫦娥生下十二個月亮，並替月亮洗澡。第二段則謂高辛氏次妃嫦

娥，剛出生就會講話，她的長頭髮一直拖到腳後跟，嫁給高辛氏後，生了十二個月亮。沈雁冰

以為，此「十二月」大概是原始天文學的遺形③。第三段則謂嫦娥偷吃了丈夫從西王母處得來

的不死之藥，奔往月宮。

由此可見，神話中的故事說法並不一致。袁珂《山海經校注》即云「是『生月十二』之月

神常義神話，乃又逐漸演變而為奔月之嫦娥神話；常義本為天帝帝俊之妻，又一變為其屬神羿

之妻：神話傳說之演變無定，多如是也。」④其實，嫦娥的丈夫后羿的有關記載，也有自相矛

盾之處。在楚辭與淮南子中，羿一方面是射落九個太陽拯救下民的神，一方面是荒淫無道的諸

侯。

在說法紛歧的月神故事中，本文所探討的對象是傳誦最廣遠，也最為眾所津津樂道的「嫦

娥奔月」神話。然而，即使嫦娥奔月故事，其本身亦非一成不變。嫦娥，由月神常義演變而來

⑤，原作恆娥，漢代因文帝名恆，避諱改作姮娥，又作常娥、嫦娥，後世流行稱嫦娥。有關嫦

娥奔月的故事，由於時空轉變，人們對於自然現象的想像與解釋不同，神話故事的內容以及其

所顯現的內涵意義，也與世推移，大概可以分作以下三個階段：

一、飛越現實，翱翔於月宮

嫦娥奔月的象徵意義

嫦娥奔月的神話故事，第一階段是戰國到兩漢，最早的記載主要有三則：

1. 昔嫦娥以西王母不死之藥服之，遂奔月為月精。（戰國：歸藏）⑥

2. 羿請不死之藥於西王母，姮娥竊以奔月，悵然有喪，無以續之。（漢劉安：淮南子·覽冥訓）

3. 嫦娥，羿妻也，竊西王母不死藥服之，奔月。將往，枚占於有黃，有黃占之，曰：「吉。翩翩歸妹，獨將西行，逢天晦芒，毋驚毋恐，後且大昌。」嫦娥遂托身於月，是為蟾蜍。（漢張衡：靈憲）⑦

以上三段文字，大致確定立了早期嫦娥奔月神話的故事輪廓。羿費盡千辛萬苦，到西王母處求得長生不死之藥。西王母將此藥交給羿的時候，還特別叮嚀：

「這葫蘆裏的藥，恰好夠你們夫婦倆人份吃了不死，假如一人獨享，就可以昇天成神仙。」

羿滿懷興奮地將藥帶回家，準備找一個良辰吉日與嫦娥共享靈藥。他並不想獨吞做神仙，因為天上與人間的情形其實也相去不遠，只要不下地獄也就心滿意足了。可是嫦娥的想法就不一樣了。她原本是天上的女神，卻因為羿射落九個太陽得罪天帝而受到牽連，回不了上天，實在冤枉。再加上羿和宓妃的愛情走私，更使她胸懷牢騷與不滿。於是趁羿外出之時，將不死之

藥偷偷取出，想要自己一個人獨吞。為了鄭重小心起見，還特別向著名的巫師有黃請教，占卜的結果是大吉大利，有黃告訴她：

——有一個伶俐可愛的女子，

她將單獨邁向遙遠的西方；

世道是如此紛亂擾攘，

去吧！不要猜疑，也不必惶恐，

命中註定日後要大大昌盛！

嫦娥下定決心，獨吞了兩人份的不死之藥，身體發生變化，使這個原本絕世超凡的美麗仙子，化為一隻醜陋可厭的癩蝦蟆。她想要狂奔大喊求救，但只能蹲在地上跳躍，喉嚨也已瘖瘂難以出聲；都是那騙人的巫師有黃害的，還預言什麼「大吉大利」「命中註定要大大昌盛」哩！她實在懊惱又後悔，只因為一念之差，自私地背叛丈夫，竟然落得如此悲慘的下場⑧！

二、瓊樓玉宇，高處不勝寒

從六朝到兩宋，是第二階段，有關嫦娥的神話，故事情節略有改變。由於同情嫦娥的遭遇，嫦娥在人們心中又恢復了美麗仙子的形象。然而，她雖然居住在人人嚮往的月宮，卻嘗盡

『高處不勝寒』的寂寞滋味，後悔莫及。

如今現存的漢代石刻畫像裏，在月宮中擣藥的是嫦娥的化身——蟾蜍⑨。嫦娥竊吞靈藥奔月，固然罪過該罰，但是一個最美麗、最可愛的仙子被謫降為最醜陋、最惹嫌的癩蝦蟆，且罰做擣不死藥的苦工，未免有點過分。基於人性的憐憫，六朝以後，大家對嫦娥的說法有所改變，由同情而寬容，原本對嫦娥的嚴厲譴責與詛咒，罰她化身為蟾蜍，轉變成白兔擣藥，嫦娥依然是美麗的仙子，並沒有變成癩蝦蟆或其他奇怪的動物。在此可以引述三段詩文以為明證：

1.晉傅玄〈擬天問〉詩：

月中何有？白兔擣藥。

2.南朝宋謝莊〈月賦〉：

引玄兔於帝台，集素娥於后庭。

3.南朝宋顏延之〈為織女贈牽牛〉詩：

婺女儷經星，姮娥棲飛月，慚無二媛靈，託身侍天闕。

由此可見嫦娥的形象已在人們心目中恢復了原有的面貌。月的形象是那麼可愛，自然不忍心將美麗可愛的嫦娥仙子貶為癩蝦蟆。可是，環境的美麗，並不能安慰寂寞的心靈。月宮是如此冷清，除了一隻終年擣藥的白兔之外，一無所有。後來雖然增加了一個被罰到月宮來砍樹的

吳剛，可是桂樹和吳剛過不去，創口隨砍隨合，永遠没完没了。

在唐代詩人的筆下，更對嫦娥寄予了深厚的同情。

1.李白〈把酒問月〉云：

青天有月來幾時？我今停盃一問之。

人攀明月可得，月行卻與人相隨。……

白兔搗藥秋復春，姮娥孤栖與誰鄰？……

2.杜甫〈月〉云：

四更山吐月，殘夜水明樓。

塵匣元開鏡，風簾自上鈎。

兔應疑鶴髮，蟾亦戀貂裘。

斟酌姮娥寡，天寒奈九秋。

3.李商隱〈嫦娥〉云：

雲母屏風燭影深，

長河漸落曉星沉；

嫦娥應悔偷靈藥，

嫦娥奔月的象徵意義

三二七

「碧海青天夜夜心」。

嫦娥奔月故事演變至此，也就形成中國神話傳誦最廣遠，大眾所熟知的情節。

三、知君懷思，復降爲夫婦

當美麗的嫦娥仙子，在漫長的時日承受無邊的寂寞時，她後悔莫及，一個人冷冷清清地在月宮做神仙，高處不勝寒，實在沒意思，很想再回到羿的身邊，即使偶有煩惱吵架，也勝過「碧海青天夜夜心」的孤寂。等到宋代，嫦娥奔月故事，又有了新的轉機，是為第三階段。元伊士珍《瑯嬛記》引《三餘帖》嫦娥故事云：

嫦娥奔月之後，羿晝夜思惟成疾。正月十四夜忽有童子詣宮求見，曰：「臣，夫人之使也，夫人知君懷思，無從得降。明日乃月圓之候，君宜用米粉作丸，團團如月，置室西北方，呼夫人之名，三夕可降耳。」如期果降，復爲夫婦如初。

這段故事，雖然彌補了嫦娥的遺憾。但是在民間流傳的嫦娥奔月神話，乃至於文人筆下的嫦娥，仍然以第二階段的說法為主流。根據袁珂的考訂，《三餘帖》已亡佚，百二十本《說郛》輯有之，撰人及時代均不詳，疑是宋人。袁珂在《古神話選釋》書中說：「這段故事，顯然可見是仙話而非神話，是道家方士的任意編造，而非流行於民間的民間傳說。」事實上，嫦娥再回到羿身邊的故事，後人詩文中幾乎看不到，同時，這種喜劇團圓的結局，也遠不如原先

的悲劇耐人尋味。

貳、嫦娥奔月的原始象徵

嫦娥奔月神話故事，由觀察天文而產生，寄托了現實人世的願望與期盼。其故事本身的象徵意義，據王孝廉分析⑩，約有兩點：㈠永劫與回歸，㈡不死與再生。我個人以為，除此之外，尚有自由與超越，以下且試闡論之。

一、永劫與回歸

隨著嫦娥奔月的神話，有吳剛伐桂的故事，比較完整的記載是唐代段成式《酉陽雜俎》中的一段文字：

舊言月中有桂，有蟾蜍。故異書言月桂高五百丈，下有一人常砍之，樹創隨合。人姓吳剛，河西人，學仙有過，謫令伐樹。釋氏言須彌山南面有閻扶樹，月過，樹影入桂中；或言月中蟾、桂、地影也，；空處，水影也。

其實，在吳剛伐桂神話故事出現之前，中國人心中就存有月中有桂的觀念。《太平御覽》所引《淮南子》書中即記載月中有桂，晉虞喜《安天論》也謂月中有仙人和桂樹，月桂之形狀初如仙人的腳，然後如其身體，最後生桂樹。《說文解字》釋桂：「江南之木，百藥之長。」

桂樹在中世紀中國人的想法裏，是不死的仙藥，《列仙傳》中的仙人如范蠡、桂父、谿父等都以桂為食，吃桂樹二十年就能在空中飛行。

吳剛伐桂，樹創隨合，象徵著月亮的不死與再生。他因為在學習仙術的過程中犯了錯失，因此被罰做這種永遠徒勞無功的伐桂工作。月中有桂和月中有不死藥的神話，是源於古人以月亮具有再生、不死、女性、農耕、生命等信仰而來。後來的道家修鍊之士信仰服桂成仙，也可能是由月中有桂與月中有仙藥的神話結合而成。

除了月中有桂之外，月中還有蟾蜍與白兔。屈原〈天問〉云：

夜光何德？死則又育。厥利維何，而顧菟在腹！

王逸註：「夜光，月也。；育，生也。言月何德於天，死而復生？」「死則又育」謂月亮具有不死與再生的神聖力量，由觀察月的盈虧圓缺，周而復始的回歸現象而產生。而月中有兔，從形狀上解釋是兔口有缺。後來又把月中兔想像為一個終年辛苦為仙人搗不死藥的使者，與吳剛的命運相同。

由觀察自然而想像月中有白兔、蟾蜍、桂樹，乃至於產生嫦娥奔月、吳剛伐桂、玉兔搗藥等神話故事，其原始想像的根據當然是月亮中的斑點。因為月中的黑影並不很清楚，再加上其間的盈虧變化，所以有不同的解釋，蘊釀出複雜豐富的神話故事。而其中的象徵意義，在永劫

與回歸之下，又顯現了「知其不可而為之」的奮鬥精神與「悲歡離合」的無常感覺。

二、不死與再生

古人因見月亮的「死則又育」，由月的陰晴圓缺，盈虧消長，如此周而復始，循環不已，產生不死與再生的信仰，嫦娥奔月神話故事就是這種信仰的投射。

神話世界的嫦娥奔月故事，其所反映的現實基礎，主要有兩點：

第一、由於人們對現實生命有限的苦惱，追求永生，希望長生不老。古今中外，人同此心，心同此理。在中國上古時期即與人生俱來，秦漢時期尤為流行，秦始皇派徐福率童男童女尋覓仙山，漢武帝求不死之藥，即為著名的例證。在現實人世間，想要追求不死與永生，難以如願，反映到神話故事的嫦娥身上，不但流露了大眾的願望與心聲，而且慰情聊勝於無，頗有精神上的補償作用。

第二、與社會型態密切結合。古代的農業社會，與月亮關係密切，中國民間，一向依據以月亮為主的陰曆從事農耕作息，王孝廉在〈不死與再生——月亮神話之二〉⑪文中說得好：

有神話學家把人類的原始文化分為太陽文化與月亮文化，遊牧民族所信仰的通常是天，是太陽，是強有力的父性神。而農耕民族信仰的多半是大地，是月亮，是溫柔的母神。

因此在古代月神信仰的文化圈裏的民族，他們通常把月亮做為不死、再生、大地、農耕

、女性的象徵。

除此之外，嫦娥奔月神話還有兩點現實性的反映：1.將月亮與女性聯想到一起，由於月光溫和柔美，不像太陽那樣剛強猛烈。因此，中國神話中的月母是為常羲、女和、恆娥、嫦娥；同時，最早的「常羲生月十有二」，也是與一年十二個月的農業社會相契合的。2.在早期神話故事中，嫦娥化身為蟾蜍，除了與月中有蟾蜍的想法結合之外，更反映了在古代以男性為主的社會中，透過神話對背叛丈夫的女子作嚴厲的懲罰。如此看來，嫦娥奔月雖屬想像虛構而成，其中卻具有濃厚強烈的現實性色彩。

三、自由與超越

嫦娥奔月神話所象徵的不死與永生，固然是生民共同的願望與心聲。然而，就其大處而言，嫦娥奔月實具有人們追求自由，想要突破人世間種種拘囿與束縛，想要超越現實環境的熱切期盼。由此而言，其所象徵的意義，更能夠顯示內心深處的想望與聲音。

人生在世，不但壽命短暫，無論壽夭，最後終難逃一死。同時受到外在環境的種種限制。其體能、足跡所及，生存的空間，莫不拘限於一隅。面對廣大浩遠，無窮盡的大自然日月星辰，能不浩嘆！即使達者如莊周，亦曾經感慨地說：「生也有涯，知也無涯！」

在慨嘆之中，值得慶幸的，是一個人的身軀雖受外在環境的束縛，但精神活動力卻可以突

破時空的限制。劉勰在《文心雕龍·神思篇》嘗言：「文之思也，其神遠矣！故寂然凝慮，思接千載；悄焉動容，視通萬里。」言寂靜無聲，聚精會神以謀慮，則其思力可以上接千古聖賢，神交千古，默契寸心，其樂融融。悄憂有德，驚心動魄於形容，則其視野可以廣達萬方景物。就時間言，思緒能從現在遊蕩到過去未來，絲毫不受阻礙；就空間言，思緒能從目前遙想到異域殊方，展現各種視覺意像。

神話故事的嫦娥，就是人們追求自由，超越現實，乘想像之翼遨遊天宮下的產物。假如我們開啟心扉，不凝不滯，而無入而不自得。至此令人聯想起蘇東坡〈赤壁賦〉中的一段文字：

客亦知夫水與月乎？逝者如斯，而未嘗往也；盈虛者如彼，而卒莫消長也。蓋將自其變者而觀之，則天地曾不能以一瞬；自其不變者而觀之，則物與我皆無盡也。而又何羨乎？

由水的流動，月的盈虧，顯現了「變」與「常」的至理：自其變者而觀之，由水、月以至天地萬物，何嘗有一分一秒短暫的靜止？自其不變者而觀之，江水依舊，明月萬古，由水、月以至萬物，又何嘗改變呢？變的只是表象，本體與真理是不變的。就個人的生命而言，生老病死，成住壞空，當然短暫而有限，然而在大我生命本體的立場來看，卻如明月常照，大江永流，永無盡期。天地萬物生生不息，人類永恆是宇宙間生之洪流，薪火相傳，這生之洪流是永

遠不盡的——物與我皆無盡也。

同樣的道理，嫦娥奔月神話故事，雖然有種種不同的傳說，但是其中所象徵的人類追求不死與永生，追求自由，想要突破環境的束縛，超越現實的意義與精神，卻是永遠不改變，永無絕期的。

參、嫦娥奔月的後起象徵

嫦娥奔月的故事，傳誦於民間，不但中國人人人心中有嫦娥，嫦娥已成為中國文化寶庫中一粒光彩閃爍的明珠，照耀著民族的心靈，更成為詩人筆下最喜愛的寵兒。當天才們面對如此美麗可愛的寵兒，乘想像之翼遨遊於神話世界，不由得靈思泉湧，馳騁才情，極態盡妍，使得嫦娥歷世常新，永遠活在人們心目中。

詩人不但從嫦娥身上汲取創作之泉源，獲得無窮的靈感與啟發，同時「賦嫦娥以新貌」。嫦娥若有知，能獲得如此天才們的眷顧、憐惜，在月宮中雖然孤獨寂寞，但也應感到無限安慰與欣幸。

嫦娥在詩人的筆下，不只是永劫與回歸、不死與再生、自由與超越的象徵而已。試以唐最傑出的詩仙李白、詩聖杜甫而言，嫦娥已成為寂寞的象徵。且看：

白兔搗藥秋復春，姮娥孤栖與誰鄰？（李白：把酒問月）

斟酌姮娥寡，天寒奈九秋。（杜甫：月）

李杜對嫦娥的寂寞芳心，都表露了深切的同情。其實，與其說是憐惜嫦娥，毋寧說是與嫦娥共憐共惜。詩仙李白，號稱「天上謫仙人」、「痛飲狂歌空度日，飛揚跋扈為誰雄？」天才是寂寞的，「姮娥孤栖與誰鄰？」不正是詩仙孤寂心靈的自我寫照嗎？同樣的情況，杜甫的「斟酌姮娥寡，天寒奈九秋」，也正是杜甫的自憐。楊倫《杜詩鏡銓》說得好：「姮娥獨處而耐秋，亦同於己之孤寂矣。」由此可見，李白杜甫不但透視了嫦娥的寂寞處境，更以嫦娥作為寂寞的象徵，表露了天才內心深處落拓的沈哀。

真正對嫦娥的心境有深刻了解而又體貼入微的是「詩中情聖」李商隱。在《玉谿生詩集》的六百零二首作品中，不乏詠嫦娥之作。如：

雲母屏風燭影深，長河漸落曉星沈；
嫦娥應悔偷靈藥，碧海青天夜夜心。（嫦娥）

草下隆蟲葉上霜，朱欄迢遞壓湖光；
兔寒蟾冷桂花白，此夜姮娥應斷腸。（月夕）

不見嫦娥影，清秋守月輪；

月中閑杵臼，桂子搗成塵。（房君珊瑚散）

初聞征雁已無蟬，百尺樓南水接天；

青女素娥俱耐冷，月中霜裏鬥嬋娟。（霜月）

其中尤以〈嫦娥〉一首七絕，在千古以來詠嫦娥的作品中，堪稱獨占鰲頭之壓卷作。一方面體貼入微，將嫦娥的寂寞心境與淒清處境和盤托出。一方面含蘊深遠，將天才的孤寂感表露無遺。不僅李商隱與嫦娥同具「高處不勝寒」的哀愁與寂寞，更反映了無數才子佳人的心聲，耐人尋味，發人共鳴，令人感慨！如果我們將此詩略作闡析，當可領略到詩人內心深處的心象。

首句「雲母屏風燭影深」，寫詩人所處的室內之景。鑲著雲母的屏風，曲折地陳列著，燭影掩映，描繪出一片幽深精美的情景。由室內之裝飾，點出居處之精緻華麗；由燭影之搖曳，顯示時屬深夜，也因此聯想到詩人的心思深重。

次句「長河漸落曉星沈」，寫詩人所見的室外之景。鏡頭由室內移向室外，銀河漸漸沈落，曉星也趨於隱淡，不僅空間轉移，時間也逐漸流動，眼前所見的星空慢慢變化。由「燭影」到「長河漸落」，時空轉移，即景生情，寓情於景，透露了詩人的心境。蓋詩人之所以能察覺燭影搖曳，必屬長夜無眠之人。其所以能感覺星空的流轉，則長夜無眠，乃由於孤獨寂

裏，有所思。凝望星空的寂寥空曠，詩人的心境，不也正是如此地空曠孤寂嗎？

第三句「嫦娥應悔偷靈藥」，由寫景轉為議論，從詩人所處的實境飛向神話世界。嫦娥偷食靈藥飛向月宮，是出自她自我抉擇，不但令人艷羨，且早已成為人們追求自由，想要突破現實環境束縛的象徵。嫦娥為什麼要後悔呢？此句雖非問句，卻比問句更令人納悶。難道是李商隱自作多情，好事地強作解人？一個「悔」字，等於在讀者心湖中投下一粒石子，激起了陣陣漣漪。

第四句「碧海青天夜夜心」，是回答第三句，替讀者解除了心頭的疑惑。原來嫦娥在飛上月宮之後，卻是後悔莫及：月宮縱然是美麗的仙境，但卻是那麼地冷清悽涼，除了一隻終年搗藥的玉兔和被罰來砍樹的吳剛之外，連半個人影都沒有。嫦娥的美麗倩影，有誰欣賞讚美？嫦娥的寂寞芳心，又有誰堪慰憐？有的只是縈獨的孤影，夜夜面對著碧海青天，日復一日，永無絕期。空有一片良辰美景，觸目卻是無限的悽清，怎不令她滿懷哀怨，萬縷愁緒呢？此句雖不明說愁情，但即景生愁，碧海青天夜夜心，使我們眼前浮現出嫦娥悽楚孤獨的身影，想見其寂寞的芳心。李商隱真不愧為詩中情聖，能將嫦娥的心境揣摩得如此透徹，真個是體貼入微，不作第二人想。劉若愚在＜李商隱詩的用語＞文中評此句云：「沒有動詞，只直接提出嫦娥的寂寞，以海與天和她的心相對比。如果詩人用了一個動詞，把全句變成『碧海青天夜夜愁』，那

嫦娥奔月的象徵意義

三三七

麼，這句就失之太顯，沒有給讀者留下想像的餘地，更不用說押韻的問題了。」⑫

前人對此詩的寓意，雖然有種種紛歧的看法⑬。但如果從較為寬廣的層面來看，可以說泛指天才的孤寂感。碧海無涯，青天罔極，夜夜寂寞芳心，徘徊於空曠寂寥的月宮，將嫦娥的孤寂感，描繪得極為深刻沈痛，哀怨可感。同時也是作者自身的寫照：天才是寂寞的，只因為無可為侶，遙遙無期，真是高處不勝寒啊！李商隱在此所表達的，有三層意義：

(一)代嫦娥傾訴了美麗仙子的處境。

(二)透露了李商隱自己的心聲。

(三)反映了無數才子佳人的心境。

這種天才的孤寂感，進入中國文學傳統的巨流中，就使得嫦娥奔月神話故事的象徵意義更加豐富了。

當然，嫦娥奔月的象徵意義，絕非一成不變，也非僅止於斯。假如我們將嫦娥奔月的象徵意義，設想成一種由理想的追求，甚至世俗的功名富貴的追求，目標達成後反而感覺一片空虛，生命不再有意義。那也未嘗不可。

世世代代的中國人，在無數個美麗的夜晚，皎潔的月光照耀下，緬懷嫦娥奔月的神話故事，想起其中的象徵意義，再回顧己身的處境與心境，心靈之門理應為之開啟得更寬廣。由此看

來，荒誕不經的嫦娥奔月神話，實足以啟迪我們的心智，滋潤民族的心靈。

【附註】

①詳見沈雁冰《中國神話研究》第六章。（新陸書局）

②見譚達先《中國神話研究》第三章。（木鐸出版社）

③詳見沈雁冰《中國神話研究》第六章。

④袁珂《山海經校注‧海經新釋》卷十一。（里仁書局）

⑤除本文上述所引之外，張樹稃輯補注本《世本‧帝繫篇》：「帝繫下妃娵訾氏之女，曰常儀，是生帝摯。」義儀聲近，常義即常儀，帝嚳即帝俊。《呂氏春秋‧勿躬篇》云：「尚儀作占月。」畢沅注云：「尚儀即常儀，古讀儀為何，後世遂有嫦娥之鄙言。」沈雁冰《中國神話研究》、袁珂《由海經校注》對此均有所闡明。

⑥《歸藏》約成書於戰國初年，其書早已亡佚，此段佚文見《昭明文選‧祭顏光祿文》李善注。

⑦張衡《靈憲》書已亡佚，據嚴可均編《全上古三代秦漢三國六朝文》。（日本中文出版社）

⑧故事情節參考袁珂《中國神話故事》第五章。（河洛出版社）

⑨詳見袁珂《古神話選釋‧羿與嫦娥》。（長安出版社）

嫦娥奔月的象徵意義

⑩詳見王孝廉《花與花神》。（洪範書局）

⑪同註⑩。

⑫劉若愚〈李商隱詩的用語〉，見《李商隱詩研究論文集》。（天工出版社）

⑬詳見馮浩《玉谿生詩集箋註》（里仁書局）、張爾田《李義山詩辨正》（商務印書館）等。

從蜀道難論李白的夸飾

詩仙李白，是中國文學史上的第一奇人；〈蜀道難〉是李白集中的第一奇詩。本詩的旨意，歷來有四種說法①：

1.為嚴武鎮蜀放恣，危房琯杜甫而作。
2.諷刺章仇兼瓊為陳子昂雪獄，高適與王昌齡申冤。
3.規勸唐玄宗幸蜀失計。
4.即事成篇，別無寓意，只是歌詠蜀地山川。

王運熙〈略談李白蜀道難的思想和藝術〉②指出：「第四說比較可信，但須略加補充。我們認為這是李白在長安為送友人入蜀而作。他採用樂府舊題，描繪蜀道途中的艱險和環境的險惡，希望友人不要久留蜀地，重返長安。」假如從李白的環境、心境與詩境而言，李白〈蜀道難〉約有三點值得我們尋味。

1. 李白一生喜遊名山大川，蜀地不但山川秀麗雄偉，更是李白生長之地，對蜀地的山川自有一份特殊鍾愛之情。且李白集中另有〈劍閣賦〉、〈送友人入蜀〉等作。

2. 李白胸襟開拓，氣概橫飛，洋溢著生命的激情與浪漫雄豪之情，大氣磅礴的生命力與大氣磅礴的雄偉山川相結合，自然光采閃爍，照耀千古。

3. 李白詩中，愛用夸飾筆法，透過形象的舖張，與情感的夸大，方能顯現其超凡的氣勢與飛躍的豪情。非如此不足以馳騁其縱橫變化，極態盡妍之心境。

是以本文專從「夸飾」的角度，探討〈蜀道難〉的詩境，進窺詩仙內在心靈的異采。

其實，李白之號詩仙，也是由本詩而來。相關的記載主要有二：

1. 唐孟棨本事詩高逸第三：「李太白初自蜀至京師，舍於逆旅，賀監知章聞其名，首訪之，既奇其姿，復請所為文，出蜀道難以示之。讀未竟，稱嘆者數四，號為謫仙。解金龜換酒，與傾盡醉，期不間日，由是譽光是赫。」

2. 五代王定保唐摭言卷七：「李太白始自西蜀至京，名未甚振，因以所業贄謁賀知章，知章覽蜀道難一篇，揚眉撫謂之曰：『公非人世之人，可不是太白星精耶！』」

李白之號稱謫星，此天上謫星人也，其實也是一種讚嘆性的夸飾。

〈蜀道難〉是以七言為主的樂府詩，採用六朝樂府相和歌瑟調曲舊題，寫蜀道的艱險。以

雄健奔放、靈動多姿的長短句，透過極度誇飾的筆法，描繪由秦入蜀途中奇險壯麗的山川，充分顯現了詩仙豐富的想像與驚人的藝術技巧。且看：

噫吁嚱危乎高哉！蜀道之難難於上青天！蠶叢及魚鳧，開國何茫然。爾來四萬八千歲，不與秦塞通人烟。西當太白有鳥道，可以橫絕峨眉巔。地崩山摧壯士死，然後天梯石棧方鈎連。上有六龍回日之高標，下有衝波逆折之回川。黃鶴之飛尚不得過，猿猱欲度愁攀援。青泥何盤盤，百步九折縈巖巒。捫參歷井仰脅息，以手撫膺坐長嘆！

問君西遊何時還？畏途巉巖不可攀。但見悲鳥號古木，雄飛雌從繞林間。又聞子規啼夜月，愁空山。蜀道之難難於上青天，使人聽此凋朱顏。連峰去天不盈尺，枯松倒挂倚絕壁。飛湍瀑流爭喧豗，砅崖轉石萬壑雷。一夫當關，萬夫莫開。所守或匪親，化爲狼與豺。朝避猛虎，夕避長蛇。磨牙吮血，殺人如麻。錦城雖云樂，不如早還家！蜀道之難難於上青天，側身西望長咨嗟！

本詩大概可以分為三部分：

壹、天梯石棧，捫參歷井，撫膺坐長嘆

第一部分從開端到「以手撫膺坐長嘆」，敍長安以西秦地道路的艱難險阻。

從蜀道難論李白的夸飾

整首詩一開始，李白就以高響入雲的氣勢，說出了蜀道之艱難：「噫吁嚱危乎高哉！蜀道之難難於上青天！」前句只有「危」、「高」兩個形容詞，卻連用「噫、吁、嚱、乎、哉」五個虛字嘆詞，顯現了極端感慨贊嘆之意。後句用頂針筆法，以上青天夸飾蜀道之難，使讀者感覺驚心動魄。

緊接著從時間上直溯遠古。「蠶叢及魚鳧，開國何茫然。爾來四萬八千歲，不與秦塞通人煙。」蠶叢、魚鳧是傳說中蜀國的先王。開國以來四萬八千年，雖與秦地比鄰，但山川阻隔，長期無人往來。傳說是不可信的，在一片茫然，蒙昧不可知的神話世界中，使人感覺到神幻莫測，而蜀道之難正是如此迷幻不可測。「四萬八千歲」是時間的夸飾。數目雖不可信，卻使人感覺到一片遠古的迷茫。

從歷史的茫昧與形勢的隔絕之中，再說到開闢路途的艱難困苦。「西當太白有鳥道，可以橫絕峨眉巔。地崩山摧壯士死，然後天梯石棧方鉤連。」從秦嶺主峰太白山到四川岷山支脈的峨眉山，行人絕跡，只有飛鳥往還。相傳五丁開山，壯烈犧牲，不知有多少年代，更不知有多少壯士流血流汗，前仆後繼，終於修築成功一條如天梯般的險峻棧道，才解除了交通上的死結。

這四句話除太白、峨眉是山名外，用詞極為強烈，地崩、山摧、壯士死、橫絕、天梯，都

給予讀者深刻的印象，有股撞擊力，震撼心魄。

「上有六龍回日之高標，下有衝波逆折之回川。黃鶴之飛尚不得過，猿猱欲度愁攀援。」

敍地形之險峻。著力形容山勢之高峻，以羲和駕馭六龍為日神拉車，至此不能過而回頭，誇張到極點。這裏所採用的神話題材，不但是原本屬於虛構，李白更增添了嶄新的情節。描寫水流之急，用「衝波逆折」，也令人感覺險惡之至。此二句分從仰視與俯視的角度敍山川之險惡，使人目眩心悸。接著以禽獸取譬，最善於飛行的黃鶴與最善於攀援的猿猴，到此不得過而發愁。分從飛與爬兩種角度，特具專長的禽獸尚且嘆為觀止，其險峻可想而知。

「青泥何盤盤，百步九折縈巖巒。捫參歷井仰脅息，以手撫膺坐長嘆！」極言路途之曲折難行，令人長嘆。青泥嶺在陝西略陽縣附近，據說該地懸崖萬丈，嶺上常年瀰漫著雪霰雲霧，泥濘路滑，極為難行。在深山大壑的羊腸小徑，百步九折，當然是誇飾，比臺灣北宜公路的九拐十八彎要曲折得多。行人至此，高處可捫觸到天上的參星與井星，更是一種高度的誇飾。

「仰脅息」是說仰首上望透不過氣來，有一種沈重的呼吸的壓迫感，令人心悸、緊張、驚愕，撫胸長嘆！如此形象化的詩句，使讀者似若身歷其境，不自覺地隨著詩句而撫膺坐長嘆！驚悸之況，狀溢目前，真是神來之筆！

貳、悲鳥號木，飛湍爭喧，聽此凋朱顏

第二部分從「問君西遊何時還」到「嗟爾遠道之人胡為乎來哉」，敘從青泥嶺向南，由秦入蜀路途的險惡見聞。

「問君西遊何時還，畏途巉巖不可攀。」是轉折之筆，在往蜀路途的前進間，插入此二句，流露了對朋友的關切情懷，在艱難的環境中，在「以手撫膺坐長嘆」的心悸中，搖曳出一縷高貴的友情。

「但見悲鳥號古木，雄飛雌從繞林間。又聞子規啼夜月，愁空山。」以山林間鳥的悲鳴，尤其是在空山、夜月、古木的背景下，造成一股悲涼愁慘的氣氛。子規是杜鵑，春夏之交，往往徹夜飛鳴，音調淒厲，令人心底發毛。而杜鵑的鳴聲，諧音「不如歸去」，又激發出無限的遊子思鄉之情。「但見」「又聞」兼含視覺與聽覺。視覺是夜月空山，聽覺是悲號愁啼，感覺一片恐怖孤寂，觸目盡是悽涼，入耳盡是悲鳴，一切景象賦予視覺與聽覺的刺激，都與蜀道之險惡恐怖，有微妙的契合。

置身於如此險惡恐怖的環境下，不自覺地又是一聲長嘆：「蜀道之難難於上青天！」「使人聽此凋朱顏」，被眼前的景象所驚嚇得臉色都變了，人都蒼老了。好像伍子胥似的，一夜鬢髮盡白。「凋朱顏」是人情的夸飾。當然不是事實，然非如此夸飾，不足以狀其情。

「連峰去天不盈尺，枯松倒挂倚絕壁。飛湍瀑流爭喧豗，砯崖轉石萬壑雷。」在長嘆之餘，仍然是要面對現實的。前兩句是眼前的視覺：接連的山峰，距離青天不滿一尺，又是空間的夸飾，枯松倒挂在懸崖壁上是實筆寫真。後二句是耳畔的聽覺：飛湍怒瀑相激而成巨響，溪澗擊石，萬壑雷鳴，上下一片恐怖的聲音。李白在此以神來之筆，飛馳之勢，將形象、音響播映到讀者眼前耳畔，好像我們已經到了當地，目睹枯松倒挂在絕壁上，耳聞飛湍瀑流在萬壑雷鳴。

在如此險峻的環境之下，不自覺地又是兩句感嘆：「其險也若此！嗟爾遠道之人胡為乎來哉！」比前面的「問君西遊何時還」流露了更深的關切之情，甚至由於友情的深厚，在語氣中尚帶著若干責怪的意味，何必？又何苦？

參、朝避猛虎，夕避長蛇，側身長咨嗟

第三部分從「劍閣崢嶸而崔嵬」到末尾，敘蜀地形勢的險峻與環境的險惡。全詩到此，才真正進入蜀地，同時在地勢的險惡、路途之難行之外，兼涉及環境之險惡，人生路途之難行。「劍閣崢嶸而崔嵬」，連用「崢嶸」、「崔嵬」二詞形容山勢高峻險要。劍閣即劍門關，在四川劍閣縣西北七里，其地群峰劍插，兩山如門，西晉張載劍閣銘：「一人荷

從蜀道難論李白的夸飾

三四七

戟，萬夫趑趄。形勝之地，匪親勿居。」李白此詩用張載之意，改為「一夫當關，萬夫莫開。

所守或匪親，化為狼與豺。」

略要地。「一夫當關，萬夫莫開。」是人情上的夸飾，以此形容劍閣之地勢險惡，為自古以來的戰

「所守或匪親，化為狼與豺。」以豺狼譬喻若不得適當之人鎮守，反遭其害。

「朝避猛虎，夕避長蛇。磨牙吮血，殺人如麻。」除了路途的艱險難行之外，還要提防猛

虎、長蛇的侵襲，真是危險萬分。「磨牙吮血」極言猛獸噬人之恐怖景象，「殺人如麻」也是

一種數量上的夸飾。事實上蜀道是如此難行，不會有那麼多的行人！這幾句除了字面上的意思

之外，同時雙關人事的奸險傾覆，須提防壞人陷害。

「錦城雖云樂，不如早還家！」是對友人的規勸。錦城是成都，是當時蜀地的政治中心，

錦城雖然令人嚮往流連，但非久居之地，還是早日歸來吧！

「蜀道之難難於上青天，側身西望長咨嗟！」第三度以「上青天」夸飾蜀道之難。以三嘆

其辭，再加上凝望與「長咨嗟」的悠長嘆息為全詩作一總結。「側身」固然是向西望的動作，

但未嘗不可以解釋作因為驚嘆蜀道之難而不敢直立佇望。

總計李白蜀道難一詩，夸飾筆法，處處可見。有四種夸飾③：

(一)空間的夸飾：

1.「上有六龍回日之高標」以神話故事中的「日神乘車駕以六龍，羲和御之。」六龍尚不能逾越，極力舖張山勢之高峻。

2.「青泥何盤盤，百步九折縈巖巒。」以百步之內有九折，極言青泥嶺山路之曲折，也是空間的夸飾。

3.「捫參歷井仰脅息」，以人手可以觸摸天上的星辰，夸飾山嶺之高峻。

4.「連峰去天不盈尺」，以山峰距離青天還不到一尺高，夸飾山峰之高峻。

(二)時間的夸飾：

1.「爾來四萬八千歲，不與秦塞通人烟。」以四萬八千的鉅大數字，夸飾時間之久遠。

(三)物象的夸飾：

1.「噫吁嚱危乎高哉，蜀道之難難於上青天。」以「上青天」之奇筆夸飾蜀道之險峻難行，令人望之生畏。

2.「飛湍瀑流爭喧豗，砯崖轉石萬壑雷。」以萬壑雷鳴之聲，夸飾流水擊石所產生的巨響。

3.「黃鶴之飛尚不得過，猿猱欲度愁攀緣。」以善飛之黃鶴，善攀援之猿猱，夸飾蜀道之崎嶇難踰。

從蜀道難論李白的夸飾

三四九

（四）人情的夸飾：

1.「捫參歷井仰脅息，以手撫膺坐長嘆！」以感覺呼吸迫促透不過氣來，不敢顧盼，夸飾見蜀道險峻的驚奇恐怖之情。

2.「蜀道之難難於上青天，使人聽此凋朱顏。」以為之變色，立即蒼老夸飾面對蜀道難行的驚懼之情。

3.「一夫當關，萬夫莫開。」以「一夫」與「萬夫」之強烈對比，眾寡懸殊，夸飾劍閣之地勢險要，易守難攻。

4.「磨牙吮血，殺人如麻。」以如麻夸飾被害者之眾多與猛虎長蛇之凶惡。由此可見，李白在蜀道難一詩中，運用了十四次夸飾，包括空間的夸飾、時間的夸飾、物象的夸飾與人情的夸飾，真可謂集夸飾之大全。黃永武先生《中國詩學・設計篇》曾將此詩分行排列，以為句法的參差，長長短短，一看就是高低不平的山路④：

噫吁嚱、危乎高哉！

蜀道之難、難於上青天！　夸飾1

蠶叢及魚鳧，開國何茫然！

爾來四萬八千歲，不與秦塞通人烟！　夸飾2

西當太白有鳥道，可以橫絕峨眉巔！

地崩山摧壯士死，然後天梯石棧相鈎連！

上有六龍回日之高標，下有衝波逆折之回川！　　誇飾3

黃鶴之飛尚不得過，猿猱欲度愁攀援！　　誇飾4

青泥何盤盤，百步九折縈巖巒！　　誇飾5

捫參歷井仰脅息，以手撫膺坐長嘆！

問君西遊何時還？畏途巉巖不可攀！　　誇飾6 7

但見悲鳥號古木，雄飛雌從繞林間，

又聞子規啼夜月、愁空山！

蜀道之難難於上青天，使人聽此凋朱顏：　　誇飾8 9

連峰去天不盈尺，枯松倒挂倚絕壁，

飛湍瀑流爭喧豗，砯崖轉石萬壑雷！　　誇飾10 11

其險也如此，嗟爾遠道之人胡為乎來哉！

劍閣崢嶸而崔嵬，一夫當關萬夫莫開！　　誇飾12

所守或匪親，化為狼與豺！

從蜀道難論李白的夸飾

蜀道之難難於上青天，側身西望長咨嗟！　夸飾14

錦城雖云樂，不如早還家！　夸飾13

朝避猛虎，夕避長蛇，

磨牙吮血，殺人如麻！

現在將夸飾之筆附註於後，除了用參差的筆法，顯現出蜀道中地無三尺平的景象外，每一處夸飾，都令人精神一振，處處驚心觸目，高潮迭起，令人嘆為觀止。

又王尚文〈試談李白詩中的一些藝術形象〉⑤曾闡明「蜀道之難難於上青天」在全首詩中重複三次的意義：

每一次的重複都把詩篇推到了新的高潮，使它成為全篇的詩的圖畫，給讀者留下了一個不可磨滅的印象。詩篇的那種風起雲湧、排山倒海的氣勢和詩人的性格氣質是十分合拍的，表現了詩人獨特的藝術風格，是中國山水詩中一篇別開生面的好作品。

王氏所論，雖然言之成理，但蜀道難之所以能具備如此風起雲湧，排山倒海的氣勢，正由於「蜀道之難難於上青天」的夸飾筆法，在首、中、尾三度呼應，再加上其餘十一處夸飾筆法，才能造就整篇的奇勢與奇氣。

透過以上的闡析與探究，在此可以獲致三點認識：

第一，李白在蜀道難中，連用了十四處夸飾筆法，種種鋪張夸大的描寫，並不符合客觀的事實。然而，卻成功地顯現了蜀道的艱難險峻。亞里斯多德主張「藝術模擬自然」，並不要求藝術與自然完全相似，而是將藝術家主觀觀照下的客觀世界重現出來，播映到讀者面前。

第二，李白是中國傳統詩人中最擅長運用夸飾筆法的第一人，蜀道難是運用夸飾筆法最成功的典型範例。此語在經過徹底的分析比較之前，雖有武斷之嫌，卻很難再找到與此相提並論的作品。

第三，李白之所以擅長夸飾，愛用夸飾，實在有其內在的因素，由形式上的神來之筆與意境上的氣象浩然，發展到詩藝的豪宕飄逸，像天馬行空一樣，令人難以想像，不可捉摸，實在是由於他內心洋溢著充沛的生命力與浪漫雄豪的激情。他有大鵬一樣扶搖直上青雲的偉大氣魄，有氣吞海嶽的狂放熱情，所以能與山河氣勢磅礴的性格相結合，創作不朽的詩篇。〈蜀道難〉只是一個例證而已。

【附註】

①詳見詹鍈〈李白詩文繫年〉，載《李太白研究》書中。（里仁書局）

②王運熙〈略談李白蜀道難的思想和藝術〉收在《李白研究論文集》中。（中華書局）

③夸飾之類別，採用黃慶萱《修辭學》的說法。（三民書局）

④詳見黃永武《中國詩學・設計篇・談詩的音響》。（巨流圖書公司）

⑤王尚文〈試談李白詩中的一些藝術形象〉，收在《李白研究論文集》中。（中華書局）

修辭學研究的回顧與展望

中華民族是一個修辭學很發達的民族，但並不是一個修辭學研究很發達的民族，中國的言辭與文辭，豐盈美妙，多采多姿，極態盡妍，再加上文化傳統與文學傳統的博大精深，源遠流長，花果蔚蕃。因此，中國語文的修辭非常發達，成果輝煌，但是有關修辭學的研究，則未足以稱之。自先秦至晚清，言及修辭的書，雖然為數不少，但多為零散的吉光片羽，即如南朝梁劉勰《文心雕龍》、宋陳騤《文則》、元王構《修辭鑑衡》、清俞樾《古書疑義舉例》等，也都是「各照隅隙，鮮觀衢路」①。「修辭」之能稱「學」，成為一門有系統的學問，對於修辭理論及方法作全面研究闡述的專著之問世，則是二十世紀以後的事。本文擬分作：㈠修辭學研究之鳥瞰。㈡修辭學研究之成果。㈢修辭學研究之展望。針對修辭學之研究，作一番概括性的檢討與前瞻。

修辭學研究的回顧與展望

三五五

壹、修辭學研究之鳥瞰

二十世紀中國修辭學的研究發展，可以一九五〇年為界，分為前後兩大階段。

民國初年，中國修辭學的研究，曾隨著五四新文化的運動，興起一股熱潮，著作如林，大體上可分為新舊兩派：

舊派如鄭奠的《中國修辭學研究法》（自印，未註出版年月）、楊樹達的《漢文文言修辭學》（初名《中國修辭學》，後改此名，一九三三年，世界書局）、張文治的《古書修辭例》（一九三七年九月，中華書局）等，多屬修辭古說、古例的集錄，略加演繹闡述，皆在提供本學的參考資料。其主張可以列舉二家以窺其略：

近世外慕風熾，舉海外修辭之術，繩諸前文，得其形似，樂為比附，彼所未及，此亦闕如。今思述先士之正論，考前文之成規，范為修辭之學，先陳研究之法。（鄭奠：中國修辭學研究法‧導言）

族姓不同，則其所以求美之術自異。況在華夏，歷古以尚文為治，而謂其修辭之術與歐洲為一源，不亦誣乎？昧者顧取彼族之所為一襲之。彼之所有，則我必具；彼之所缺，則我不能獨有；其貶己媚人，不已甚乎！吾今不欲謂吾書足以盡吾國修辭之全，第欲今世之治此學者，知此事為一族文化之彰表，義當沉浸於舊聞而以鈎稽之法出之，無為

削己足而適人之履。（楊樹達：漢文文言修辭學・自序）

由此可見，舊派的基本立場，與新派的修辭學家針鋒相對。

新派的修辭學研究，主張參酌歐西研究修辭的科學方法，來探討中國的修辭現象，最早的代表是唐鉞的《修辭格》（一九二三年，商務印書館）。作者在例言中明言英文參考書對本書助力很多的是下列兩書：J.C.Nesfield,Senior Course of English Composition,1910.J.C.Fernald,Expressive English,1918.並且在〈緒論〉中說：

要討論修辭格，為便利起見，不得不把他們分類，分類的方法很多，本書姑且採用一種，省得討論時完全沒有頭緒。茲略依訥斯菲《高級英文作文學》裏頭的分類，而斟酌損益成下列的統系。

陳望道《修辭學發凡・結語》在論及中外修辭學說競爭時時特別推崇說：

當時對於修辭學最有貢獻的，大家熟知，是一九二三年出版的唐鉞的《修辭格》。這書雖然只是薄薄的一本小冊子②，這書所討論的也不過是本書所謂辭格的一小部分，但因找例很勤，說述也頗得當，又是科學的修辭論的先聲，對於當時的影響很大。從這本小書出版以後，修辭學便又換了一個新局面。修辭學的成立已經無人懷疑，修辭學和文法的競爭也告終結，同時卻在修辭學界裏面展開了一個中外修辭學說競爭的場面。

繼此而起的，有董魯安的《修辭學講義》（一九二六年三月，北平文化學社）、張弓的《中國修辭學》（一九二六年六月，天津南開華英書局）、王易的《修辭學》（一九二六年六月，商務印書館）、薛祥綏的《修辭學》（一九三一年五月，世界書局）、陳介白的《修辭學講話》（一九三一年八月，上海開明書店）等。這許多修辭學的書，或掛漏不全，或全舉古文例證，或販運西洋辭格，並未「振葉以尋根，觀瀾而索源」，針對中國的修辭現象，作徹底精細的歸納，扮演的仍然是開路先鋒的角色。

直到陳望道的《修辭學發凡》出世，才徹底將中國修辭學加以革新，歸納各種修辭現象，參酌中西鎔鑄新說，寫成一部兼顧文言白話的修辭專著。陳著於一九三二年一月由上海大江書鋪印行上冊，八月印行下冊。劉大白在替該書作序時說得好：

一九三二年，將要合一八九八年同成為中國文學史上最可紀念的一年了。因為一八九八年是中國第一本文法書《馬氏文通》出版的一年，而一九三二年是中國第一部修辭學書出版的一年。

劉氏的話似乎出自修辭格的「夸飾」，但可見陳著備受推崇之一斑，且只要將其中的「中國文學史上」改成「中國文法修辭學史上」，也就相去不遠。事實上，陳著出版後，風行數十年，影響廣遠，雖歷時半個多世紀，迄今風流未沫。

第一階段修辭學的發展，除了以新舊兩派區分之外，上海復旦大學宗廷虎教授《中國現代修辭學史》，從歷史分期的角度分為三期③，茲撮述如下：

(一)萌芽時期

第一個時期從二十世紀初到五四運動前夕，為現代修辭學的萌芽時期，特點是湧現了一些受日本和西洋修辭學影響的著作。最早問世的修辭學著作如湯振常的《修詞學教科書》（一九〇五年，上海開明書店）、龍伯純的《文字發凡·修辭編》（一九〇五年，上海廣智書局）、王夢曾的《中華中學文法要略·修辭編》（一九一三年，上海中華書局）、程善之的《修辭初步》（一九一八年，上海有正書局）等，全盤照搬外國的痕跡較重，寫得較為粗糙，同時，也有一些繼承古代修辭理論的著作出版，如吳曾祺《涵芬樓文談》等。這些書同時又是文章學著作，從修辭角度來總結規律、建立體系不夠，這個時期文法和修辭的觀念又是混淆不清的。

(二)建立時期

第二個時期從五四運動到一九三二年《修辭學發凡》問世，為修辭學的逐步建立時期。特點是：主張向外國學習的新派的研究成果大量增多，湧現了好幾種修辭學體系，主張繼承古代的舊派著作雖也有問世的，但數量和質量上均比不上前者。也出現了揉合新舊派之長的修辭學著作，如董魯安的《修辭學》等。這一時期的修辭學研究有了質的飛躍，新派的著作如唐鉞的

《修辭格》等，具有較強的科學性。陳望道《修辭學發凡》的問世，標誌著中國化的科學的現代修辭學及其體系的正式建立，代表了修辭學研究的高峰。

(三)發展時期

第三個時期，從一九三三年到一九五○年，是現代修辭學的發展時期。特點是修辭學走向全面發展，這一階段新舊派之間的對立已逐漸消除，實用修辭、白話修辭、古漢語修辭、辭格專題研究、語言風格、文體、社會修辭學、修辭理論等都有了發展。一九三三年到一九三七年，問世的修辭學專著較多，五年內有二十種。一九三七年抗日戰爭開始，戰亂頻仍，修辭學著作也就大為減少④。

一九五○年，國民政府遷臺，由於政治的分隔，後一階段修辭學的研究，便成為大陸與臺灣分別發展的兩條路線。

一九五○年以後大陸地區的修辭論著，根據黃民裕《辭格匯編》（一九八四年四月，湖南人民出版社）與黎運漢、張維耿合著《現代漢語修辭學》（一九八六年八月，商務印書館香港分館）二書所列書目，約有五十種左右（迄至一九八一年）。至於其中的代表作，則黎、張二氏在其書第三章〈漢語修辭學的建立和發展〉云：

一九五一年，呂叔湘、朱德熙的《語法修辭講話》，漢語修辭的研究進入一個新階段。

《語法修辭講話》的表達部分，比較側重語言的運用。它引用大量表達不當的語文病例

，進行恰當的分析，從中說明修辭的規律，指導人們糾正語言表達上的毛病，在《語法

修辭講話》的影響下，一直到六十年代中期，出版了不少專著。較有代表性的是一九五

三年出版的張瓊一的《修辭概要》，一九五六年出版的倪寶元的《修辭學習》和周振甫

的《通俗修辭講話》，一九五七年出版的張劍聲的《漢語積極修辭》，一九五八年出版

的呂景先的《修詞學習》，一九六〇年出版的周遲明的《漢語修辭》，一九六三年出版

的張弓的《現代漢語修辭學》等。

黎氏等又指明六十年代的修辭學研究成果，以張瓊一⑤、張弓二家成就最大。嗣後由於文

革動亂，一九六六年至一九七六年十年間，大陸的修辭學研究幾乎陷於停頓的靜止狀態。倒是

臺灣地區的修辭學研究，蓬勃發展，出版了不少專著，斐然可觀。直到一九七六年以後，大陸

地區的修辭學研究才逐漸恢復生機，陸續出版和發表專著、論文，再加上一九八〇年十二月成

立中國修辭學會，定期召開年會，出版論文集，修辭學界空前活躍。黎氏又列舉其著作云：

鄭遠漢的《現代漢語修辭知識》，倪寶元的《修辭》、《詞語的錘煉》，吳士文的《修

辭講話》、鄭頤壽的《比較修辭》，張志公主編的《現代漢語》下冊（修辭），鄭遠漢

的《辭格辨異》，濮侃的《辭格比較》，譚永祥的《修辭新格》，林興仁的《句式的選

擇和運用》，趙克勤的《古漢語修辭簡論》，王希杰的《漢語修辭學》，程希嵐的《修辭學新編》，以及中國修辭學會華東分會的《修辭學研究》，復旦大學語言教研室的《修辭學發凡與中國修辭學》，中國修辭學會的《修辭學論文集》第一、二集等，都是新成果的代表作。

黎氏嘗指明其中鄭遠漢、吳士文、鄭頤壽等三家之作以及中國修辭學會的論文集，對於修辭學新領域的開拓、修辭學新體系的創建、現代修辭學的發展，都頗具貢獻。黎氏未曾言及者另有鄭奠、譚全基編《古漢語修辭學資料匯編》⑥，蒐集傳統修辭學資料，頗稱詳富。

後一階段修辭學的發展，除了以上的概略之外，宗廷虎教授《中國現代修辭學史》，從歷史的角度分為三期，茲隱括如下：

(一)白話修辭學的創立與發展期

從一九五〇年到一九六六年，是白話修辭學的創立與發展時期，最大特徵是修辭學走向普及。呂叔湘、朱德熙的《語法修辭講話》揭開了白話修辭學新的一頁，張瓊一的《修辭概要》，標志著白話修辭學的正式建立。由於政府的提倡，修辭知識得到廣泛的傳播，學生在初中階段就被傳授修辭知識。因為受蘇聯的影響，這一時期的修辭理論和語體風格論有了發展。張弓的《現代漢語修辭學》成為當時修辭學深入探索的標志。

（二）修辭學的沉寂期

從一九六六年到一九七六年，為修辭學的「沉寂期」。十年動亂破壞了學術文化，使這一時期的修辭學研究基本上處於停滯狀態。只是在七〇年代初、中期，由於大學教育的需要，修辭知識才得到一些傳播，這一時期臺灣的修辭學卻有了發展，已從模仿期進入創新期。

（三）修辭學的繁榮期

自七〇年代末，尤其是八〇年代以來，修辭學面臨著前所未有的大好形勢，開始走向繁榮。這一時期民主空氣的增強，學術氣氛的濃厚，各級修辭學會的成立，都為修辭學的發展提供了很好的條件。這一階段，修辭理論、修辭手法（包括修辭格和詞、句、段、篇修辭）、修辭學體系、古漢語修辭、語體學研究、修辭學史研究等等都有發展，其中有些方面步子還邁得較快，有的發展迅猛。

至於臺灣地區的修辭學研究，宗廷虎教授《中國現代修辭學史》則分為兩期：

（一）模仿期

從五〇年代到七〇年代中期是臺灣修辭學研究的模仿期，特點是學習和模仿前一階段的幾部修辭學名著，可以傅隸樸的《修辭學》（一九六九年三月，正中書局）和徐芹庭的《修辭學發微》（一九七一年，中華書局）為代表，傅著繼承了鄭奠《中國修辭學研究法》、楊樹達《

漢文文言修辭學》等研究文言修辭的傳統，全書以文言文作品作為修辭手段的例證，蒐羅豐富，對修辭手法的歸納、分析、比較全面，對古漢語修辭現象的整理、論述，也有某些創見。徐著係參考陳望道《修辭學發凡》、楊樹達《漢文文言修辭學》、陳介白《修辭學講話》，斟酌去取。作者自序中嘗言：「鎔鈞載籍，陶鑄縹緗，採頤鈞深，研精索微；蘊三家之精義，宏修辭之大端。又默識深究，闡平生之所得，遂撰成斯篇。」黎運漢、張維耿《現代漢語修辭學》評云：「徐芹庭這本著作雖然創見欠缺，理論性不強，辭格分類顯得繁瑣，但仍不失為一部較為完備的修辭學著作。」

另黃永武的《字句鍛鍊法》（一九六九年八月，商務印書館）是此期中比較特殊的著作。宗廷虎以為此書與上述著作不同，較多的因素是創新，堪稱模仿期中的佼佼者。並且列舉三項特點：㈠建立了鍛句鍊字的體系。㈡既重視繼承古代修辭傳統，又重視白話文修辭。㈢把修辭納入文學範圍。「全書所舉例句和對例句的分析雖然比較豐富而詳盡，但理論色彩還嫌不夠。與後出世的黃慶萱的《修辭學》相比，顯得理論上的創新還較薄弱。」

㈡創新期

從七〇年代中期迄今是臺灣修辭學研究的創新期，特點是突破了學習模仿期的局限，踏上創新的里程。宗廷虎列舉了五部著作：㈠黃慶萱《修辭學》（一九七五年一月，三民書局）。

（二）蔣金龍《演講修辭學》（一九八一年六月，黎明文化公司）。（三）張嚴《修辭論説與方法》（一九七五年十月，商務印書館）（四）林月仙《實用修辭學》（一九七八年九月，偉文出版公司）。（五）吳正吉《活用修辭》（一九八四年，復文出版社），其中以黃慶萱《修辭學》最其代表性。宗廷虎以為黃著有三項特點：

1. 開拓了重視白話文修辭的新領域。
2. 注重修辭理論上的建樹。
3. 研究範圍侷限於修辭格。

王鼎鈞〈開放的修辭學〉⑦特別推崇黃著有三項突破：

1. 黃教授從今人的譯述中，引用了西方文學的理論，教人從文學創作的觀點來了解、運用修辭學。
2. 黃教授注意文學與其他學術在原理上相通之處（例如講到修辭的對偶，舉出建築藝術以相印證），教人從一切藝術中領會修辭的奧秘。
3. 黃教授重視「今文學家」在修辭方面的成就，引例特別重視現代人寫的小説、散文和詩歌。

另筆者在〈為漢語修辭奠一新基——黃著修辭學評介〉文中，嘗提出該書的特殊貢獻，概

修辭學研究的回顧與展望

三六五

有三端⑧：

第一、建立中國修辭學的理論基礎。

第二、肯定當代新文學的修辭效果。

第三、提供文學欣賞與創作的指針。

至於臺灣及海外地區研究成果之概略，由黃慶萱〈研究修辭學重要書目指引〉可見一斑。

黃文發表於一九九〇年八月出版的《人文及社會學科教學通訊》一卷二期，資料最新，也較具

代表性⑨。他推薦了十一本重要著作：

1.《修辭學》傅隸樸著，一九六九年臺北正中書局初版。

2.《字句鍛鍊法》：黃永武著，一九六九年臺北商務印書館初版，一九八六年臺北洪範書

店增訂本初版。

3.《修辭學發微》：徐芹庭撰，一九七一年臺北中華書局初版。

4.《修辭學》：黃慶萱著，一九七五年臺北三民書局初版。

5.《演講修辭學》：蔣金龍著，一九八一年臺北黎明文化公司初版。

6.《修辭析論》：董季棠著，一九八一年臺北益智書局初版。

7.《活用修辭》：吳正吉著，一九八四年高雄復文圖書出版社初版。

8.《中國修辭學史》：鄭子瑜著，一九九○年二月臺北文史哲出版社初版。

9.《文心雕龍與現代修辭學》：沈謙著，一九九○年六月臺北益智書局初版。

10.《實用語文修辭十六講》：譚全基著，一九七八年香港學生時代出版社初版。

11.《清通與多姿——中文語法修辭論集》：黃維樑著，一九八一年香港文化事業公司初版

。

黃氏未收者還可以列舉四本：

1.《古詩文修辭例話》：路燈照、成九田著，一九八七年十月臺北商務印書館初版。

2.《文學和語文裏的修辭》：楊子嬰、孫芳銘、王宜早編著，一九八七年香港麥克米倫出版公司初版。

3.《語法與修辭》：劉蘭英、孫全洲主編，一九九○年一月臺北新文教出版中心初版。

4.《修辭學》：沈謙著，一九九一年五月臺北國立空中大學初版。

以上十五種著作，鄭著係代表新加坡的研究成果，譚著、黃著、楊著係香港地區的研究成果，《語法與修辭》係大陸地區學者合編，授權在臺灣出版，其餘十書堪稱臺灣地區的代表作。

孫傳釗〈臺灣修辭研究概述〉⑩嘗言：

從《中國語文通訊》一九七八年所刊的臺灣香港自一九六○年以來印行的中國語文著作

、論文選目來看，臺灣的修辭學論文所佔的比重很小（與漢語研究的其他分支，如音韻

、訓詁、語法等相比），臺灣的漢語修辭學研究的學者，大多是從事古典文學研究的，

因此，在臺灣還未形成一支研究修辭學的專門隊伍；關於修辭學的客觀理論的研究也很

薄弱。這些方面與近幾年來大陸上的修辭學研究相比，自然有較大的差距。

縱觀後一階段的修辭學研究發展，海峽兩岸各有特色，以研究層面之廣泛與著作之數量而

言，大陸方面盛況空前，臺灣及海外地區瞠乎其後，但是以研究成果之素質與專精而言，則相

去不遠。

貳、修辭學研究之成果

盱衡近年來修辭學研究之著作，檢視其中的研究成果，主要顯現在四方面：

一、綜合性的研究

綜合性的研究，對於修辭學的研究範圍與理論、方法，都頗有拓展，在此列舉其中較具代

表性的著作⑪：

1.呂叔湘、朱德熙《語法修辭講話》（一九五一），著重解決語言的實際運用問題。將語

法修辭結合一起討論，並從正誤兩方面舉例說明，尤著重於誤例的辨析糾正，在消極修辭方面

貢獻頗大，五〇年代對漢語修辭研究的推動和革新，功不可沒。

2.張志公《修辭概要》（一九五三），開拓現代漢語修辭學的研究範圍，一方面擴展到語言，一方面擴展到篇章、文體、風格。黃成穩在《張志公文集·漢語修辭·前言》中推崇三點：㈠善於學習，吸收前人的成果，又能有所創新。㈡注意從漢語的實際出發來研究修辭。㈢注重普及和實用。

3.張弓《現代漢語修辭學》（一九六三），著重闡明現代漢語修辭的詞匯、語音、語法等各種語言因素的關係及其在修辭方式上的具體運用，將現代漢語修辭方式概括為「描繪」、「佈置」、「表達」三大類，共二十四式，綱舉目張，言之成理。

4.黃慶萱《修辭學》（一九七五），是五十年代至八十年代臺灣地區最有分量的著作。王熙元〈修辭學領域的開拓——黃慶萱著修辭學評介〉⑫云：「著者在書中不但從各種修辭的現象與事實，詳盡舉例，細密分析，而且全書串了古今中外與修辭學相關的學理脈絡，如邏輯學、心理學、語言學、文學批評、實驗美學、哲學等，都是他研究修辭的學理支柱，因而將修辭學在學理方面的領域大大地開拓，使修辭學有更廣更深的理論基礎。」同時黃著專從現代文學及口語中舉例，頗能反映當代文學與現代漢語的修辭現象。

5.王希杰《漢語修辭學》（一九八三，北京出版社），運用現代修辭學理論，廣泛深入探

討漢語修辭的現象和理論問題。其中「交際的矛盾和修辭的原則」、「語言的變體和同義手段的選擇」等都具有新解。本書又注意從各種修辭現象的內在聯繫中來研究修辭的規律，對語體風格也有相當的探討。

6.姚殿芳、潘兆明《實用漢語修辭》（一九八七，北京大學出版社），本書分七章：概說、詞語、虛詞、句式、表達、修辭方式、語體，以五分之四的篇幅討論消極修辭，旨在糾正無形中的一種錯覺——似乎以準確簡潔、明白自然為主要特點的消極修辭是粗淺低級的東西，無足輕重；唯有以辭格為主要手法的積極修辭才是有價值的東西，才是修辭研究的主要對象。

7.宗廷虎、鄧明以、李熙宗、李金苓《修辭新論》（一九八八年，上海教育出版社），該書四位作者都是修辭大師陳望道的門生，取名「新論」，意圖在學習與繼承陳望道修辭觀的基礎上，寫出一些新體會。其最大特點是以近十萬字的篇幅深入探討語體風格，既有風格和語體基本理論的分析，又有各種語體語言表達特徵的探討，頗具嶄新的創意。

8.唐松波、黃建霖主編《漢語修辭格大辭典》（一九八九年十二月，北京中國國際廣播出版社）這是一部辭格最多，辭例最豐富的大辭典，計收錄漢語修辭格一五六種，依次按語義類、佈置類、辭趣類，和文學類的順序排列，每種辭格包括定義、作用、種類、舉例、釋例、辨析等，辭例以現代文學為主，蒐羅廣遠，資料十分豐富⑬。

二、專門性的探討

專門性的探討，對於修辭學某一範疇的研究，或某一項問題的探討，往往有較為深入的成果。尤其是一九八○年大陸成立中國修辭學會，每屆在年會上發表論文百餘篇，並出版論文集，盛況空前，試舉該會編印《修辭學論文集》第一集（一九八三年，福建人民出版社）為例，可見一斑：

前言（張靜、王德春）。

總論：

1. 關於修辭學對象等問題答問（陳望道）。

2. 篇章的邏輯性（王力）。

3. 消滅最初級的語言錯誤（呂叔湘）。

4. 關於修辭學研究工作的幾點建議（張志公）。

5. 修辭學門外閒談（朱星）。

修辭理論探討：

1. 用辯證法指導修辭學研究——紀念《修辭學發凡》出版五十周年（胡裕樹、宗廷虎）。

2. 社會語言學、言語規律和修辭學對象（王德春）。

3. 論比較修辭學（王希杰）。

4. 論修辭的客觀基礎和群眾基礎（王興林）。

5. 我國第一部修辭理論著作——文心雕龍（鄭遠漢）。

6. 中國古代第一部修辭工具專書——宋任廣《書敘指南》（譚全基）。

7. 簡論楊樹達先生的《漢文文言修辭學》（秦旭卿）。

8. 試論消極修辭和積極修辭及其關係（邱巨）。

語體風格論析：

1. 語體風格學與修辭學（黃宏煦）。

2. 司法公文修辭諸弊（寧致遠）。

3. 通俗科學語體的風格特點（黎運漢、張維耿）。

4. 口頭外交語體及其特點（徐丹暉）。

5. 論情境意義（陸稼祥）。

詞語修辭分析：

1. 關於歇後語的幾個問題（朱建頌、劉興策）。

2. 詞的詞匯意義和修辭意義（石雲孫）。

3.淺談詞語的錘煉（楊敦貴）。

4.論虛詞的修辭效果。（史錫堯）

5.模糊語及模糊語修辭（鍾穎）。

句段修辭分析：

1.語法教學應該結合修辭（安蜀瑪）。

2.試談標點符號的修辭作用（寸鎮東）。

3.句式選擇與標點符號（馮凭）。

4.試談韻文句式（林文金）。

5.語段修辭初探（劉煥輝）。

6.試論語氣表達的禮貌（高繼平）。

文學作品語言：

1.談散文語言的節奏美（柴春華）。

2.略談趙樹理小說的語言特色（楊一冰）。

3.濃淡相宜、起伏有致——漫談《紅樓夢》第三回的修辭特色（楊慶蕙）。

4.《紅樓夢》語言的立體感（潘曉東）。

5. 魯迅的文學修辭觀和修辭技巧初探——為紀念魯迅誕辰一百周年而作（張德明）。

6. 魯迅語言修改中的褒貶藝術（朱泳燚）。

7. 魯迅雜文的多樣化句式（林玉山）。

修辭格式研究：

1. 談「異語」修辭方式及其他（張壽康）。

2. 現代漢語修辭手段研究中的幾個問題（吳士文）。

3. 關於修辭方式的分類與處理（李濟中）。

4. 辭格的運用與分析（濮侃）。

5. 修辭新格——釋語（譚德姿）。

6. 論「回環」辭格的形式美（時煜華）。

7. 關於「象徵」修辭方式（郭農聲、王志方）。

8. 論「比」和「比喻」（鄭頤壽）。

9. 試談比喻的結構和它與語法結構的關係（馬挺生）。

10. 修辭技巧的來源（鄭文貞）。

這只是中國修辭學會第一屆年會的部分論文結集，先看篇目，就感覺洋洋大觀，再細看內

容，更是漪歟盛哉。如果從實際的研究成果而論，則專門性的探討可分從兩方面略見梗概：

(1)辭格：

辭格的探討，是積極修辭求美的先鋒。針對各種辭格全面探討的專書，當以吳士文的《修辭格論析》（一九八六年上海教育出版社）為代表。此書在對辭格系統性的分析上，辭格理論基礎的概括上，都有相當深入的闡述。張壽康在〈跋〉中指出：「既有理論的探討，也有應用的指導。對『辭格的使用價值』、『辭觀和辭趣、辭風』、『辭格的運用和分析』、『辭格的客觀、美學、心理基礎』以及『辭格的研究史略』都有比較詳盡的論析。」

此外，鄭遠漢的《辭格辨異》（一九八二年七月，湖北人民出版社）、濮侃的《辭格比較》（一九八三年九月，安徽教育出版社）、譚永祥的《修辭新格》（一九八三年十月，福建教育出版社）都在辭格研究上有若干建樹。至於單一辭格的專門探討，也頗有進展。以「譬喻」而言，即有不少新著出現：袁暉《比喻》（一九八二年二月，安徽人民出版社）、張明岡《比喻常識》（一九八五年十月，北京出版社）、胡永林主編《文學比喻辭典》（一九八六年一月，陝西人民教育出版社）、張致鈞《比喻大觀》（一九八八年七月，廣東人民出版社）、李金苓〈我國古代的比喻理論〉（《修辭學研究》，一九八三年，安徽教育出版社），成果斐然。甚至像釋性瀅《譬喻》（一九七〇年，高雄佛光出版社）、陳慧劍《法句譬喻經今譯》（一九

八四年，臺北靈山講堂出版部），雖係宗教性的書，但在辭格上仍有參考價值。

(2)篇章修辭：

以往修辭學的著作，多致力於字句修辭，鮮有篇章修辭之探討。近年來不但有黃永武的《字句鍛鍊法》、倪寶元的《練句》（一九八五年六月，上海教育出版社）、林興仁《句式的選擇和運用》（一九八三年一月，北京出版社），更出現了鄭文貞的《段落的組織》（一九八五年一月，福建人民出版社）、徐炳昌的《篇章修辭》（一九八六年十一月，福建教育出版社）。徐著〈緒論〉說得好：「運用語言要有一個整體觀點，選詞、練句等修辭手法的運用必須聯繫段落、篇章。……在交際的過程中，一般需要使許多句子圍繞一個中心意思，組織成話語和篇章，才能表達連貫的完整的思想，因此篇章佈局、安排層次、貫通脈絡、照顧首尾等就成了重要的修辭方法。」

其他如劉雲泉《語言的色彩美》（一九八八年，安徽教育出版社）、王熙元〈詞的對比技巧初探〉（一九八○年十二月《古典文學》第二集，臺灣學生書局）、王德春主編《外國現代修辭學概況》（一九八六年，福建人民出版社）等，都各具特色與貢獻。

三、作品的修辭分析

名家名著修辭技巧的分析探討，成果也相當豐碩。有關現代作品的修辭分析，如方師鐸〈

詳析匆匆的語法與修辭》（一九八三年四月，臺灣學生書局）、劉煥輝的《語言的妙用——魯迅作品語言獨特用法舉隅》（一九八二年三月湖北人民出版社）、陸文蔚的《魯迅作品的修辭藝術》（一九八二年三月，山東教育出版社），沈謙的〈雅舍小品的修辭藝術〉（一九八四年一月《散文季刊》創刊號）。

有關古典的，如林興仁《紅樓夢的修辭藝術》（一九八四年十二月，福建教育出版社）、《語言藝術皇冠上的明珠——紅樓夢俗語概說和匯釋》（一九八六年十二月，內蒙古教育出版社）、林春蘭的《杜詩修辭藝術探究》（一九八五年六月，高雄師院國文研究所碩士論文）、沈謙〈從譬喻論古詩十九首的藝術技巧〉（一九八五年八月，《古典文學》第七集，臺灣學生書局）。另陸文蔚的《古今名作修辭賞析》（一九八八年三月，江蘇教育出版社），則包括古今名篇之修辭分析。

四、修辭學史的編撰

中國修辭學發展史的研究，最早的創始者是鄭子瑜的《中國修辭學的變遷》（一九六五年一月，早稻田大學語學教育研究所），其後時隔二十年。鄭氏的《中國修辭學史稿》終於問世（一九八四年五月，上海教育出版社），後又再增訂為《中國修辭史》（一九九〇年二月，臺北文史哲出版社），鄭著問世後不久，緊接著出現了四本修辭學史…

1.漢語修辭學史綱，易蒲（宗廷虎）、李金苓合著，一九八九年五月，吉林教育出版社印行。

2.中國現代修辭學史，宗廷虎編著，一九九〇年二月，浙江教育出版社印行。

3.漢語修辭學史，袁暉、宗廷虎、李金苓、譚全基、戴婉瑩合著，一九九〇年十月，安徽教育出版社印行。

4.中國修辭學史，周振甫著，一九九一年一月，北京商務印書館印行

這幾部修辭學史，都各有其特色與貢獻。當然，由於臺灣海峽的相隔，若干資料蒐集不易，難免遺漏或誤謬。如臺北文史哲出版社印行嘉義師院董季棠教授的《修辭新論》被香港南聯圖書公司盜印，《中國現代修辭學史》即緣此將董著誤列入「香港的修辭學研究」中。

參、修辭學研究之展望

在將近百年來中國修辭學研究發展的情況，作一番鳥瞰式的回顧，並且大致衡視最近的研究成果之後，瞻望今後修辭學的研究方向，在此要分從三方面提出若干展望：

一、修辭學資料之整理

工欲善其事，必先利其器。近世以來，修辭學研究之成果日趨豐碩，資料相當豐富。即以

已出版之論著而言，已超過三百種，發表之單篇論文，不下千篇，但是仍欠缺一份完整的書目提要與論文索引。在書目與提要方面，目前可見者僅四種：

1. 沈謙〈修辭學的十三種書〉。
2. 黃慶萱〈研究修辭學重要書目指引〉。
3. 宗廷虎《中國現代修辭學史》附錄〈中國現代修辭學參考書目〉。（約二百五十種）
4. 袁暉、宗廷虎《漢語修辭學史》附錄〈漢語現代修辭學著作目錄〉。（三百餘種）

這四種提要與書目，都有疏略不齊之缺失。

再如中國古代的修辭學研究資料，雖有鄭奠、譚全基編《古漢語修辭資料匯編》、譚全基《文則研究》（一九七八年十二月，香港問學社）、王忠林〈文心雕龍所述辭格析論〉（南洋大學學報第四期）、詹鍈〈文心雕龍的修辭學〉（一九八○年，《劉勰與文心雕龍》，北京中華書局）、沈謙《文心雕龍與現代修辭學》等少數專書與論文，但仍不乏亟待墾拓之處。

至於西方具有代表性的修辭學著作，中譯本僅孫萬國譯Peter Dixon《論修辭》、蔣孔陽節譯亞里斯多德《修辭學》（收入《西方文論選》上冊，一九七九年六月，上海譯文出版社）等寥寥可數的幾部。

職是之故，有關修辭學資料之整理，當前之急務有四：

修辭學研究的回顧與展望

第一、研究整理中國古代的修辭學理論，擷取傳統精華。

第二、翻譯介紹西洋、日本具有代表性的修辭學著作，以資借鏡、比較。

第三、編撰修辭學論文索引、修辭學論著目錄及提要。

第四、成立中國修辭學研究資料中心，將修辭學有關資料，蒐羅完備，妥善編目，分類整理，並編印書目提要，出版分類專集，以利流通。

以上四點，第三項最易見功效，第一、二項需要研究修辭學的學者集體努力。第四項比較困難，但是要有機構、團體有心去做，仍然不是奢望。苟能如此，則可省卻不必要的重複研究與蒐尋資料之苦，更加事半功倍，造成有利的研究環境，累積研究成果。

二、修辭學之專題研究

修辭學之理論十分豐富，涉及之辭格十分眾多。撰述一本泛泛的修辭學，作概要式的介紹，固然有其價值與意義，但學術研究之所以能日新月異，一代勝過一代，即緣於在某一範疇的各種領域，作專精深入的探討，才能在前人的基礎上往前邁進。目前各項修辭學的專題研究，並不常見。至少有三方面仍待努力：

第一是單項辭格的專門探討：在已有的研究成果中，「譬喻」的專著與論文較為眾多，是一項特例，但是除此之外，雙關、映襯、反諷、藏詞、夸飾……等許多重要的辭格，仍然欠缺

三八〇

專精深入的探討。

第二是各種辭格的比較研究：此為修辭學理論研究重要之一環。早在半個多世紀以前，陳望道即在《修辭學發凡‧引言‧修辭的方式》以藏詞為例，強調「各式之間的系統研究」：「我們不但該明瞭藏詞內部的各式情形，還當明瞭藏詞和析字、飛白以及譬喻、雙關、回文等一切方式的同異關係。」這種辭格的辨異工作，十分重要而有意義，前人也表現了若干成績，如黃慶萱《修辭學》、黃維樑《清通與多姿——中文語法修辭論集》、宋振華《現代漢語修辭學》（一九八四年，吉林人民出版社）辨析象徵與譬喻之異同⑭。黎運漢、張維耿《現代漢語修辭學》、季紹德《古漢語修辭》（一九八六年五月，吉林文史出版社）辨析對偶異於排比、映襯⑮，乃至於鄭遠漢的《辭格辨異》。濮侃的《辭格比較》，以專著作較深入的探討，但是仍然具有極大的研究空間。濮氏在《辭格比較》中說得好：

我們認為，建立比較修辭學是修辭學界的光榮任務，從辭格比較法開始研究又是建立比較修辭學的一部重大步驟。做好這項工作，對繁榮修辭學科，促進修辭教學都有理論和實踐的意義。

濮侃這段話頗見豪情壯志，真是盍興乎來！

第三是篇章修辭的研究：此項問題，早在三十年代，夏宇衆《修辭學大綱‧結論》（原北

修辭學研究的回顧與展望

平師大講義，在臺由馮長青發行）即曾指出：

本篇所論列者，暫止於以上各節，至於各種辭格之綜合比較的研究，篇章組織之義例，與夫各種專題之討論，均一一於續編中詳之。

夏氏所言，頗具達觀宏識，可惜他的「續編」始終未見問世，他所開的支票只有等待後來的研究者兌現了。

在現有的修辭學著作中，多闡述字句之修辭，罕見修辭方法在篇章中運用情況之探討。字句之美，固然佳妙，但某一字詞之所以傳神，某一句子之所以工巧，往往要視字句在篇章中之地位與照應，從篇章的角度來作整體觀照，才深具意義，也才能更充分領略修辭運用之巧妙。目前雖有鄭文貞的《段落的組織》、徐炳昌的《篇章修辭》等專著，但此方面的深入研究顯然不夠。

三、修辭學之綜合研究

修辭學探討的對象包括語辭與文辭，修辭學又有消極修辭與積極修辭兩大範疇，修辭學更是一門邊緣學科，在整體性、綜合性的研究方面，必須著力的有三項：

第一是消極修辭與積極修辭兼顧：消極修辭在求語文之通順達意，每一字每一句都能敲開聽眾或讀者的心扉，進入對方的心房，佔據一席地位。積極修辭則講究語文之靈動巧妙，能撥

動讀者或聽眾內心深處的某一根弦，激發共鳴，享受多重的美感經驗。前者重在避免弊病，後者重在表達巧妙，積極修辭乃是建立在消極修辭的基礎上，故二者必須相輔相成，統籌兼顧，不可偏廢。說得誇張些，懂得修辭之美，生活的世界就像被仙女用魔杖點了一下，瞬息間神奇亮麗起來，活像愛麗絲夢遊仙境，又像孫悟空七十二變，在每一個細微的環節裏，都能發現隱藏的妙趣。；在每一件生活瑣事中，都流露了深厚的情韻。萬物有情，一花一木耐溫存，豈能不令人精神振奮？

第二是口語修辭與文章修辭並重：以往修辭學的研究，往往以文辭為主，常忽略了口語修辭。雖有蔣金龍《演講修辭學》與王希杰《說話的情理法》（一九八九年十二月，湖南師範大學出版社）等，且若干修辭學的專書在選材上已注意到口語的辭例，但仍嫌不足，修辭學不僅是寫作的藝術，同時更是說話的藝術，每個人說話的機會要比提筆的機會大得多，豈能將修辭學侷限於文章修辭？今後應該在口語修辭方面再加深入研究，並與語意學、口頭傳播學、演講辯論等說話的技巧相結合，則修辭學必將煥發出嶄新的意義與光輝！

第三是開拓研究的領域：黃慶萱教授在《修辭學・前言》與〈研究修辭學重要書目指引〉中一再強調兩點：

1.向邏輯學、心理學、社會學、語言學、文學批評、實驗美學、哲學進軍，以求修辭學有

更廣更深的理論基礎。

2.從社會各階層人士的談話中，從古今中外文學名著中，覓取修辭實例，分析比較，使修辭學有更多更大的實用價值。

宗廷虎教授也在《中國現代修辭學史‧引論‧現代修辭學的發展趨勢》中提出四點：

1.修辭學必將發揮實用性強的優勢，更好地為現代化建設服務。

2.重視修辭學邊緣學科性質的特點，加強與鄰近學科結合，擴大研究領域。

3.加強各種語體及語言風格的研究。

4.加強薄弱環節的研究。

黃氏、宗氏之意見，除了「為現代化服務」基於現實政治之考慮之外，洵屬具達觀宏識之真知灼見，筆者除了服膺其說，深具同感之外，在此特別強調兩點：

第一、重視古今文學名著的修辭分析：過去已有的研究成果中，既有杜甫的研究，李白的研究當然不可或缺；既有朱自清、魯迅的作品修辭分析，理應有梁實秋、潘琦君、余光中……甚至莎士比亞等外國作家作品的修辭分析。古今中外文學名著，琳琅滿目，透過修辭的分析，必然能享受更多「尋獲寶藏之喜悅」，既可以充實辭例，又可增進對傑作的欣賞，不此之圖，豈非暴殄天物？

第二、加強修辭學與文學批評的結合：修辭學與文學批評相輔相成，相得益彰，因為修辭方法乃文學批評作品形式分析之基礎。只有從修辭方法入手，從事實際批評才能具體落實而顯現效果。相對地，若能在分析作品中的修辭方法後，進而從文學批評的角度，對作品作整體的觀照，才能平理若衡，照辭如鏡，享受更完整豐盈的美感經驗，靈魂在傑作中尋幽訪勝。以往許多修辭學的書，選取辭例，不夠精審，或者僅指出某處運用何種修辭方法，而未明言其所以妙的關鍵，即由於未能從批評角度著眼。修辭學發達並適當運用，可促使文學批評的技巧分析更加精細；文學批評可以使修辭學的研究更加有意義，關照面更廣。當那交會的互放的光輝，必可照亮讀者的心靈！

總之，展望修辭學之研究，可以著力之處甚多，以上所述，僅就個人管見，列舉其犖犖大者。「珍裘以眾腋成溫，廣廈以群材合構」，修辭學之研究發展，有待同道群策群力，共襄盛舉！

【附註】

① 有關歷代修辭學的研究成果，詳見鄭子瑜《中國修辭學史稿》，上海教育出版社，一九八四年三月。後修訂易名《中國修辭學史》，臺北：文史哲出版社印行，民國七十九年五月。另見易蒲（宗廷虎）、李金苓《漢語修辭學史綱》，吉林教育出版社，一九八九年五月，袁暉

、宗廷虎主編《漢語修辭學史》，安徽教育出版社，一九九〇年十月。

②陳望道稱唐鉞《修辭格》「薄薄的一本小冊子」，據筆者所見香港大學馮平山圖書館所藏《修辭格》，全書八十九頁，不足五萬字。

③詳見宗廷虎《中國現代修辭學史·引論·現代修辭學發展的歷史分期》，浙江教育出版社，一九九〇年二月。

④據宗廷虎《中國現代修辭學史》所錄〈中國現代修辭學參考書目〉，萌芽時期（一九〇五─一九一九年）修辭學著作有七種，建立時期（一九二〇─一九三二年）著作有十六種，發展時期（一九三三─一九四〇年）著作有二十二種，其中一九三三至一九三七間五年內著作有二十種，可謂盛況空前。

⑤張瓌一，本名張志公，《修辭概要》，中國青年出版社，一九五三年十一月。一九八二年改訂，由上海教育出版社印行。後收入《張志公文集·⑵漢語修辭》，廣東教育出版社，一九九一年一月。

⑥鄭奠、譚全基編《古漢語修辭資料匯編》，商務印書館，一九八〇年七月。又臺北明文書局，一九八四年九月。

⑦王鼎鈞〈開放的修辭學〉，一九七五年六月二十四日，中華日報副刊，後收入黃慶萱《修辭

⑧沈謙〈為漢語修辭奠一新基——黃著修辭學評介〉，幼獅月刊二六九期，一九七五年五月一日，後收入黃慶萱《修辭學》附錄。

⑨黃文之前十餘年，另有沈謙〈修辭學的十三種書〉，發表於一九七六年《書評書目》，後收入黃章明、王志成主編《國學方法論集·書目編》，學人文教出版社，一九七九年一月。

⑩孫傳釗〈我國臺灣修辭學研究概述〉，載一九八五年南昌〈修辭學習〉。

⑪參考劉蘭英、孫全洲主編《語法與修辭·漢語修辭學史概述》。

⑫王熙元〈修辭學領域的開拓——黃慶萱著修辭學評介〉，《書評書目》二十七期，一九七五年七月。

⑬另有王德春主編《修辭學詞典》，浙江教育出版社，一九八七年五月。張滌華、胡裕樹、張斌、林祥楣主編《漢語語法修辭詞典》，安徽教育出版社，一九八八年六月。

⑭詳見沈謙《修辭學》上冊第九章〈象徵〉，臺北，國立空中大學，一九九一年二月。

⑮詳見沈謙《修辭學》下冊第十七章〈對偶〉，臺北，國立空中大學，一九九一年五月。

修辭學研究的回顧與展望

參考書目舉要

古書疑義舉例　俞樾　泰順書局

修辭格　唐鉞　商務印書館（香港大學馮平山圖書館館藏）

修辭學發凡　陳望道　上海人民出版社

實用國文修辭學　金兆梓　中華書局

漢文文言修辭學　楊樹達　世界書局

古書修辭例　張文治　中華書局

修辭學大綱　夏宇眾　馮長青發行

現代漢語修辭學　張弓　天津人民出版社

國文修辭論叢　新陸書局編輯部編

修辭學講話　陳介白　啟明書局

三八九

中國修辭學的變遷　鄭子瑜　日本早稻田大學語學教育研究所叢書

修辭學　傅隸樸　正中書局

修辭學論叢　徐仲玉等著　樂天出版社

字句鍛鍊法　黃永武　洪範書局

修辭學發微　徐芹庭　中華書局

論修辭　Peter Dixon 著、孫萬國譯　黎明文化公司

象徵主義　查爾斯·查特微克著，張漢良譯　黎明文化公司

修辭學　黃慶萱　三民書局

修辭論說與方法　張嚴　商務印書館

古漢語修辭學資料匯編　鄭奠·譚全基　商務印書館

修辭析論　董季棠　益智書局

清通與多姿——中文修辭語法論集　黃維樑　香港文化事業公司

現代英文修辭學　李小岑　美亞書版公司

古漢語修辭簡論　趙克勤　商務印書館

現代漢語修辭知識　華中師範學院中文系現代漢語教研組編　湖北人民出版社

漢語修辭學　王希杰　北京出版社

辭格匯編　黃民裕　湖南人民出版社

中國修辭學史　鄭子瑜　文史哲出版社

修辭學新編　程希嵐　吉林人民出版社

修辭學研究　中國修辭學會華東分會主編　安徽教育出版社

修辭學論文集一集、二集、三集、四集、五集　中國修辭學會編　福建人民出版社

現代漢語修辭學　宋振華　吉林人民出版社

修辭和修辭教學　中國修辭學會編　上海教育出版社

陳望道修辭論集　復旦大學語言研究室編　安徽教育出版社

新編實用修辭　李裕德　北京出版社

修辭例句　劉寶成　吉林文史出版社

古漢語修辭　季紹德　吉林文史出版社

修辭格論析　吳士文　上海教育出版社

現代漢語修辭學　黎運漢・張維耿　商務印書館香港分館

古詩文修辭例話　路燈照・成九田　商務印書館

實用漢語修辭　姚殿芳・潘兆明　北京大學出版社

辭格的運用　陸稼祥　遼寧人民出版社

漢語修辭格大辭典　唐松波等　中國國際廣播出版社

漢語語法修辭詞典　張滌華等　安徽教育出版社

中國現代修辭學史　宗廷虎　浙江教育出版社

漢語修辭學史　袁暉・宗廷虎　安徽教育出版社

中國修辭學史　周振甫　商務印書館

比興・物色與情景交融　蔡英俊　大安出版社

詩詞例話　周振甫　南琪書局

文章例話　周振甫　蒲公英出版社

文論漫筆　周振甫　光明日報出版社

古典詩詞藝術探幽　艾治平　學海書局

詩經通釋　王靜芝　輔仁大學文學院

論語通釋　王熙元　學生書局

論衡　王充　廣文書局

抱朴子　葛洪　中華書局

顏氏家訓　顏之推　中華書局

文章緣起　任昉　廣文書局

詩品　鍾嶸著、汪中注　學生書局

文鏡秘府論　遍照金剛　蘭臺書局

史通　劉知幾　世界書局

詩品　司空圖　清流出版社

文史通義　章學誠　國史研究室

六朝麗指　孫德謙　新興書局

涵芬樓文談　吳曾祺　商務印書館

昭明文選　蕭統編、李善註　藝文印書館

文論講疏　許文雨　正中書局

中國歷代文論選　郭紹虞主編　香港中華書局

中國文學批評資料彙編　葉慶炳等編　成文出版社

先秦文學史參考資料　北大中國文學史教研室編　泰順書局

兩漢文學史參考資料　北大中國文學史教研室編　泰順書局

魏晉南北朝文學史參考資料　北大中國文學史教研室編　泰順書局

歷代詩話　何文煥　藝文印書館

續歷代詩話　丁福保　藝文印書館

案頭山水之勝境－古文評析　沈謙　尚友出版社

神話・愛情・詩－古典詩比較評析　沈謙　尚友出版社

古文鑑賞辭典　吳功正主編　江蘇文藝出版社

文心雕龍　劉勰著　黃叔琳注、紀昀評　文光出版社

文心雕龍注　范文瀾　明倫書局

文心雕龍札記　黃侃　香港新亞書院

文心雕龍校釋　劉永濟　華正書局

文心雕龍新書　王利器　宏業書局

文心雕龍校注　楊明照　世界書局

參考書目舉要

劉勰論創作　陸侃如・牟世金　香港文昌書局

文心雕龍譯註十八篇　郭晉稀　香港建文書局

文心雕龍研究論文集（初編）　寇效信等　香港匯文閣書店

唐寫文心雕龍殘卷合校　潘重規　新亞研究所

文心雕龍選註　周康燮　香港龍門書局

文心雕龍之創作論　黃春貴　文史哲出版社

六朝文論　廖蔚卿　聯經出版公司

劉勰和文心雕龍　陸侃如・牟世金　上海古籍出版社

文心雕龍與詩品研究　劉綬松等　莊嚴出版社

文心雕龍論文集　黃錦鋐編　學海出版社

重修增訂文心雕龍研究　王更生　文史哲出版社

文心雕龍創作論　王元化　上海古籍出版社

劉勰與文心雕龍　詹鍈　北京中華書局

文心雕龍簡論　張文勛・杜東枝　北京人民文學出版社

文心雕龍研究論文選粹　王更生編　育民出版社

古典文學的奧秘——文心雕龍　王夢鷗　時報出版公司

文心雕龍校證　王利器　上海古籍出版社

文心雕龍之文學理論與批評　沈謙　華正書局

文心雕龍文論術語析論　王金凌　華正書局

文心雕龍與詩品之詩論比較　馮吉權　文史哲出版社

劉勰論創作　陸侃如・牟世金　安徽人民出版社

文心雕龍斠詮　李日剛　中華叢書編審委員會

文心雕龍的風格學　詹鍈　北京人民文學出版社

古典文學論探索　王夢鷗　正中書局

文心雕龍讀本　王更生注譯　文史哲出版社

文心雕龍注釋附今譯　周振甫注・周振甫、王文進等譯　里仁書局

台灣文心雕龍研究鳥瞰　牟世金　山東大學出版社

文心雕龍探索　王運熙　上海古籍出版社

文心雕龍通解　王禮卿　黎明文化公司

文心雕龍美學　繆俊杰　文化藝術出版社

劉勰文心雕龍研究論著目錄　王國良　書目季刊廿一卷三期

文心雕龍綜論　中國古典文學研究會編　學生書局

台灣「文心雕龍學」的研究與展望　王更生　孔孟學報五十七期

中國文學批評史　郭紹虞　明倫出版社

中國文學批評史　羅根澤　學海出版社

中國文學批評史　劉大杰・王運熙等　上海古籍出版社

中國文學批評通論　傅庚生　華正書局

中國文學批評　張健　五南圖書公司

中國文學欣賞舉隅　傅庚生　地平線出版社

中國文學鑑賞舉隅　黃慶萱・許家鸞　東大圖書公司

文學研究法　姚永樸　廣文書局

文學研究法　郭象升　正中書局

文學研究法　丸山學　商務印書館

文學與生活　李辰冬　水牛出版社

文學新論　李辰冬　東大圖書公司

文學欣賞的新途徑　李辰冬　啟德出版社

文學概論　涂公遂　華正書局

文學概論　王夢鷗　帕米爾書店

文藝美學　王夢鷗　遠行出版社

高明文輯　高明　黎明文化公司

古文辭通義　王葆心　中華書局

古文通論　馮書耕・金仞千　中華叢書

文藝心理學　朱光潛　開明書局

談美　朱光潛　開明書局

藝術的奧秘　姚一葦　開明書局

漢魏六朝專家文研究　劉師培　中華書局

近體詩發凡　張夢機　中華書局

中國詩學　黃永武　巨流圖書公司

中國詩學　劉若愚　幼獅文化公司

中國文學理論　劉若愚　聯經出版公司

文藝批評研究　白沙編著　巨人出版社

期待批評時代的來臨　沈謙　時報出版公司

詩學箋註　亞里斯多德原著‧姚一葦譯註　中華書局

美學原論　克羅齊　正中書局

歐洲近代文藝思潮　本間久雄　普天出版社

美國文學批評選　林以亮編　香港今日世界社

英美學人論中國古典文學　香港中文大學

艾略特文學評論集　杜國清譯　田園出版社

文學論　韋勒克‧華侖著，王夢鷗‧許國衡譯　志文出版社

文學欣賞與批評　威廉漢等著，徐進夫譯　幼獅文化公司

西洋文學批評史　衛姆塞特、布魯克斯著，顏元叔譯　志文出版社